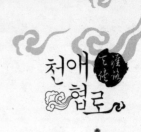

천애협로
澄浪之徒

촌부 新무협판타지 소설

FANTASTIC ORIENTAL HEROES

천애협로 1□

촌부 新무협 판타지 소설

초판 1쇄 찍은 날 § 2019년 5월 27일
초판 1쇄 펴낸 날 § 2019년 6월 3일

지은이 § 촌부
펴낸이 § 서경석

총괄팀장 § 노종아
편집책임 § 김경민
디자인 § 이혜정

펴낸곳 § 도서출판 청어람
등록번호 § 제1081-1-89호
등록일자 § 1999. 5. 31
어람번호 § 제2-2791호

주소 § 경기도 부천시 부일로 483번길 40 서경B/D 3F (우) 14640
전화 § 032-656-4452 팩스 § 032-656-4453
http://www.chungeoram.com
E-mail § chungeorambook@daum.net

ⓒ 촌부, 2011

ISBN 979-11-04-92006-6 04810
ISBN 978-89-251-2651-7 (세트)

FANTASTIC ORIENTAL HEROES

촌부 新무협 판타지 소설

천애
협로

10 검선지로(劍仙之路)

청람

第一章
칠단공(七段功)

1

   마른 풀잎 하나가 바람에 휘말려 공중을 떠돌았다. 생기를 잃어 청록색 대신 황토색을 띤 풀잎은 나풀나풀 날아가 새하얀 눈 위에 내려앉았다. 아직 눈이 내릴 때가 아니거늘, 성마른 청해의 하늘은 벌써부터 눈송이를 떨어내었던 것이다.

   그야말로 때 이른 폭설이었다.

   소량은 한 손을 들어 허공에 가져갔다.

   오목한 손바닥에 눈송이 하나가 내려앉았다.

   "후우—"

   마치 바람을 느끼듯 눈을 지그시 감고 서 있던 소량이 천천히 눈을 떴다.

물론, 소량은 한가롭게 바람이나 즐기고 있던 것은 아니었다. 정확히 말하면 기감을 한껏 펼쳐 주변의 인기척을 찾아내고 있었다고 말해야 옳으리라.

주변에 혈마곡의 마인이 없다는 것을 확인한 소량이 몸을 돌렸다.

휘이잉—

소량의 옷자락을 한바탕 휘두른 바람이 그 뒤편으로 불어갔다.

소량의 뒤에는 서너 구의 시신이 놓여 있었다. 우연찮게 조우한 혈마곡의 마인들이 스스로 무공을 폐하는 대신 독을 쓰며 살기를 드러낸 까닭에 결국엔 목숨을 취한 것이다.

몇 걸음을 걸어가던 소량이 문득 걸음을 멈추었다.

'피가……'

소량은 조금 전, 눈송이를 쥘 때처럼 자신의 손을 내려다보았다. 물론, 손에는 피 한 방울 묻어 있지 않았다.

하지만 소량이 보기에는 피에 젖은 손이나 다름없었다.

소량의 눈빛이 서글프게 변해갔다.

'은거를 할 수 있었으면 어땠을까.'

할머니를 찾아 강호를 떠돌기를 수년, 소량은 마침내 뜻을 이루었다.

진무십사협의 복수행로를 걸어 청해에 진입하여 한참이나

주변을 수색한 끝에 마침내 할머니를 만날 수 있었던 것이다.

천운이 닿아 동생, 진승조까지 찾을 수 있었으니 이제는 청해에는 굳이 남아 있지 않아도 된다. 이대로 태승을 찾아 세상일이라고는 모른 체 숨어버릴 수도 있었다.

'무창의 집으로 돌아갈 수 있다면 어땠을까……'

소량은 안온한 미래를 상상했다.

무창의 모산, 그 모옥으로 돌아가 다시 목공 일을 한다면 얼마나 좋을까. 영화를 시집보내고, 승조가 상인 노릇하는 것을 지켜보고, 태승이를 서원에 보내고…….

무창에서 살 때에는 당연하다고 생각했던 미래였고, 할머니를 찾아 강호로 나온 후에는 꼭 이루고 싶은 꿈이었다. 예전의 소량은 그저 평범한 목공이었고, 일상에 만족해하던 소박한 청년이었던 것이다.

하지만 천명(天命)은 그런 소량을 세상으로 내던지고 말았다.

소량의 눈빛이 무인의 눈빛으로 돌아왔다.

'…하늘 끝[天涯].'

소량이 각오 어린 얼굴로 주먹을 꽉 움켜쥐었다.

협자의 꿈을 꾸었고, 협자로서 가겠다고 결심했다. 혈마곡이 이처럼 이빨을 드러내고 있거늘 조정은 아직도 움직이지 않는다. 오직 백성들의 시체만 계속해서 쌓일 뿐이었다.

천존의 경지에 올랐으니, 이제는 천명(天命)을 좇을 차례.

혈마를 제압하고 난을 정리해야 했다.

그리고 그러기 위해서는 하늘 끝에 올라야 한다.

소량은 피에 젖은 손을 기억에서 지우려 애쓰며 태허일기공을 떠올렸다.

'할머니 역시 칠단공에 오르지는 못하셨다.'

처음에는 확신치 못하였으나 이제는 확신할 수 있었다.

할머니 역시 대백부님처럼 육단공 이상을 밟지는 못하셨다. 다만 대백부님이 육단공의 초입이라면, 할머니는 육단공의 극한까지 익혔다는 것이 다를 뿐이었다.

알고 보면 소량 본인의 태허일기공도 육단공에 머물러 있었다.

어쩌면 그것이야말로 인간의 한계인지도 몰랐다.

'태허일기공의 마지막 구결을 얻으면 검선(劍仙)의 경지에 오른다고 했지.'

소량이 부지불식간에 태허일기공의 마지막 구결을 읊조렸다.

"만약 호흡이 마음에서 나온 것을 안다면[若息從心出], 깨달음도 마음에서 나온다는 것을 알게 되리라[亦復知從心出]. 호흡이 마음으로 들어온다는 것을 안다면[若息從心入], 깨달음도 마음으로 들어온다는 것을 알게 되리라[亦復知從心入]. 그러므로 세상과 함께 호흡을 나눌 수 있다면[天地同息] 천하의 이치를 모두 얻으리라[天下之理得]."

소량은 이제 태허일기공의 진실을 어렴풋이나마 볼 수 있었다.

태허일기공의 마지막 구결은 무공이 아니다.

그것은 깨달음이었고, 목적지가 아닌 길[道]이었다.

그에 이른 사람은 오직 한 명, 사사로이는 소량의 조부님이자 당대 천하제일인이셨던 검신 진소월뿐이었다. 그는 태허일기공의 칠단공을 익힘으로써 하늘 끝에 올랐고, 마침내는 홀로 오롯해졌다.

"……."

칠단공을 궁리하던 소량이 쓴웃음을 지으며 고개를 저었다.

애초에 무공이 아니니, 궁리한다 한들 얻을 수 있는 것이 있겠는가?

공연히 시간만 낭비할 따름이었다.

'이런, 늦었구나. 할머니께서 걱정하시겠다.'

소량이 애써 표정을 바꾸어 미소를 지었다.

옷자락도 공연히 살피는 것이 혹시 전투의 흔적이 남았을까 저어하는 모양이었다.

할머니는 소량이 싸움을 벌인 흔적이 보이면 크게 걱정하시고 침울해하셨다. 매병이 심각하게 진행된 할머니였지만, 그래도 한 가닥 정(情)만은 남아 있었던 것이다.

소량은 성큼성큼 걸음을 옮겼다.

마치 전설 속의 신선이나 쓸 법했다는 축지(縮地)처럼, 한 보를 걷는데도 신형이 수 장은 넘게 벗어나 있다.

그렇게 얼마나 걸었을까.

소량은 바위산에 있는 작은 동굴에 도착했다.

가만히 보니 동굴에서 연기가 희미하게 피어오른다. 아직 청해에 있으니 조심해야 함이 옳은데도, 기온이 너무 떨어진 까닭에 불을 피우지 않을 수 없었던 것이다.

한서불침(寒暑不侵)이라.

무공이 경지에 올라 추위를 모를 법한데도 소량은 짐짓 추운 양 몸을 떨며 동굴로 걸어 들어갔다. 동굴 안에서는 승조가 솜을 넣어 누빈 두툼한 마의를 입은 할머니의 손을 비벼주고 있었다.

"손이 엄청나게 차네. 안 추워요?"

"불을 피웠는데도 찹소잉."

할머니가 고분고분 승조의 말에 대답했다.

모닥불 앞에 앉은 할머니를 이리저리 살피던 승조가 질문을 던졌다.

"이런, 아무래도 한 벌 더 껴입으셔야겠네. 몸이 허해지셨나 봐요, 할머니."

"군병님은 안 춥소?"

할머니가 승조를 군병이라 부르며 걱정스러운 표정을 지었다. 은근슬쩍 승조의 손에서 제 손을 빼낸 다음 옷자락을 만지작거리는 것이, 벗어서 승조에게 입혀주고 싶은 모양이었다.

"나가 괜히 춥다고 했소잉. 사실은 불을 피와가지고 따순디. 나가 아니라 군병님이 춥겠소"

"거짓말을 다 하시네, 몸을 이렇게 떠시면서. 저는 원래 추위 좋아해서 괜찮아요. 걱정하지 않으셔도 돼요. 어? 형님, 오셨습니까?"

"승조 네가 고생이 많구나. 할머니 잘 계셨어요?"

소량이 추운 척 몸을 부르르 떨고는 모닥불 앞에 쪼그려 앉았다.

할머니가 걱정스러운 얼굴로 그런 소량을 바라보았다.

"저 군병님은 추운디 옷도 저렇게 입구서……."

소량이 그제야 아차, 하는 표정을 지었다. 평범한 사람처럼 일부러 추운 시늉을 한 것인데, 그게 오히려 할머니의 눈에 밟힌 모양이었다.

소량은 몸을 떠는 체하는 것을 그만두었다.

할머니의 말은 거기서 멈추지 않았다.

"혹시 싸움질하고 오셨어라?"

"네?"

소량이 당황한 얼굴로 할머니를 바라보았다.

옷자락에는 찢어진 곳이 없고, 피가 튀거나 흙먼지가 튀지도 않았다. 손과 얼굴 등, 눈에 보이는 신체 부위에 상처를 입은 것도 아니다.

도대체 할머니께서는 어떻게 일전의 흔적을 보신 걸까.

소량이 내심 그를 기이하게 여기며 말했다.

"아닙니다. 이 겨울에 싸울 일이 어디 있겠어요."

"그것이 아닌디. 혹시 도적 떼들이라도 만난 거여라?"

할머니가 재차 질문하자 소량이 난감한 얼굴로 고개를 숙였다.

"사실 도적 떼들이 있기에 겁을 줘서 쫓아보냈습니다……."

"다치신 데는 없는가 모르겠네. 괜찮은 거여라? 어디 피 흘리고 막 그런 거 아니여?"

"저는 괜찮습니다."

소량이 쓴웃음을 지으며 대꾸하고는 공연히 손을 모닥불 앞에 가져가 온기를 쬐었다.

그러면서 은밀하게 입술을 달싹거린다.

[최근 들어 마인들의 숫자가 많아진다, 승조야.]

승조가 대답 대신 소량을 물끄러미 바라보았다.

소량은 승조를 돌아보지 않았다.

[아무래도 뭔가 일이 잘못된 것 같다. 공연히 불길하기도 하고… 속도를 내면 칠 주야면 청해를 벗어날 터, 흔적이 드러나더라도 빠르게 움직여야겠다. 당분간 고생을 좀 하자꾸나. 식량은?]

승조가 은근슬쩍 기지개를 켜더니, 바랑으로 걸어가 이것저것을 뒤적였다.

"할머니, 배 안 고프세요? 음식이 많이 남아서 썩게 생겼네. 칠 주야는 고사하고 보름도 넘게 가겠어요, 이거."

할머니가 '자신은 괜찮다'는 의미로 고개를 절레절레 저었다.

소량이 안도의 한숨을 내쉬었다.

"오늘은 동굴에서 자야 할 듯하니 불을 더 피워야겠다. 할머니도 할머니지만, 너도 불 옆에 꼭 붙어 있어라. 날이 많이 춥구나. 그리고 왕 대협은……."

소량이 흘끔 시선을 돌렸다.

모닥불 앞에 앉아 팔짱을 낀 채로 꾸벅꾸벅 졸고 있던 왕소정이 화들짝 놀라 고개를 들었다.

"예, 예? 진 대협, 저를 부르셨습니까?"

"모포를 깔고 편히 주무시지 그러셨습니까. 당분간은 안전할 터이니 걱정 말고 한잠 주무십시오. 초(哨)는 제가 서겠습니다."

"아, 그래도 제가……."

"주무십시오."

왕소정이 당황하여 손사래를 쳤지만, 소량은 괜찮다는 듯 미소를 지어 보이고는 동굴의 입구로 걸음을 옮길 뿐이었다.

잠을 자는 대신, 태허일기공에 대한 궁리나 실컷 해볼 참이었다.

동굴에 어스름히 어둠이 내려앉았다.

할머니의 상세는 조금도 나아지지 않았다.

천하를 떨쳐 울리게 했던 무공도 어느새 쇠하였는지, 기력이 없는 모습으로 잠을 청할 때가 많아졌다. 매병도 심화된 것인지 때로는 소녀가 되었다가, 때로는 처녀가 되기를 반복했다.

가끔 할머니께서 노인의 모습으로 돌아올 때도 있었다.

소량과 승조는 그럴 때의 할머니를 좋아했다.

하지만 그런 행운은 그리 자주 찾아오지 않았다.

"오라버니, 오라버니. 무습소."

소녀가 되어버린 할머니가 승조의 등에 업힌 채로 고개를 숙였다. 수풀이나 나무가 그림자를 만들면 무서워하시는 경우가 종종 있었던 고로, 승조는 아무렇지도 않게 그녀를 달랬다.

"저게 저렇게 무서워요? 별로 무섭지도 않은데 아가씨가 겁이 많네."

"어스름도 무섭지만 지는 그것을 말한 것이 아니어라. 지는 호환(虎患)이 무섭소. 산군을 고작 사람이 어찌 이긴당가."

"호환? 범을 말씀하시는 것이세요?"

할머니를 업고 가던 승조가 혹시나 하는 표정으로 소량을 바라보았다.

소량이 쓴웃음을 지으며 고개를 절레절레 저었다.

근처에 범 따위는 없다는 뜻이었다.

승조가 한결 안도한 표정으로 할머니를 달랬다.

"근처에 범 없어요, 아가씨. 나타나면 내가 확 잡아서 우리 아가씨에게 모자 만들어줄게."

"아니여, 그게 아니여라. 마음을 비우면 이렇게 소리가 난다니께. 바람 소리두 들리구, 나무가 숨 쉬는 소리도 들리구, 범이 어슬렁거리는 소리도 들리구."

승조와 소량이 서로를 흘끗 보고는 실소를 머금었다. 어린 시절엔 할머니에게 붙어 이런저런 옛날이야기를 듣곤 했었다. 호롱 하나 켜두고 바느질을 하던 할머니가 으헝, 하고 호랑이 시늉을 하면 동생들은 물론이고 소량까지도 깜짝 놀라 몸을 움찔하곤 했었다.

지금 할머니의 말투가 그때와 같았다.

"그런 소리 말고 또 무슨 소리가 들려요?"

"햇님이 웃는 소리도 들리구, 동장군이 화내는 소리도 들리구 그래야. 동장군이 화내면 산기슭에 쌓인 눈이 와르르 하고 무너지고 그런다니께."

할머니가 두런두런 하는 이야기를 들으며 소량과 승조, 두 형제가 걸음을 옮겼다.

중간에 왕소정이 '제가 조모님을 업을까요?'라고 질문했지만 소량도, 승조도 그것을 바라지는 않았다.

한동안 이야기하던 할머니가 조심스럽게 중얼거렸다.

"봐야, 지금도 동장군이 화를 내고 그라네."

할머니의 목소리에 맞춰 걸음을 옮기던 소량이 불현듯 움직임을 멈추었다. 추억에 젖은 얼굴로 '또 무슨 소리가 들리는데요?' 하던 승조가 소량을 따라 걸음을 멈추고는 눈을 휘둥그레 떴다.

"갑자기 왜 그러십니까, 형님?"

어디선가 범 울부짖는 소리가 난 것은 바로 그때였다.

범의 울음소리에는 원래 사람을 놀라게 하는 기운이 있어 들으면 힘이 빠지는 법이다.

왕소정의 안색이 슬며시 찌푸려졌다.

"어이쿠, 이거 진짜로 범이 나타날 줄은 몰랐네. 이거 괜찮겠습니까, 진 대협?"

소량이 대답 대신 고개를 몇 번 끄덕였다. 소량의 기감 밖에서 다가오던 범은 뒤늦게 그의 기세를 느끼고는 한바탕 울부짖은 후 몸을 빼고 있는 상태였다.

소량이 자신보다 강함을 느끼고 몸을 피하는 것이다.

하지만 지금은 그게 중요한 게 아니었다.

소량은 기감은 물론, 청력까지 한없이 돋운 상태였다. 정신이 하도 집중되다 보니 오히려 주변의 소리가 사라지고 고요함이 깃든다.

우르릉—

그러자 쌓인 눈이 무너지는 소리가 들렸다.

동장군이 화내는 소리였다.

"할머니."

소량이 믿을 수 없다는 듯 할머니를 돌아보았다.

무공을 잃은 사람이 어찌 주변의 소리를 이처럼 잘 들을 수 있단 말인가! 천존의 경지에 오른 소량조차 느끼지 못했던 범의 기척을 어찌 미리 알 수 있었단 말인가!

생각해 보면 할머니는 상처 하나 없는 자신의 모습에서 전투의 흔적을 읽곤 했었다.

"도대체 어떻게……."

소량이 멍하니 질문할 때였다.

"인즉 범 갔다잉."

할머니가 세상에 다시없을 만한 순진무구한 얼굴로 즐거운 듯 중얼거렸다.

2

아직 겨울도 오지 않았는데 성마르게 눈이 내린 탓일까. 가끔은 옅게, 가끔은 한 치 앞도 보이지 않을 정도로 짙게 내리던 눈은 하루도 가지 못하고 멎고 말았다.

그때부터는 눈이 문제가 아니라 기온이 문제였다.

한낮 늦가을 날씨가 한겨울 새벽보다도 추웠던 것이다.

소량과 승조는 마의 세 벌을 할머니께 입히고, 그 위에는 두 툼한 솜옷을 둘렀다.

그렇지 않아도 체구가 자그마했던 탓에 할머니는 낙낙한 옷자락에 파묻힌 듯 보였다. 갑갑할 법했지만, 손자들의 안심한 얼굴 탓인지 할머니는 한 번도 그런 내색을 보이지 않았다.

그로부터 칠 주야 동안, 그들은 잠을 잘 때를 제외한 모든 시간을 길 위에서 보냈다.

소량이 직접 할머니를 업고 걸었고, 승조와 왕소정은 대신 식량이나 옷가지가 든 바랑을 걸쳤다.

단출한 짐만 멨는데도 승조와 왕소정 모두 힘든 기색을 보였다.

"후우우—"

뒤에서 따라오던 승조가 심호흡을 들이켰다.

할머니를 업고 걸어가던 소량이 안쓰러운 듯 그를 살펴보았다. 창백하게 변해 버린 왕소정의 얼굴까지 확인한 소량이 작게 한숨을 내쉬었다.

'하긴, 지칠 법도 하지.'

간밤엔 심지어 잠조차 제대로 이루질 못하였다. 혈마곡의 마인들이 서너 번이나 주변을 서성거린 탓이었다. 소량이 있었기에 망정이지, 아니었더라면 큰일이 나고 말았을 터였다.

'게다가 진퇴를 결정하기 애매한 곳이니……'

소량이 시선을 돌려 전방을 바라보았다.

앙상하게 가지만 남은 나무들 사이를 지나 넓은 평원이 펼쳐져 있었다. 지형을 염두에 두지 않고 직선으로 달려온 탓에 뜻하지 않게 개활지를 만나고 만 것이다.

걸음을 멈춘 소량이 승조를 돌아보며 말했다.

"잠시 쉬자, 승조야. 길이 엉망이로구나."

"그거 잘됐습니다, 형님. 안 그래도 죽을 지경이었거든요."

거칠게 숨을 내뱉던 승조가 정신을 차리려는 듯 고개를 홰홰 저었다. 그러고는 쌓인 눈을 쓸어내고, 바랑에서 지푸라기를 꺼내어 고르게 편 후 면포를 덮는 등 앉을 자리를 만든다.

왕소정이 신음을 토해내며 그런 승조를 도왔다. 도대체 무슨 일이 있었는지, 승조를 돕는 왕소정의 손짓 하나하나가 조심스럽고 또한 엄숙했다.

"됐습니다, 형님. 이제 제가 모실게요."

먼저 자리에 앉은 승조가 말하자, 소량이 그 옆에 할머니를 내려놓았다. 잠에 깊이 빠져든 할머니가 쓰러지듯 몸을 기대자 소량이 얼른 그녀의 어깨를 비벼주었다.

"잘 주무시네, 우리 할머니."

"많이 피곤하셨을 게다. 간밤에만 서너 번을 깨지 않으셨더냐."

소량이 이해할 수 없다는 듯 할머니를 바라보았다.

할머니에게 무언가 이상한 점이 있다는 사실을 깨달은 것은 칠 주야 전이었다.

할머니는 소량의 기감 밖에 있던 범의 존재를 내공조차 펼치지 않고 알아차렸다. 동장군이 화를 내는 소리, 즉, 눈이 무너지는 소리도 소량보다 먼저 들었다.

소량의 무공이 천존의 경지에 올랐다는 것을 감안하면 있을 수 없는 일이라 할 수 있었다.

승조 역시 같은 생각을 하고 있었나 보다.

"할머니께서 무공을 되찾으신 것일까요, 형님?"

"나도 잘 모르겠다. 그건 아닌 것 같은데……."

승조의 질문에 소량이 자신 없는 얼굴로 고개를 저었다. 혹시 몰라 할머니의 맥문을 쥐고 태허일기공을 흘려보았지만, 무공이 회복된 기색은 느끼지 못했다. 아니, 오히려 기운이 가느다랗게 이어져 겨우 명맥만을 유지하는 것을 보고 얼마나 걱정을 했는지 모른다.

"저기… 그게 말입니다, 혹시 조모님께서 도를 통(通)하신 게 아니겠습니까?"

눈을 데굴데굴 굴리던 왕소정이 조심스럽게 끼어들었다.

소량과 승조가 '그게 무슨 소리냐'는 듯 바라보자 왕소정의 표정이 민망하게 변해갔다.

"오, 오해는 마십시오! 제가 감히 조모님을 잡스러운 술법이나 부리는 무당 취급하는 것은 아닙니다. 저는 그저··· 왜 수양이 깊은 사람은 범인은 보지 못하는 것을 본다지 않습니까?"

왕소정이 소량의 눈치를 살폈다. 금협 진승조만 있다면 농담도 좀 섞고, 타박도 좀 섞어서 말을 해보겠는데 천애검협을 대하는 것은 시간이 지나도 쉽지가 않다.

왕소정이 헛기침을 몇 번 내뱉고는 말했다.

"불가에는 육신통(六神通)이란 게 있지요. 범이 오는 소리를 들은 것도 그렇고, 쌓인 눈 무너지는 소리를 들은 것도 그렇고, 이건 아무리 봐도 천이통(天耳通)이 아닙니까?"

불가에서 이르기를 수양이 깊어 아라한의 경지에 이르면 여섯 가지 신통(神通)을 얻게 된다고 한다. 그중 하나가 바로 천이통인데, 이는 보통은 들을 수 없는 먼 곳의 소리를 듣는 것을 말한다.

승조가 콧방귀를 뀌며 왕소정을 타박했다.

"알고 보니 왕 형도 참 실없구려. 불가에 육신통이 있다는 건 알지만 그건 전설 아닙니까, 전설."

왕소정이 확고한 태도로 반박했다.

"아니야, 그게 아니야. 자네가 불을 피울 때나 끼니를 준비할 때 조모님과 대화를 나눠본 적이 있는데, 그때도 주변의 소리를 모두 들으시는 듯했네. 게다가 자리를 비우신 천애검협께서 뭐 하는지도 아시는 듯했다니까!"

"제가 무엇을 하였는지 아시는 듯했다……?"

소량이 의구심 섞인 얼굴로 되물었다.

왕소정이 '이건 진짜다'라는 표정으로 고개를 끄덕였다.

"예, 그렇습니다. 왜 지난번에 진 대협께서 혈마곡의 잡졸들을 다른 곳으로 유인한 적이 있지 않습니까? 그때도 조모님께서는 그것을 미리 알고 계셨습니다. 진짜입니다, 진 대협."

왕소정이 빠른 목소리로 당시의 상황을 설명해 나갔다.

그때는 할머니가 소량을 군졸님이라고 부르던 때였는데, 소량이 자리에 없음에도 불구하고 마치 눈으로 본 사람처럼 '큰 군졸님께서 안 싸워서 다행이여. 도망만 쳤시야'라고 흡족하게 웃었다는 것이다.

"이것이 천안통(天眼通)이 아니고 무엇이겠습니까?"

왕소정이 짐짓 엄숙한 얼굴로 말했다.

소량이 한결 진지해진 얼굴로 질문했다.

"혹시 또 다른 말씀은 없으셨습니까?"

"어, 그게… 실은 제가 개인사를 여쭌 적이 있습니다."

왕소정이 머뭇거리며 말하자 승조의 표정이 붉으락푸르락해져 갔다.

"이보시오, 왕 형! 어디서 남의 할머니를 당골 취급하고 난리요!"

"아니야! 오해 말게! 내 개인사는 조모님께서 먼저 여쭤보셨

단 말일세! 그것에 대답하다 보니 걱정도 되고 그래서 하소연 겸… 그래, 하소연 겸 질문을 드려본 걸세!"

당황한 왕소정이 손사래를 몇 번이나 쳤다.

소리를 지르려던 승조가 할머니를 흘끔 보고는 목소리를 죽였다.

"그게 그거지! 왕 형, 진짜 이럴 겨요? 어떻게 우리 할머니에게……"

"그만. 승조야, 그만해라."

소량이 한 손을 들어 승조를 막았다.

승조가 불쾌한 얼굴로 입을 다물었다. 성질 같아서는 몇 마디 욕설이라도 내뱉고 싶었지만, 감히 형이 말리는데 그런 행동을 할 수는 없었다.

소량이 진지한 얼굴로 왕소정을 바라보며 말했다. 자세한 사정까지는 모르지만, 간략하게는 왕소정의 사정을 알고 있었으므로 단도직입적으로 질문을 던진다.

"그래, 할머니께서는 뭐라고 하시더이까?"

"그게… 제 딸은 무탈하니 걱정 말라고 하시더군요."

왕소정이 다 죽어가는 목소리로 말했다. 그러면서도 '딸이 무사할 것이다'라는 예상만은 기쁜지 표정에 안도한 기색이 묻어난다.

"그렇군요. 저도 그렇게 되기를 바랍니다, 왕 대협."

소랑이 쓴웃음을 지으며 고개를 끄덕였다.

실제로 천존의 경지에 이르면서 몇 가지 상식으로는 이해하지 못할 일을 직접 겪었던 소랑이었다. 양신이 태동하고 환골탈태를 직접 겪는 등, 전설에나 나올 법한 일을 실제로 겪었는데 육신통을 믿지 못할 이유가 어디 있겠는가.

소랑은 천이통이니, 천안통이니 하는 소리에 진지하게 귀를 기울였다.

하지만 마지막 말만은 믿을 수가 없었다. 지근거리라면 몰라도 수천 리를 넘은 곳의 일을 할머니가 알 수 있을 리 없다.

'아마 할머니께서 위로를 하셨던 모양이다.'

왕소정에게 똑같은 위로를 건넨 소랑이 다시 주변을 살펴보기 시작했다. 사방이 탁 트인 개활지이니, 적을 마주하기라도 하면 숨을 곳도 피할 곳도 없는 셈이다.

그렇다고 지금 방향을 바꾸자니 그것도 만만치가 않다. 평야를 빙 돌아가는 것은 또한 그만한 시간을 들이게 되는 것이다.

"아! 그걸 어찌 아셨는지 여쭈니 이런 말씀도 하셨습니다."

그때, 왕소정이 뒤늦게 생각났다는 듯 입을 열었다. 소랑이 자신을 돌아보자 왕소정이 수수께끼를 만난 표정으로 말했다.

"세상에 우연이란 없다고……."

"세상에 우연이란 없다?"

소랑이 미간을 살포시 찌푸렸다.

도대체 어째서일까?

조금 전처럼 대수롭지 않게 넘어가면 될 일인데 어째서인지 그 말을 모른 체할 수가 없다. 마치 한마디 말에도 무게가 있어 가슴 한구석에 묵직하게 내려앉은 듯한 기분이었다.

하지만 왕소정에게 다시 질문을 던지지는 못했다.

때마침 할머니가 잠에서 깨어난 탓이었다.

잠에서 깬 할머니는 어리둥절한 눈으로 주위를 둘러보다가, 새하얀 눈밭을 보고는 희미하게 미소를 머금었다. 아마 소복하니 깔린 눈이 마음에 든 모양이었다.

"참 곱다잉……"

"어제 여기에 눈이 내렸었나 봐요, 할머니. 우리가 있던 곳엔 눈이 안 와서 다행이야."

승조가 할머니를 물끄러미 내려다보며 말했다.

할머니가 천진난만한 얼굴로 미소를 지었다.

"그려. 그래도 눈이 참 곱게도 왔다잉."

승조의 입꼬리가 슬며시 올라갔다. 자신에게 하는 말이 반말인 것을 보면, 할머니의 기억은 노년에 머물러 있는 모양이었다. 승조가 개인적으로는 가장 좋아하는 모습이었다.

"아무래도 내년에는 풍년이 들겄어."

"할머니가 그걸 어떻게 알아요?"

"흘흘, 원래 나이를 이만큼 묵으면 반쯤 점쟁이가 되는 법이제. 두고 보라니께, 내년에는 틀림없이 풍년이 들 것잉께. 잠깐, 근디 총각은 누구당가… 아니여, 됐시야, 됐어."

눈을 게슴츠레 뜨고 승조를 바라보던 할머니가 고개를 절레절레 저었다. 할머니 입장에서 보면 정체 모를 사람들하고 같이 있는 셈인데, 그럼에도 불구하고 크게 걱정은 안 되는 모양이었다.

"으읏차!"

할머니가 주춤거리며 자리에서 일어났다.

승조는 할머니를 말리는 대신 조용히 그 모습을 바라보았다.

할머니는 추운지 몸을 한차례 부르르 떨고는 느릿하게 설원을 향해 걸음을 옮겼다. 새하얀 설원 위에 발자국 몇 개 남기고 싶은 모양이었다.

소량이 죄송스럽다는 얼굴로 할머니를 막았다.

"위험합니다, 할머니. 가지 마세요."

"응? 어디가 위험혀?"

"갑자기 도적이 나올지도 모릅니다. 범이 나올 수도 있고요."

"시상이 이렇게 고요한디 뭔 소리여?"

할머니가 헛소리를 다 한다는 듯 소량을 바라보았다.

소량의 표정이 미미하게 변해갔다. 할머니가 또다시 소리에 대한 이야기를 꺼낸 것이다. 육신통에 대한 이야기를 들은 후라 그런지, 괜히 할머니가 기이하게 보인다.

"설령 도적이 나타나도 지금은 아닐 거여. 가는 놈이 있으면 오는 놈이 있고, 올 때가 있으면 갈 때가 있는 법이여. 어제 그토록 왔으니 오늘은 갈 때여."

소량의 표정이 이해할 수 없다는 듯 변해갔다. 조금 전, '우연이란 없다'는 말을 들었을 때처럼, '올 때가 있으면 갈 때가 있다'는 말에 또다시 가슴이 묵직해지는 기분이 든다.

할머니는 소량의 기색을 알아차리지 못한 듯 천진한 걸음으로 눈밭을 걸어갔다. 가끔 허리를 굽혀 눈을 쓸어보기도 하고, 발길 하나 없는 곳을 골라 걷기도 하는 것이 마치 긴 여행길에서 잠시 숨을 돌리는 모양새였다.

승조가 멍하니 할머니를 바라보는 소량에게로 터벅터벅 걸어오며 말했다.

"형님, 말려야 되지 않겠습니까? 이러다가 위험해지면 어쩌려고……."

"잠시만 기다려 보자. 내 보기에도 근처에 적은 없는 듯하니 잠깐은 괜찮을 거다."

승조를 흘끔 돌아보았던 소량이 다시 할머니에게로 시선을 돌렸다.

노년의 나이에 절대 없으리라 생각했던 천진난만함이 어찌 저렇게 묻어날 수 있을까.

할머니가 문득 눈이 부시도록 자유롭게 보였다. 삶의 잔재를 허위허위 털어내고 깃털처럼 가벼워진 할머니는 당장에라도 공중에 녹아 사라질 것처럼만 보였다.

그것은 결코 착각이 아니었다.

실제로 할머니의 육신이 희미하게 흩어져 가고 있었던 것이다.

"하, 할머니!"

소량이 한 걸음 앞으로 나서자 희미하게 사라졌던 할머니의 신형이 다시 뚜렷해졌다.

할머니는 왜 부르냐는 듯 뚱한 얼굴로 소량을 돌아보았다.

"아니… 아무것도 아니에요."

소량이 믿을 수 없다는 듯 할머니를 바라보며 말했다.

그렇게 보다 보니 한 가지 깨달아지는 것이 있었다. 눈으로 보면 할머니의 육신은 그대로다. 하지만 그녀의 기운은 마치 천지와 일체가 된 것처럼 스르르 세상 속에 녹아들고 있었다.

조금 전, 할머니께서 사라진다고 생각했던 것은 그 때문일 것이다.

며칠 전 할머니께서 했던 말씀이 문득 떠올랐다.

"마음을 비우면 이렇게 소리가 난다니께. 바람 소리두 들리구,

나무가 숨 쉬는 소리도 들리구, 범이 어슬렁거리는 소리도 들리구."

'어쩌면 왕 대협의 말씀은 농담이 아닐지도 모르겠다. 아니, 틀림없이 아닐 것이다.'

아직 할머니의 경지를 파악하진 못했지만, 소량은 왕소정의 말이 결코 헛된 것이 아니라는 것만은 확신할 수 있었다.

조금 전부터 소량의 태허일기공이 호응하기 시작했던 탓이다.

마치 할머니께서 이끌어주는 것처럼 말이다.

소량의 표정이 딱딱하게 굳어갔다.

천진난만하게 눈밭을 노닐던 할머니가 소량의 기척을 느끼고는 그를 돌아보았다. 어찌 보면 깜짝 놀란 듯도 했고, 어찌 보면 신기하다는 듯도 한 시선이었다.

소량이 주변을 한차례 둘러보더니, 결심한 듯 설원으로 걸음을 옮겼다. 얼기설기 꿰어 만든 초혜(草鞋)로 눈송이 몇 개가 스며들었다.

할머니가 은근한 어조로 감탄을 터뜨렸다.

"시상에, 시상에. 눈을 밟는데 워째 발자국 하나 안 남는다냐?"

부지불식간에 걸음을 멈춘 소량이 뒤를 돌아보았다.

답설무흔(踏雪無痕)이라!

설원을 서너 걸음이나 걸었음에도 눈 위에는 조금의 흔적도 남지 않았다.

특별히 공력을 일으키고자 한 것도 아니요, 따로 경신의 공부를 펼친 것도 아니었다. 그저 할머니 덕택에 자연스럽게 일어난 태허일기공이 기이한 효능을 발휘한 것이었다.

반면 할머니가 지나온 자리는 어떠한가?

작은 발자국이 어지러이 흩어져 있다.

소량의 표정이 이해할 수 없다는 듯 변해갔다.

"신기허기도 허지. 아마두 총각이 눈[雪]의 마음을 가졌는갑소."

할머니가 알 것도 같다는 어조로 말했다.

바닥을 내려다보던 소량이 할머니에게로 시선을 돌렸다.

"…눈의 마음?"

할머니가 한숨을 폭 내쉬더니 고개를 절레절레 저었다.

"그래두 말이여, 사람 몸으로 나서 그라믄 못 써, 총각. 쌓인 눈을 밟으면 발자국이 생기는 게 정상이잖어."

뽀드득, 소리와 함께 발자국을 만들며 걸어온 할머니가 소량의 어깨를 짚었다.

할머니가 손에 힘을 주어 어깨를 누르자 소량의 키가 한 치가량 작아졌다.

눈 위에 깃털처럼 얹혀 있던 신체가 아래로 푹 꺼진 탓이었다.

"인즉 한결 낫네."

할머니가 대수롭지 않다는 듯 말하고는 몸을 돌렸다.

"쌓인 눈을 밟으면 발자국이 생긴다……."

소량이 멍하니 할머니의 말을 중얼거렸다.

그러다 보니 언젠가 왕소정에게 해주었다던, 바로 그 말이 머릿속에 떠오른다.

"…세상에 우연은 없다?"

소량은 비로소 자신이 기연(奇緣)을 만났음을 깨달았다.

무학을 가르친 사람이 바로 그녀였건만, 매병에 걸린 탓에 그런 행운이 다시 올 것이라고는 상상치 못했다. 하지만 칠단공을 고민하는 지금, 그러한 기연이 찾아오고 말았다.

소량은 문득 조급해지는 것을 느꼈다. 할머니께 여쭤보고 싶은 것이 너무나 많은데 시간이 없는 셈이었다. 그녀의 기억은 언제 다시 흩어질지 모르는 것이다.

"태허일기공 역시 그렇게 돌아갑니까?"

"그게 무신 소리여? 태허일기공?"

할머니가 '그런 헛소리는 처음 들어본다'는 표정을 지었다.

조금 전까지만 해도 선문답과 같은 말씀을 하시던 할머니가 갑자기 아무것도 모르는 체 순진무구한 표정을 짓자 소량은 가슴이 답답해지는 것을 느꼈다.

"조금 전에 눈을 밟으면 발자국이 생긴다고 하셨잖아요, 할머니."

"그랬지. 그야 당연한 거 아녀? 눈을 밟으면 발자국이 생기는 것이 당연한 이치지."

"하지만 몸을 가볍게 하면 발자국을 남기지 않을 수도 있는걸요."

소량이 눈에서 발을 뽑아 할머니에게로 걸어갔다.

답설무흔의 경지를 다시 펼친 까닭에 설원엔 발자국 하나남지 않았다.

할머니가 신기하다는 듯 감탄을 터뜨렸다.

"아까도 그랬지만 참말로 신기하다잉."

"바람이 일으키면 눈을 없앨 수도 있습니다."

소량이 가볍게 손사래를 치자 어디선가 바람이 불어왔다. 바람은 소량이 디디고 선 곳을 제외한 반경 일 장여의 눈을 휘몰아 사방으로 흩어나갔다.

"워매! 그것은 또 워떻게 했디야?"

이번엔 할머니가 깜짝 놀라 감탄을 터뜨렸다. 소량은 대답을 구하는 눈으로 물끄러미 할머니를 바라보았지만, 그녀는 신기하다는 듯 연신 주위만 살필 뿐 대답을 해주지 않았다.

소량의 표정이 조금씩 어두워질 때였다.

"표정이 왜 그랴? 나가 뭔가 잘못했는감?"

할머니가 죄를 지은 사람처럼 눈치를 살피더니, 긴가민가하는 표정으로 말했다.

"그래두 눈이 눈이 아니게 되는 것은 아니잖어……."

"눈이 눈이 아니게 되는 것은 아니다?"

소량의 표정이 생각에 잠긴 듯 변해갔다.

그 표정을 본 할머니가 만족스럽게 외쳤다.

"아따! 이제야 총각이 왜 그러는지 알겠구마잉!"

할머니가 소량에게로 걸어와 어깨를 가볍게 두들겼다.

"암, 암. 총각 말이 옳구먼. 총각처럼 바람을 일으키지는 못하지만, 나도 여기 있는 눈을 싸그리 치울 수는 있네. 비질만 열심히 하문 까짓 못할 것도 없지 않겠는가?"

무어라 반박하려던 소량이 입을 다물었다.

무공으로 바람을 일으킨 것이나 비질을 하는 것이나 결과만은 같으리라. 지나친 확대해석이겠지만, 둘 모두 인간의 힘으로 해낸 것이라고 치면 과정도 같다고 할 수 있다.

"여자 몸인데도 말이여, 젊을 때는 시상이 내 손안에 있는 것 같고 그랬네. 내가 열심히 하기만 하면 못할 것이 없을 것 같고, 그래서 어떻게든 뭔가를 해보려 하고 그랬었지."

태허일기공과는 관련이 없는 말이었는데도 소량은 할머니에게서 귀를 떼지 못했다.

할머니가 말을 이어나갔다.

"하지만 말이여, 보리를 열심히 심어 밭을 맹글 수는 있어도 보리 심은 곳에서 쌀이 나게 할 수는 없더라고. 한겨울 언 땅에 불을 질러 녹여도 봄이 오는 것은 아니더라고."

할머니의 눈에는 노인의 지혜가 얹혀 있었다.

"…알고 보니 천하에 못할 것이 없다고 생각했던 것은 틀린 생각이더라고."

겨울이 지나면 봄이 오고, 여름이 지나면 가을이 오는 법.

그 크나큰 순환(循環)을 수십 번 겪다 보면 알게 되는 것이 있다.

각각의 순환이 서로 다른 것처럼 보이지만 알고 보면 그렇지 않다.

어릴 때에는 인간의 힘으로 그것을 통제할 수 있을 것이라고 생각하지만 알고 보면 통제할 수 있는 것은 아무것도 없다.

그것을 깨달으면 겸허해지게 된다.

겸허해지고 나면 순응(順應)하게 된다.

세상에 우연이 없다는 것 역시 마찬가지다.

"세상에 우연이란 없다고 혔는가? 암, 맞는 말이네. 원인이 있어야 결과가 있지. 하지만 알고 보면 원인과 결과도 꼬리에 꼬리를 물고 순환하는구먼. 그것을 오래 겪으면 알게 되는 것이 있제."

할머니가 히죽 웃으며 말했다.

"오십 넘으문 반쯤 점쟁이가 된다는 말은 그래서 나온겨. 사실 말이여, 나두 점쟁이처럼 앞날을 예언할 수 있다니께."

할머니가 자랑하듯 어깨를 폈다.

"해가 떴으니께 말이여, 인즉 눈이 녹을 거여."

소량은 할머니가 다시금 사라지는 것 같다고 생각했다. 그녀의 신체는 여전히 눈앞에 있으나, 그 기운이 천지자연에 녹아들어가니 의식을 하기가 쉽지 않다.

소량은 할머니가 사라지는 것이 싫어서 그녀의 손을 꽉 잡았다.

변함없는 온기가 손끝을 타고 전해져 들어왔다.

'착각… 이겠지?'

당장에라도 사라질 것 같던 할머니의 기운이 다시금 오롯하게 돌아왔다.

소량은 그제야 희미하게나마 웃음을 지을 수 있었다.

"그래서 세상에 우연이란 없다고 말씀하신 것이로군요."

소량이 할머니의 손을 놓고는 발치를 내려다보았다. 답설무흔이니 뭐니 하는 것을 잊어버리고, 잠깐이나마 할머니의 말대로 순응을 해보려는 것이다.

그 상태로 몇 걸음을 걸어가니 발자국이 남는다.

'칠단공으로 가는 길은 여전히 모르겠지만……'

소량의 마음이 평화로워진 까닭일까?

한가득 일어났던 태허일기공이 조금씩 사라지고 있었다.

소량은 사라져 가는 태허일기공의 흔적을 머릿속에 단단히 담아두었다.

'어쩌면 이것이 단서가 될지도 모르겠다.'

생각해 보면 능하선검 역시 같은 깨달음에서 나온 것 아니던가! 거스르지 않고 순응하는 것, 세상의 이치를 따르는 법 말이다.

소량이 그렇게 생각할 때였다.

"형님, 계속 거기 있으실 참입니까?"

멀찍이서 선문답 같은 대화를 구경하던 승조가 볼멘 목소리로 말했다. 아무리 그래도 사방이 탁 트인 개활지이니 불안한 심정을 감출 수가 없다.

"응?"

소량이 그제야 고개를 돌리고는 민망한 표정을 지었다.

"아아, 그냥 출발하자꾸나. 할머니 말씀도 그렇거니와, 내가 봐도 주변에 누군가가 없는 듯하니 그냥 건너가도 될 것 같다. 평야가 그렇게 길지는 않으니 괜찮겠지."

"그럼 진작 말씀을 하시지요! 그랬으면 짐을 미리 싸두었을 것 아닙니까?"

승조가 '하여간 우리 형님도 정신없을 때가 있다니까'라고 투덜대며 짐을 챙기기 시작했다. 짚 풀을 바랑에 밀어 넣고, 면 포와 옷자락을 챙기는 등 자리를 정리한다.

땅을 다지고 손으로 눈을 흩뿌려 흔적을 지우는 것도 잊지 않는다.

자리를 모두 정리한 승조가 설원을 보며 머뭇거렸다.

"형님! 발자국은 괜찮겠습니까, 이거?"

"그냥 오너라."

소량이 말하자 승조가 한숨을 푹 내쉬고는 한 발자국을 내디뎠다. 최대한 조심스럽게 내디딘다고 했는데 큼지막한 발자국이 남았다.

승조와 똑같은 과정을 거친 왕소정 역시 난감한 표정을 지었다.

승조와 왕소정이 다가오자 소량이 할머니에게로 다가갔다.

"모실게요, 할머니. 이리 업히세요."

"으응, 그려."

소량이 한결 편해진 듯, 존대와 반말을 섞던 할머니가 반말로 말하며 그 등에 업혔다.

소량이 승조와 왕소정을 돌아보며 말했다.

"속도를 조금 높여서 달립시다. 반시진이 안 돼서 다시 숲이 나올 텐데, 그동안은 쉴 틈 없이 달려야 할 것입니다."

한 손으로 할머니를 단단히 받친 소량이 다른 손을 승조가 걸어온 길에 대고 휘저었다.

말하자면 내력을 일으켜 일장을 내뻗은 셈!

휘이잉—

바람이 스르르 일어나 설원 위 발자국을 지워 버렸다.

승조와 왕소정의 눈이 휘둥그레 커진 것은 당연한 일이라 할 수 있었다.

"이제 갑시다."

소량은 아무렇지도 않다는 듯 신형을 날렸다.

승조와 왕소정이 서로를 흘끔 보고는 쓴웃음을 머금었다. 상대의 놀란 얼굴을 보니 자신의 표정이 어떠한지 짐작이 간다.

그렇게 얼마나 달렸을까.

소량의 말대로 반시진 조금 안 되어 평원이 끝났다. 그 뒤에는 숲이 길게 늘어서 있는데, 어디선가 물소리가 들리는 것이 강가와 맞닿아 있는 모양이었다.

평원을 지나 속도를 늦춘 까닭에 한숨 돌리게 된 승조가 질문했다.

"물소리가 계속 들리는데요, 형님. 이게 제가 생각한 그 강이면 좋겠는데……."

"아마 맞지 않을까 싶다. 나도 청해로 오면서 그 강을 건넜더랬지."

승조의 눈빛이 반짝 빛났다.

"형님도 민강의 지류라고 생각하시는 겁니까?"

소량이 희미한 미소를 지은 얼굴로 고개를 끄덕였다.

"그래. 그렇게 생각한다."

"형님, 그렇다면……."

"이제부터는 사천이라고 봐도 무방하겠지."

"후아아!"

빠른 걸음으로 걸어나가던 승조가 안도의 한숨을 토해냈다. 예상은 했지만, 소량 형님의 입에서 '청해를 빠져나왔다'는 말을 들으니 전신의 힘이 쫙 빠지는 기분이 든다.

왕소정 역시 안도하긴 마찬가지였다.

아니, 그는 살짝 경악하고 있었다.

'정말로 청해를 무사히 빠져나왔구나. 비록 천애검협의 도움이 있었다지만, 금협 진승조는 제 발로 혈마곡에 들어가서 제 발로 혈마곡을 빠져나온 거야.'

왕소정이 소량과 승조를 번갈아서 돌아보았다.

소량 역시도 안심한 모양인지 말투가 한결 부드러워져 있었다.

"네 큰누이와 여동생도 사천에 와 있다. 그 녀석들도 할머니를 오랫동안 기다렸을 터. 태승이를 제외하면 오랜만에 가족이 다 모이는 셈……."

소량이 불현듯 말을 멈추었다.

등 뒤에 있던 할머니가 몸을 파르르 떨며 소량에게로 붙은 까닭이었다.

"무, 무습다, 무스워야."

할머니의 안색은 그야말로 새파랗게 질려 있었다. 혈마곡의 마인들의 기척을 미리 눈치챘을 때에도, 범이 있다고 겁을 낼 때에도 할머니는 이 정도로 몸을 떨지는 않았었다.

"군졸님, 나 무습소. 이를 어찌하오? 어매 보고 싶소."

뒤이어 소량의 표정도 창백하게 변해갔다.

소량이 믿을 수 없다는 듯 뒤를 돌아보았다.

"이건……."

마치 소량이 나타나기를 기다렸다는 것처럼, 혈마곡 마인들의 기운이 일어나 그들 쪽으로 다가오기 시작했다.

문제는 그것이 한두 명이 아니라는 점.

당장 소량이 느끼기로도 수백, 아니, 수천은 되어 보인다.

"…도대체 몇 명이지?"

소량이 모르는 새, 사천은 혈마곡의 권역이 되어 있었다.

第二章
집착(執着)

1

당금 강호에서 진무십사협이란 이름이 차지하는 비중은 결코 작지 않았다. 그들은 혈마곡의 예봉(銳鋒)을 꺾은 무인이요, 스스로의 목숨을 바쳐 백성들을 구한 의인(義人)인 것이다.

그들의 목숨을 앗아간 혈마곡에 대한 공분(公憤)은 하늘을 찌를 듯 높아졌다. 무림에 발을 들인 이들은 심지어 진무십사협의 죽음에 대한 부채감까지도 느끼고 있었다.

천애검협의 복수행로가 뜨거운 반향을 일으킨 것은 바로 그 때문이었다. 혈마곡에 대한 공분과 그들의 죽음에서 비롯된 상실감을 바로 천애검협이 메워주었던 것이다.

천애검협의 복수행로에 뒤이어 강호에 또 다른 낭보가 전해졌다.

삼천존(三天尊)의 출행(出行)!

강호에서 행적을 감추었던 삼천존이 마치 약속이라도 한 듯 청해에 모습을 드러냈다.

검(劍), 도(刀), 창(槍).

각각의 무공에서 극의에 이른 세 명의 무신(武神)들은 더 이상 혈마곡의 난을 좌시하지 않겠다는 듯 본격적으로 마인들을 제압해 나갔다.

혈마곡이 지난 육십여 년간 비축해 온 수많은 마공(魔功)과 마인들은 감히 세 명의 무신을 감당하지 못하고 추풍낙엽처럼 쓸려 나가기 시작했다.

천애검협, 삼천존…….

네 명의 절대고수가 청해를 헤집고 있는 지금이 무림맹에게 있어 놓칠 수 없는 적기라 할 수 있었다. 무림맹은 이번에야말로 혈마곡과의 질긴 악연을 끊겠다며 출병을 시작했고, 마침내는 금천(金川)에서 혈마곡과 건곤일척의 승부를 벌이게 되었다.

하지만, 안타깝게도 하늘은 무림맹을 선택하지 않았다.

검천존(劍天尊) 경여월(景餘月)은 예상보다 빨리 그 사실을 알게 되었다.

시간을 거슬러, 소량의 일행이 청해를 벗어나기 사흘 전의 일이었다.

검천존 경여월은 느긋한 얼굴로 노을을 바라보고 있었다.

"기왕 올 거, 시끄럽게 오라고 하기는 했다만… 아예 꽹과리를 울리면서 왔구나. 푸흐흐."

못마땅한 건지, 아니면 마음에 든 건지 모를 얼굴로 하늘을 바라보던 경여월이 피식 웃으며 고개를 돌렸다. 경여월의 뒤편에는 혈마곡의 마인 두 명이 창백한 얼굴로 서 있었다.

두 명의 마인 중 한 명이 침음성을 내뱉었다.

"야, 약속은 지켜주실 것이라 믿소, 검천존 노선배."

"헐헐헐, 나는 원래 살생을 좋아하지 않는다. 너희가 내게 진실만을 말했다면 약속은 지켜질 게야. 그래, 더 아는 바가 있느냐?"

검천존이 허리를 굽혀 아무렇게나 자라난 질경이 잎을 떼어냈다. 그러고는 끄트머리를 입가에 넣고 우물거리기 시작한다.

그 모습이 영락없는 촌로(村老)와 같았으나 두 명의 마인들은 감히 그를 비웃지 못하였다.

"이미 아는 바는 모두 말씀드렸소. 천애검협이 그에 맞서기 위해 준비한 삼관(三關)을 깨뜨리고 종적을 감추었다는 것, 금협이 혈마곡의 본 궁에서 탈출했다는 것, 금천으로의 출병과 그 결과까지… 더는 말씀드릴 것이 없소이다."

마인 한 명이 어두운 낯빛으로 말했다. 또 다른 마인은 하얗게 질린 얼굴로 주변을 훑어보고 있었다.

그들의 주변엔 백여 명의 시신으로 가득 차 있었다.

차라리 시신에 이상이 생겼더라면 이처럼 겁에 질리지는 않았을 것이다. 시신이 반으로 베어 있다고 해도, 상대의 공력을 이기지 못해 산산조각이 났다고 해도 이보다는 나았으리라.

목숨을 잃었으나 백여 명의 시신엔 상처 한 군데 없었다. 공포에 질려 일그러진 얼굴을 빼면 백여 명이 함께 잠에 빠져든 것이라 착각을 할 정도였다.

이 모두가 검천존의 일검(一劍)이 낳은 결과였다.

"진소량, 그 녀석도 경지에 올랐으니 삼관이니 뭐니 하는 것쯤이야 어렵지 않게 뚫었겠지. 혈마가 직접 나서지 않는 한, 그 녀석을 제압하기는 어려울 게다."

검천존이 우물거리던 질경이를 퉤 뱉었다. 가을볕에 자란 질경이라 그런지 단맛은 하나도 없고 씁쓸하기만 할 뿐이었다.

그러나 검천존은 맛을 느끼지 못하는 사람처럼 인상 한 번 찌푸리지 않았다.

"금협의 재주 또한 뛰어난 바, 잠시간은 귀가 즐거웠다만… 문제는 맹(盟)의 출병이로구나. 한심한 놈들 같으니."

검천존이 한숨처럼 중얼거리고는 하늘을 흘끔 올려다보았

다. 미련을 버리면 버릴수록, 집착을 버리면 버릴수록 천기가 모습을 드러낸다.

그렇게 드러난 천기는 마냥 밝기만 한 것은 아니었다.

'허! 이제 보니 내가 사천 가까이 있었던 것은 우연이 아니었구나.'

도천존은 청해를 빙 돌아 북쪽에서부터, 창천존은 남쪽에서부터 접근하기로 하였고, 검천존은 동쪽에서부터 서진을 하기로 한 참이었다.

지금 삼천존 중 사천에서 가장 가까운 사람은 다름 아닌 검천존이었다. 검천존은 '이 역시 천기의 흐름'일 것이라고 생각했다.

"아는 것은 모두 말씀드렸으니, 이제 약속대로 우리를 보내주시오."

마인 한 명이 어두운 얼굴로 말했다.

검천존이 그를 흘끔 돌아보았다.

"너는 가도 좋다."

"허, 허?!"

말재주가 없으므로 조용히 서 있기만 하던 마인이 화들짝 놀라 고개를 들었다. 여태껏 상황을 설명해 왔던 마인이 분기 어린 눈으로 검천존을 노려보았다.

"우리를 속였구려, 검천존! 비록 적이지만, 검천존 경여월은 말에는 신의가 있고 행동에는 무게가 있는 위인이라고 들었는데 알고 보니 모두 거짓이었어!"

"나는 일월신교의 복수심을 이해한다."

검천존이 안쓰러운 표정으로 마인을 바라보았다.

"조정은 일월신교를 사교로 지정해서는 안 됐어. 한때는 동도(同道)였던 무림맹을 이용해서 일월신교를 제압해서는 안 됐지. 혈마곡의 탄생은 조정이 자초한 것이나 다름없어. 우리는… 우리는 서로에게 너무 잔혹했다."

조정의 명을 받아 일월신교를 탄압한 무림맹.

일월신교의 복수를 위해 탄생한 혈마곡.

혈마곡의 손에 아들을 잃은 자신.

"…나는 더 이상 일월신교도의 피를 묻히고 싶지 않구나."

아들을 떠올린 검천존이 눈을 질끈 감았다.

복수를 위해 살인귀나 다름없는 길을 걸었던 그가 아닌가! 일월신교도나 혈마곡의 마인들을 보면 누구보다도 잔혹해질 수 있는 사람이 바로 그였다.

하지만 최근의 검천존은 그 한 가닥 미련마저 지워가고 있었다.

"하지만 마도에 든 자는 달라. 너는 일월신교의 복수를 위해 입곡하였겠지만 네 옆에 있는 자는 살인을 즐기기 위해 혈마곡에 입곡한 것이 분명하구나. 피 냄새가 너무 짙어."

"아, 아니! 잠깐! 아닙니다! 저는……!"

여태껏 말이 없던 마인이 격렬하게 고개를 저으며 뒷걸음질 쳤다.

서걱!

검천존이 손을 한차례 휘젓자 뒷걸음질 치던 마인이 풀썩 무릎을 꿇었다.

"으으음!"

이제 홀로 남게 된 마인이 신음을 길게 토해냈다.

그는 눈을 부릅뜨고는 검천존을 노려보았다.

검천존이 씁쓸한 얼굴로 중얼거렸다.

"약속대로 아는 것을 말해주었거니와, 오직 복수를 위해 뛰어들었을 뿐이니 너는 건드리지 않으마. 가거라, 아이야. 이제 범인이 되었으니 가서……."

복수 따위는 잊어버리고 네 삶을 살아라.

원래 하고 싶은 말은 그것이었다.

하지만 검천존은 아무런 말도 하지 못했다.

그 자신도 복수를 잊어본 적이 없던 까닭이다.

"젠장, 빌어먹을!"

겨우 목숨을 구한 마인 한 명이 몸을 돌리더니 한껏 달음박질치기 시작했다. 달려가면서도 연신 뒤를 돌아보는 것이 뒤에서 검천존이 공격하지 않을까 걱정하는 눈치였다.

마인의 신형이 멀리 사라지자 검천존이 조그맣게 중얼거렸다.

"복수 따위는 잊어버리고 네 삶을 살아라, 아이야. 그게 낫더라……."

검천존이 다시금 노을로 시선을 돌렸다.

'기왕 올 거, 소란스레 오라'는 말은 소량에게만 한 말이 아니었다. 어찌 보면 그것은 삼천존 모두에게 통용되는 말이라 할 수 있었다.

소량이 복수행로에 나선 것을 기점으로 삼천존도 최대한 소란스럽게 혈마곡으로 향했다.

굳이 따지자면, 대문을 두드려 혈마를 부른 셈이다.

하지만 아무리 문을 두드려도 혈마는 나오지 않았다.

"밀어도 안 되면 당겨보는 수밖에."

검천존이 휘적휘적 걸음을 옮겼다.

금천에서 벌어진 대회전의 결과를 들은 탓일까?

그의 걸음은 사천 쪽을 향해 있었다.

휘이잉—

지독히도 황량한 바람이 불어왔다. 어쩌면 그 바람은 현실에 존재하는 바람이 아니라 자신의 마음속을 드나드는 바람일지도 몰랐다.

점점 더 많은 천기를 보게 되었건만, 보면 볼수록 답답한 마음을 감출 수가 없다.

하늘은 무슨 생각으로 일월신교를 내었으며, 무슨 생각으로 무림맹을 움직여 그들을 쳤단 말인가? 또 무슨 생각으로 혈마곡을 내었으며 마침내는 수십 년 세월을 격하여 그들의 부활을 일으켰단 말인가?

자신이 그것을 막아낸다면, 그것에는 또 무슨 의미가 있겠는가?

'그래, 불인(不仁)하구나. 천지는 불인하구나. 얼어 죽는 생명이 있다고 하늘이 돌보더냐? 굶어 죽는 생명이 있다고 흉년을 거두더냐?'

모자란 아들을 낳게 하여 가슴을 멍들게 하더니, 마침내는 그 아들의 생명을 가져감으로써 멍든 가슴을 찢어버렸다.

검천존의 걸음이 어딘가 비틀거리는 것처럼 변해갔다. 한 걸음 뗄 때마다 미련이 솟아오르고, 또 한 걸음을 떼면 미련이 잦아든다.

'하늘이 이처럼 불인하다면 하늘 끝! 하늘 끝에는 무엇이 있는가? 버려야만 도달할 수 있는 곳에는 도대체 무엇이 있겠는가? 푸흐흐!'

검천존이 헛웃음을 터뜨릴 때였다.

휘이잉—

검천존의 신형을 한차례 휘젓던 바람이 조금씩 가라앉았다.

해가 져 싸늘해졌던 주변의 공기에도 어째서인지 온기가 돌기 시작했다.

검천존의 눈에 이채가 떠올랐다.

"허! 알고 보니 당겨보기도 전에 이미 나와 있었던 셈이로군."

어스름이 내려앉아 달빛에 의지하지 않으면 제대로 보이는 것이 없는데도, 검천존의 시선은 한 군데에 꽂혀 움직이질 않았다.

그의 시선은 한 그루 나무 아래 꽂혀 있었다. 앙상한 가지 아래에 어느 중년인이 좌정하여 술을 기울이고 있었다.

검천존이 희미하게나마 미소를 지으며 말했다.

"…혈마(血魔)."

중년인, 아니, 혈마가 검천존을 흘끔 돌아보았다.

2

삼천존과 천애검협이 청해를 휘저으며 남긴 상처는 결코 작은 것이 아니었다.

천애검협을 잡기 위해 준비한 삼관이 깨어지고, 병력만 계속해서 잃을 뿐 삼천존의 위치를 명확히 파악하지 못한 데다, 더해서 금협까지 놓친 귀곡자는 자존심에 큰 상처를 입었다.

귀곡자뿐만이 아니라 혈마곡 전체가 점점 승기(勝氣)를 빼앗기고 있는 셈이었다.

귀곡자는 혈마에게 직접 청하여 삼천존과 천애검협을 대비하는 한편, 무림맹과의 승부에서 무너진 자존심을 회복하고 빼앗긴 승기를 되찾고자 했다.

그리고, 혈마는 귀곡자의 청을 거부하지 않았다.

"한 잔 들겠나?"

혈마가 주호를 들어 잔을 채우며 말했다.

혈마는 할머니와 대결을 펼쳤던 과거와는 또 달라져 있었다.

당시의 그는 천자(天子)와도 같았다.

하늘이 그를 위해 구름을 흘려보냈고, 땅이 공경의 손을 들어 그를 받쳤다. 모래먼지가 그의 앞에 엎드려 절했고, 바람이 귀비(貴妃)의 손길처럼 교태를 부리며 그를 어루만졌다.

그는 오직 세상에 홀로 존재하는 것처럼 보였고, 그만큼 유리되어 있는 듯 보였다.

하지만 지금의 그는 자연을 닮았다.

구름이 흐르면 구름이 되는 듯했고, 땅 위에 앉으면 땅이 되는 듯했다.

'짐작은 했다만, 대단하구나. 참으로 대단해……'

생각에 잠겨 있던 검천존이 어두운 얼굴로 중얼거렸다.

"제법 운치 있는 일을 벌인다만… 지난 혈란 때를 기억하는데 어찌 네놈의 술을 받을 수 있겠느냐?"

혈마는 범처럼 날카로우면서도 또한 여우처럼 교활한 자였다. 일월신교의 복수에 미쳐 있던 그는 상대를 죽이기 위해서는 어떠한 수도 마다하지 않았다. 고수가 가질 법한 풍모나 체면 따위는 진작에 버려 버린 것이다.

"그때는 그랬지."

혈마가 대수롭지 않다는 듯 고개를 끄덕였다. 그리고 검천존으로서는 꿈에도 듣기 싫은 소리를 중얼거렸다.

"하지만 하늘 끝을 앞두고 보니 생각이 달라지더구려."

"…으음."

검천존의 입에서 긴 신음이 새어 나왔다.

혈마는 검천존이 무슨 행동을 하든 관계없다는 것처럼 조용히 술잔을 비웠다. 한 잔을 깔끔히 비운 후에는 주호를 들어 한 잔 더 따른다.

검천존이 눈빛을 빛내며 질문했다.

"궁금하구나. 내가 처음이냐?"

세 명의 천존 중 자신을 가장 먼저 찾아온 것이냐는 질문이었다. 혈마는 검천존은 돌아보지도 않은 채 고개를 끄덕였다.

"그렇다."

"헐헐헐! 이거 영광이로군!"

물끄러미 혈마를 바라보던 검천존이 뚜벅뚜벅 걸어가 그의 앞에 풀썩 주저앉았다.

혈마가 그제야 검천존을 흘끗 바라보았다.

곧 혈마의 입에서 작은 감탄사가 터져 나왔다.

"허! 하늘 끝에 가까운 사람은 천하에 오직 진무신모와 나뿐인 줄 알았는데, 이 혈마가 틀렸구나! 하늘에 태양이 이처럼 많이 떠 있을 줄은 몰랐다."

잠깐 스쳐 본 것만으로도 검천존의 무위를 파악한 혈마였다. 혈마의 앞에 좌정하여 앉은 검천존이 눈을 지그시 감으며 대꾸했다.

"태양이라… 태양은 예전부터 오직 하나뿐이었지."

검천존이 감았던 눈을 가늘게 뜨고는 혈마를 주시했다.

혈마가 가장 미워한 자이자 가장 존경한 자.

그의 이야기가 나온다면 혈마로서도 동요치 않을 수가 없으리라.

"…검신(劍神) 진소월."

검천존의 말이 끝나자 혈마가 눈썹을 꿈틀거렸다.

아주 작은 동요였으나 검천존은 그것을 놓치지 않았다.

검천존이 실소를 지으며 중얼거렸다.

"검신 진소월 앞에 누가 있어 태양을 자처하겠는가?"

술잔을 입가로 가져갔던 혈마가 잠시 멈칫했다.

눈을 반개한 채로 무언가를 생각하던 혈마가 단숨에 술을 들이켰다.

"그래, 그 말이 옳군."

검천존이 혈마에게서 시선을 떼어 허공을 돌아보았다.

"검, 도, 창! 각각의 자리에서 무극에 올랐다는 삼천존도, 혈마곡의 곡주이자 당대 제일이라는 네놈도… 알고 보면 검신의 그림자일 뿐이지."

"그 말도 옳다."

혈마가 고개를 한 번 끄덕였다.

만약 지금의 대화를 강호인들이 들었더라면 큰 충격을 받았을 터였다. 천하의 삼천존과 혈마가 고작해야 그림자에 불과하다니, 누가 있어 그 말을 쉽게 믿을 수 있겠는가!

진소월이라는 이름자가 강호에 널리 알려지지 않았으므로 더더욱 그러했다.

혈마가 무심한 어조로 말했다.

"너무 밝은 빛은 더욱 짙은 그림자를 만들게 마련이지. 검신의 광휘는 너무나도 밝았고, 나는 아직도 그 그림자에서 벗어나지 못했다."

혈마의 말에 검천존이 고개를 끄덕였다.

적어도 지금 이 순간만큼은 검천존의 표정도 혈마와 똑같았다. 그 역시 검신 진소월의 그림자에서 벗어나기 위해, 하늘 끝에 도달해 오롯해지기 위해 수십 년을 노력해 온 참이었다.

믿을 수 없게도 검천존은 일순간 동병상련(同病相憐)의 감정을 느꼈다.

"헐헐헐! 짐작컨대, 네놈도 하늘 끝에 가까워졌으니 검신의 흔적을 느끼고 있겠지? 바람 속에, 햇빛 속에, 그늘 속에……."

검천존이 피식 실소를 지으며 질문했다.

"그래. 마치 살아 있는 것 같더군."

혈마가 당연하다는 듯 대답했다. 지금 이 순간만큼은 서로가 서로의 목숨을 취해야 할 생사대적이 아니라 오래 사귄 벗처럼만 보이는 두 명이었다.

낄낄거리던 검천존이 가볍게 한숨을 내쉬었다.

"하아— 그래, 네놈은 몇 개나 남았더냐?"

"하나."

혈마가 미간을 찌푸리며 대답했다.

검천존이 '알 것 같다'는 표정을 지었다.

"복수겠군?"

"아니다. 혈마곡이 남더군."

검천존의 등골에 소름이 오싹 돋아 올랐다.

오롯이 비우지 못하면 하늘 끝에 이를 수 없는 법. '몇 개나 남았느냐'는 질문은, 아직 지우지 못한 집착과 미련이 얼마나 되느냐는 의미였다.

하지만 혈마의 대답은 검천존의 예상을 뛰어넘은 것이었다.

일월신교의 복수를 위해 광인이 되어 있었던 혈마를 기억하므로 당연히 복수가 집착으로 남았을 줄 알았는데, 그는 복수가 아니라 혈마곡을 언급한 것이다.

복수를 위해 만든 혈마곡이 역으로 미련이 되어버렸다는

뜻……:

말 그대로 거의 모든 집착을 버렸다는 뜻이다.

'아무래도 일이 어렵게 풀리겠구나.'

검천존이 길게 장탄식을 토해내며 자리에서 일어났다.

그러고는 뒷짐을 진 채 몇 걸음을 옮기기 시작했다.

혈마가 마지막 남은 술잔을 비우며 질문했다.

"그대는?"

"나 역시 하나."

검천존이 혈마는 돌아보지 않은 채 계속 걸음을 옮겼다.

혈마가 술잔을 바닥에 내려놓고는 몸을 일으켰다.

"허! 그대도 하나라면, 먼저 하늘 끝에 닿는 자가 이기겠군. 아들인가?"

이 장여 가까이 멀어졌던 검천존이 걸음을 멈추었다. 검천존이 천천히 몸을 돌리자 어울리지 않게도 짙은 회한과 미미한 살기가 어린 눈동자가 모습을 드러냈다.

검천존은 혈마의 질문에 대답하는 대신, 다른 질문을 던졌다.

"마지막으로 질문 하나만 더 하지."

드드드―

바닥이 가볍게 진동하는가 싶더니, 사방을 감싸 안고 있던 온기가 빠르게 가셨다. 교교한 달밤 아래에서 운치 있게 이어지던 술자리가 끝나고 살기가 그 자리를 대신한다.

"진무신모는 어떻게 되었더냐?"

"그녀는……."

혈마가 가볍게 손사래를 치자 진동이 사라졌다.

혈마의 눈에 바야흐로 광기(狂氣)가 어리기 시작했다.

"안타깝게도 하늘 끝에 오르지 못했지."

허공에서 턱, 하는 소리가 들린 듯한 착각이 들었다.

사방의 모든 것이 정지해 버리고 만 것이다.

'결국엔 그렇게 되었군.'

검천존은 눈을 지그시 감았다.

바야흐로 두 무신(武神)의 결전이 시작되는 순간이었다.

3

그로부터 사흘의 시간이 흘러 현재에 이르렀을 때였다.

소량과 할머니, 승조와 왕소정은 민강의 지류에 이르러 있었
다. 청해의 경계를 넘어 마침내 사천에 당도한 셈, 지독하게도
길었던 탈출행로가 바야흐로 끝을 맺고 있었다.

그러나 그것은 결코 긍정적인 의미는 아니었다.

사천에 혈마곡의 마인들이 이렇게 많을 줄을 누가 예상했으
랴! 청해에 갇혀 아무런 정보도 얻지 못했던 소량과 승조에게
있어서는 날벼락과도 같은 일이라 할 수 있었다.

"왜… 왜 그러십니까?"

"쉿!"

소량이 손가락을 입가로 가져갔다.

불안한 얼굴로 소량의 얼굴을 바라보던 승조와 왕소정이 동시에 입을 다물었다.

소량의 등 뒤에 업혀 있던 할머니는 그야말로 몸을 오들오들 떨고 있었다.

"무습다, 무스워."

"괜찮아요, 할머니. 괜찮습니다."

소량이 아이를 달래듯 할머니를 달랬다.

도대체 어째서일까?

아무리 수가 많다 하나 감당치 못할 정도는 아니거늘, 불안한 기분을 감출 수가 없다. 승조와 왕소정, 할머니까지 보호해야 하므로 당연히 생길 법한 불안함이라고 생각해 보려 했지만, 계속해서 심장이 뛰는 것이 꼭 다른 이유 때문에 불길함을 느끼는 것 같다.

"도적들의 수가 많지만, 이 정도는 제가 감당할 수 있습니다. 걱정 마세요, 할머니. 아무 일도 없을 테니까……."

"아녀, 아녀. 도적놈들도 무습지만 그보다 더 무서운 게 저짝에 있시야."

소량의 움직임이 덜컥 멈추었다.

예전이었다면 그냥 할머니의 말을 모른 체했겠지만, 할머니에게 무언가 기이한 점이 있다는 것을 너무나 잘 아는 지금이다.

소량은 기감을 한껏 끌어 올렸다.

'아직 느껴지는 것은 없는데……'

소량이 침을 꿀꺽 삼키고는 말했다.

"할머니, 저쪽에 무엇이 있기에 그러십니까?"

"도적놈들 중의 도적놈이 있시야. 범보다 무서운 것이 있시야. 사람이 아니라 사람의 탈을 쓴 괴물이 있시야."

"도적놈들 중의 도적놈?"

소량의 미간이 잔뜩 찌푸려졌다.

승조와 왕소정 역시 마찬가지였다.

"시상을 잡아묵을 괴물이 있시야……"

할머니가 그렇게 말할 때였다.

텅―

멀찍이서 텅 빈 가죽 북이 부딪히는 소리가 들려왔다.

소리의 진원지가 어찌나 먼지, 가죽 부딪히는 소리가 아련하기까지 하다.

승조와 왕소정은 그 소리를 듣지도 못했다.

소량은 부지불식간에 시선을 돌려 서쪽을 바라보았다.

텅, 터텅―

이번에는 조금 전보다 더욱 큰 소리가 들려왔다.

소리의 정체를 알아내지 못해 의아한 표정을 짓던 소량이 대경하여 눈을 부릅떴다.

'이, 이게 도대체······.'

소량으로서는 처음 느껴보는 기운이었다.

할머니가 말하길, 사람이 아니라 사람의 탈을 쓴 괴물, 세상을 잡아먹을 괴물이라 했던가? 옛날이야기에나 나올 법한 설명이었지만 막상 기운을 느껴보니 그 설명이 틀린 것 같지가 않다. 삼천존에게서도, 아니, 심지어 할머니에게서도 이와 같은 위압감은 느껴보지 못했다.

"반선 어르신."

소량의 얼굴이 점점 심각하게 변해갔다. 거대한 위압감 옆에서 익숙한 기운을 느낄 수 있었던 탓이다.

소량이 재빨리 승조에게로 고개를 돌렸다.

"진승조, 바로 움직여야겠다. 여차할 경우에는 네가 할머니를 모셔야 할 것이다."

"도대체 무슨 일인데 그러십니까, 형님! 속 시원히 좀 말씀을 해주세요!"

"혈마··· 인 것 같다."

소량이 반쯤 확신에 찬 목소리로 중얼거렸다.

승조가 오만상을 찌푸리며 되물었다.

"혈마인 것 같다니요? 혈마가 여기에 왜 옵니까? 사천은 아직 무림맹의 영역……."

쿠우웅—!

가죽 북 두드리는 소리와 같던 것이 이제는 굉음으로 바뀌었다. 그와 동시에 지진이라도 난 것처럼 땅이 뒤흔들렸다.

승조와 왕소정이 균형을 잃고 휘청였다.

"어? 어엇?"

눈을 부릅뜬 채 서쪽을 바라보던 소량이 이번엔 동쪽으로 시선을 돌렸다.

마치 소량의 일행을 포위하듯 다가오던 수많은 마인들이 지진을 느꼈는지 재빨리 방향을 바꾸어 달려가고 있었다. 마치 도주를 하는 것처럼 말이다. 알고 보면 이는 혈마와 검천존이라는 거인의 전투를 뒤늦게 발견한 개미 떼들이 허겁지겁 도망가는 것이나 마찬가지였다.

그야말로 고래 싸움에 끼어들게 된 새우처럼 말이다.

자리를 피해야 하는 것은 그들만이 아니었다. 홀몸이라면 반선 어르신을 도와 합공을 펼쳤겠지만, 승조와 왕소정, 할머니가 있는 지금은 그게 불가능하다.

그들의 안전을 확보할 때까지는 반선 어르신을 돕기 어렵다.

소량이 침을 꿀꺽 삼키며 생각했다.

'잠시만… 잠시만 기다리십시오, 반선 어르신. 곧 가겠습니다.'

하지만 안타깝게도, 소량에게는 선택권이 없었다. 혈마와 검천존은 빠르게 그들 쪽으로 가까워지고 있었던 것이다.

쿵, 쿠쿵—

소량의 눈에 가장 먼저 보인 것은 창백한 얼굴의 검천존이었다.

옷자락이 찢어진 곳도 없거니와 먼지 한 톨 묻어 있지 않았지만 소량은 그의 상태가 온전치 못하다는 것을 짐작할 수 있었다.

그 뒤로 도를 든 한 명의 중년인이 보였다. 분명히 얼굴을 보았음에도 그 표정이 기억나지 않는, 기이한 얼굴을 한 중년인이었다. 다만 그 눈에 어린 광기(狂氣)만은 똑똑히 알아볼 수 있었다.

소량이 차가운 눈으로 중년인을 바라보며 말했다.

"혈마……."

"하하하! 믿을 수가 없구나, 믿을 수가 없어!"

중년인, 아니, 혈마의 입에서 광소가 터져 나왔다.

그 역시 소량의 일행을 발견한 것이다.

"진무신모! 그대가 살아 있었을 줄이야!"

희열에 잠긴 혈마의 목소리가 사방에 울려 퍼졌다.

第三章
비도(非道)

1

 소량의 옷깃이 저절로 펄럭이기 시작했다. 머리로 생각하기도 전에 본능이 태허일기공을 일으킨 탓이었다. 대경한 얼굴로 혈마를 바라보던 소량이 억눌린 목소리로 중얼거렸다.

 "진승조, 할머니를 모셔라."

 "소, 소량 형니… 크으윽!"

 소량에게로 휘청거리며 다가가던 승조가 신음과 함께 무릎을 털썩 꿇었다. 승조의 공력으로는 혈마의 웃음소리로부터 비롯된 여파를 이겨내지 못했던 것이다.

 쿵! 소량이 가볍게 진각을 밟자 사위를 장악했던 혈마의 기운이 씻은 듯이 사라졌다.

소량이 혈마에게서 시선을 떼지 않은 채 신음처럼 외쳤다.

"어서!"

"후으읍!"

소량 덕택에 겨우 자리에서 일어난 승조가 빠르게 그에게로 달려왔다. 혹시 모를 혈마의 공격을 대비하느라 잔뜩 긴장하고 있던 소량이 업고 있던 할머니를 그에게 넘겼다.

연신 '무섭다'고 중얼거리던 할머니는 이제 더 이상 몸을 떨지 않았다. 마치 깊은 생각에 잠긴 눈빛으로 허공을 유영하는 혈마를 바라볼 뿐이었다. 할머니가 승조의 등에 다 업히기도 전에 소량이 고함을 질렀다.

"뛰어라, 승조야! 뛰어!"

"과연 살아 있었구려, 진무신모!"

콰콰콰콰—

광포한 웃음소리와 함께 공중에서 거센 바람이 불어왔다. 소량이 이를 질끈 악물고는 승조와 할머니, 왕소정을 보호하듯 섰다.

고작 바람을 마주한 것에 불과한데도 소량의 신형이 조금씩 뒤로 밀려났다. 옅은 신음 소리와 함께 굳게 디딘 발이 끌리며 바닥에 긴 선 두 개를 남겼다.

"으으음!"

소량이 눈을 부릅뜬 채로 혈마를 바라보았다.

혈마는 천지만물에서 유리되어 있는 것이 아니요, 천지만물의 경배를 받는 것도 아니었다. 물아일체(物我一體)라! 그저 천지만물 속에 녹아들어 있을 뿐이다.

'하늘 끝[天涯], 혈마는 하늘 끝의 바로 앞에 서 있는가?'

소량 스스로도 확답을 내릴 수는 없었다. 다만 자신의 경지로는 혈마를 감당할 수 없다는 것만은 확실히 알 수 있었다.

그리고, 하늘 끝에 근접한 이는 혈마 혼자만이 아니었다.

우우웅—

흙먼지가 잔뜩 섞인 광풍 사이로 한 줄기 미풍(美風)이 불어왔다. 너무나 잔잔하여 존재하는지도 모를 작은 산들바람이 광풍의 사이로 끼어들더니, 이내 그 흐름을 깨어버렸다.

곧이어 한 명의 늙은 농부가 모습을 드러냈다.

"허! 정말로 진무신모가 살아 있었군? 그래, 상태는 어떠신가?"

먼저 할머니의 신형부터 살핀 농부, 아니, 검천존이 소량에게로 시선을 돌렸다. 광풍으로부터 자유로워진 소량이 안도한 얼굴로 빠르게 외쳤다.

"생명에는 지장이 없지만 무공이 온전치 못하십니다!"

"쯧! 그렇군. 그래 보여."

검천존이 씁쓸한 얼굴로 다시 한번 할머니를 살펴보고는 몸을 돌렸다. 검천존의 뒤에는 어느새 혈마가 착지하여 있었다.

"하늘 끝을 좇는 자들이 넷이 된 줄 알았는데, 알고 보니 여전히 다섯이었구나. 삼천존과 나, 그리고 진무신모… 하하하! 다행이로다! 아직도 내게는 네 번의 기회가 남아 있음이니!"

그 어떤 일에도 동요하지 않을 것 같던 혈마의 표정에 기쁨이 번졌다. 하늘 끝에 닿을 기회 중 한 번을 놓친 줄 알았는데, 알고 보니 여전히 남아 있었던 것이다.

그것도 네 번의 기회 중, 가장 큰 기회가.

"하하하! 이제 그만 나오시구려, 진무신모!"

혈마의 말이 끝나자 사방을 잠식했던 기이한 살기가 씻은 듯이 사라졌다. 혈마는 가진 바 공력을 모두 내부로 끌어들인 탓이었다.

"그때 다 하지 못한 일을 마무리 지어야 하지 않겠소?"

혈마는 오직 할머니와 검천존만을 바라볼 뿐, 그 외의 인물에는 조금의 관심도 두지 않았다. 심지어는 천애검협 진소량에게조차 관심을 두지 않는다.

그동안 태허일기공의 전인을 죽이고자 혈마곡이 얼마나 많은 노력을 했던가? 혈마곡의 일을 하나하나 방해한 천애검협을 증오하다 못해 대적(大敵)으로 삼기까지 하지 않았던가.

그것을 감안하면 혈마의 언행은 참으로 기이한 것이라 할 수 있었다. 혈마는 진정으로 혈마곡에 대한 미련을 버리고자 하였던 것이다.

"쯧! 신모께서 온전치 못하다고 했던 말 못 들었느냐?"

검천존이 혈마의 시선을 은근슬쩍 가리며 말했다.

혈마의 미간이 살짝 찌푸려졌다.

"무시무종(無始無終)! 끝은 오히려 시작이 아닌가? 진무신모가 죽음을 맞았다면 모르되, 그게 아니라면 온전치 못함은 오히려 온전함의 시작이 될 것이다."

"그럼 그때까지 기다리면 될 일이 아니냐? 푸헐헐!"

검천존이 껄껄 웃음을 터뜨렸다.

'어떻게 해야 하지……?'

혈마를 경계하듯 서 있던 소량이 이를 질끈 악물었다. 반선 어르신과 합공을 해야 함이 옳으나, 그 사이에 혈마가 할머니를 상하게 할지 모르니 진퇴양난의 처지에 빠진 셈이다.

그런 소량의 심정을 알아챘는지, 검천존이 '내가 막을 터이니 너는 가보라'는 듯 손사래를 쳤다.

소량이 눈을 질끈 감고는 입술을 달싹였다.

[잠시 뒤에 돌아오겠습니다.]

"…그래."

검천존이 천천히 고개를 돌려 소량의 얼굴을 바라보았다.

소량이 가진 천품. 천존의 경지에 오른 무공… 적어도 지금 이 순간만큼은 그런 건 아무 상관도 없었다. 소량의 얼굴을 보니 그저 아직 버리지 못한 미련 하나가 떠오를 뿐이다.

검천존은 소량의 얼굴에서 오래도록 시선을 떼지 못했다.

'허! 미련을 버리려던 것이 오히려 키웠음인가?'

검천존의 아들은 소량처럼 영준하지 못했다. 아니, 영준하기는 고사하고 백치였다. 풀린 눈동자로 몸만 끄덕끄덕할 뿐, 아비와도 시선을 제대로 마주하지 못하던 아이였다.

그런데도 소량을 보니 아들이 떠오른다. 버려야 할 미련이 점점 커져간다.

"가라, 이 녀석아."

검천존이 눈을 질끈 감으며 중얼거렸다.

소량이 짧게 묵례를 해 보이고는 이러지도 저러지도 못하고 있던 승조와 왕소정에게 눈짓을 했다. 창백하게 질려 있던 승조와 왕소정이 천천히 걸음을 옮기기 시작했다.

주춤주춤 떼던 걸음이 곧 달음박질로, 마침내는 경공으로 변해갔다. 소량의 일행이 떠나는 것을 물끄러미 바라보던 혈마가 검천존에게 말했다.

"그대도 내가 양보하고 있음을 알고 있을 터인데. 그게 아니면 설마 내게 하나가 남아 있다던 말을 잊었는가?"

검천존이 천천히 눈을 뜨고는 혈마를 바라보았다.

혈마가 미동도 없는 고요한 눈으로 말했다.

"나 역시 아직 혈마곡을 잊지 못했거늘."

드드드드—

그 순간, 바닥이 진동하기 시작했다. 진무신모를 불러들이기 위해 잠시나마 거둬두었던 기운을 다시 일으키기 시작한 것이다.

혈마가 차가운 어조로 말했다.

"내가 하늘 끝에 도달하고자 함을 잠시 잊고 미련을 좇으면 어찌 되겠는가?"

"어차피 이 싸움의 끝은 둘 중 하나의 죽음이 아니었더냐? 결과야 똑같겠지."

"그렇던가? 그럼 나쁠 것 없겠군."

혈마가 나지막이 중얼거리는 순간, 진동과 함께 바닥이 들려 올라왔다. 검천존 주변 삼 장여의 땅이 마치 삽으로 떠낸 것처럼 움푹 파이더니 마침내는 뒤집어지기 시작한 것이다.

응당 미끄러져 내려감이 당연한데도 검천존의 육신은 마치 바닥에 붙은 듯 선 자세를 유지하고 있었다. 디디고 있던 땅이 반절이나 뒤집어지자 그의 신형도 지면과 직각을 이룬다.

쿵, 쿠쿠쿵!

검천존이 디디고 있는 땅이 조금씩 으깨어지기 시작했다.

그 속도가 점점 빨라지거늘, 검천존은 여전히 선 자세에서 움직이지 않았다.

"…오너라."

검천존의 말이 끝나는 순간, 혈마의 신형이 픽 꺼지듯 사라졌다. 그의 신형이 나타난 곳은 다름 아닌 검천존의 앞이었다.

콰아앙!

검천존의 검과 혈마의 도가 충돌을 일으키자 한바탕 폭음이 들려왔다. 허공을 부유하는 섬처럼 떠 있던 땅은 계속 회전하여 이제는 지면과는 완전히 반대로 뒤집어진 상태였다.

놀라운 것은, 혈마와 검천존이 떨어지는 대신 거꾸로 선 채로 공방을 나눈다는 점이었다. 심지어는 그들의 옷자락조차 바닥을 향해 흘러내리지 않는다.

"흡!"

검천존이 바닥을 튕기며 뒤로 물러나자 또 다른 지면이 움푹 떠올라 그를 덮쳤다. 검천존이 새롭게 떠오른 땅에 처박히는 대신 그 위에 착지하자, 혈마가 그 뒤를 쫓아왔다.

한편, 소량은 뒤를 한 번 돌아보지도 않았다. 한껏 뒤를 경계하며 승조를 멀리 보내는 데 집중할 뿐이다.

"조금 더! 조금 더 빨리 뛰어라, 진승조!"

"으아아압!"

승조가 비명처럼 고함을 질러댔다. 마치 당장에라도 혈마가 자신의 목덜미를 쥐어 챌 것 같은 불안감이 느껴졌다. 뒷골이 섬뜩해져 뒤를 돌아볼 때면 소량 형님의 노호성이 들려왔다.

"돌아보지 말고 달려!"

"흐읍!"

무심결에 고개를 돌렸던 승조가 소량의 호통을 듣고는 목을

바로 했다. 등 뒤에 업혀 있던 할머니가 무어라고 중얼거린 때
는 바로 그때였다. 너무나도 작은 목소리였지만 소량은 그 말
을 똑똑히 들을 수 있었다.

"막아야 혀, 저놈을 막아야 혀."

이지를 잃었음에도 혈마를 막아야 한다는 생각만은 잊지
않았음일까!

계속해서 소량과 승조에게 '막아야 한다'고 읊조리던 할머니
는 소량과 승조로는 혈마를 막을 수 없다고 생각했는지 이내
다른 말을 중얼거리기 시작했다.

"동과 정에는 변하지 않는 것이 있어[動靜有常] 강한 것과 부
드러운 것이 비로소 구별되느니라[剛柔斷矣]."

할머니가 읊조린 것은 다름 아닌 태허일기공이었다. 그녀는
본능처럼 무공을 되찾으려 애쓰고 있었던 것이다.

태허일기공의 구결을 모두 읊조린 다음에는 또 한 번을 읊
는다.

그리고 또 한 번, 또 한 번.

하지만 그렇게 해도 할머니의 무공이 돌아오는 일은 없었다.
그저 흰 눈이 나린 설원에서 그랬듯, 그녀의 기운이 허공으로
녹아들어 갈 뿐이었다.

긴박한 와중에서도 소량은 할머니에게서 시선을 떼지 못했다.

무언가 알 듯 모를 듯한 기분이 들었다. 새하얀 설원에서 할

머니께서 해주셨던 말씀이 태허일기공의 구결과 함께 귓가에
맴돌았다.

"호흡이 마음에서 나온 것을 안다면, 깨달음도 마음에서 나
온다는 것을 알게 되리라. 호흡이 마음으로 들어온다는 것을
안다면 깨달음도 마음으로 들어온다는 것을 알게 되리라."

할머니가 태허일기공의 마지막 구결을 읊을 즈음, 소량의 호
흡이 불현듯 잠잠해졌다.

'겨울이 지나면 봄이 오듯, 시작과 끝이 없이 돌고 도는 것을
무릇 원융이라 한다. 그리고 그것을 조절하려는 것이 아니라
그에 순응하는 법.'

소량은 태허일기공이 또다시 자신의 의지에서 벗어나는 것
을 느꼈다.

"하지만 말이여, 보리를 열심히 심어 밭을 맹글 수는 있어도
보리 심은 곳에서 쌀이 나게 할 수는 없더라고. 한겨울 언 땅에
불을 질러 녹여도 봄이 오는 것은 아니더라고. 알고 보니 천하에
못할 것이 없다고 생각했던 것은 틀린 생각이더라고."

'순응이라.'

설원에서의 일을 떠올린 소량이 눈을 지그시 감았다. 순응
이라. 이번에는 태허일기공의 흐름을 제 뜻대로 조절하는 대

신, 가는 대로 풀어놓기로 결심한 것이다.

그 순간, 승조의 등 뒤에 업힌 할머니가 믿을 수 없다는 듯 소량을 바라보았다. 소량과 할머니가 동시에 태허일기공의 구결을 읊조리는 순간이었다.

"그러므로 세상과 함께 호흡을 나눌 수 있다면……."

소량이 불현듯 경공을 거두었다. 아무리 경공을 펼쳐봐야 혈마를 뿌리칠 수는 없다는 것을 깨달은 탓이었다. 대신, 소량은 마음껏 풀어둔 태허일기공에 몸을 실었다.

우우웅—

할머니의 태허일기공과 소량의 태허일기공이 서로 얽히며 조화를 만들어냈다. 일순간이나마 혈마의 기운에 눌렸던 소량의 공력이 온전히 자리를 잡은 것이다. 비록 한 단계 더 높은 경지에 이르지는 못했지만, 소량의 공력은 완숙(完熟)을 향해 다가가고 있었다.

할머니와 시선을 마주친 소량이 희미하게 웃어 보였다.

"…천하의 이치를 모두 얻으리라."

할머니와 소량이 동시에 마지막 구결을 읊조렸다.

미소 짓던 소량이 짧은 인사를 남기며 몸을 돌렸다.

"다녀올게요, 할머니."

혈마가 검천존을 뒤로하고 앞으로 쇄도하는 것을 본 소량의 눈빛에 한 줄기 광채가 어렸다.

할머니는 멍하니 소량의 뒷모습을 바라보았다. 흐릿한 기억 속에서 누군가가 모습을 드러냈다. 지금의 소량과 너무나 닮은 기운을 가진 사람, 천하를 표용할 정도로 거대했던 사람…….

"…장부(丈夫: 남편)요?"

그 순간, 소량이 검을 뽑으며 가볍게 한 걸음을 앞으로 내디뎠다.

텅, 터터텅―

단 세 걸음 만에 오 장여를 축약해 달려간 소량의 검과, 진무신모를 향해 쏘아지던 혈마의 도가 서로 충돌했다.

꽝음과 함께 빛살이 번쩍였다.

콰아아앙!

소량은 한쪽 무릎을 꿇은 채 뒤로 주르륵 밀려났다. 하지만 밀려남에도 불구하고 검을 떨친 팔은 곧고 눈빛 또한 견정(堅貞)하여 흔들림이 없다.

놀라운 것은 혈마 역시 멈춰 서고 말았다는 점이었다.

"검신 진소월!"

혈마가 믿을 수 없다는 듯 외쳤다. 그 존재를 알면서도 미미하게 여겨 무시해 왔던 자가, 그가 가장 존경했으며 또한 가장 두려워했던 이의 모습을 하고 나타나 있었던 것이다.

태허일기공의 공력이 마치 혈마의 기운에 대적하듯 사방을 잠식해 나가는 가운데서 소량이 천천히 고개를 들어 올렸다.

"…와라."

소량이, 아니, 검신의 무학을 이은 천존이 중얼거렸다.

2

감정의 동요가 극히 드물었던 혈마의 얼굴에 수많은 감정이 떠올랐다. 하늘 끝[天涯]을 목전에 둔 지금이건만, 익숙한 모습 하나가 버렸던 모든 미련을 떠올리게 만든 것이다.

우우웅—

혈마의 옷깃이 저절로 펄럭이는가 싶더니, 끔찍한 살기가 흘러나오기 시작했다. 혈마가 이 모든 일이 시작되었던 날을 떠올린 탓이었다.

일월신교(日月神敎)가 멸망하던 날. 짓지 않은 죄를 뒤집어쓰고 받지 않아야 할 복수를 받게 되던 날. 하늘이 혈우(血雨)를 내리던 날…….

"보아라, 강호야! 그대가 일월신교를 마교(魔敎)라 칭하였으니, 그렇게 되어주리라! 그대가 나를 마인(魔人)이라 칭하였으니 내 마인 중의 마인이 되어주리라!"

젊은 무인 하나가 피에 물든 시신을 안고서 외치던 날.

바로 그날이 혈마가 탄생하는 날이었고, 또한 혈마곡이 태동하는 날이었다.

드드드—

혈마의 살기가 점점 증폭되어 갔다.

초겨울 냉기마저 이겨내고 자라 올랐던 겨우살이 잡초가 푸스스 소리를 내며 시들어갔다. 바람결에 흩날려 초우(草雨)가 되어 내리던 풀잎들도 바싹 말라가긴 마찬가지였다.

"……"

하지만 소량은 조금의 흔들림도 없는 눈빛으로 조용히 혈마를 주시할 뿐이었다. 그 역시 천존의 경지에 오른 자, 이 정도 살기에 동요할 일은 없었다.

혈마가 광인과도 같은 눈으로 소량을 노려보며 외쳤다.

"검신 진소월! 귀하는 끝까지—!"

혈마는 이번엔 진소월을 처음 만났을 때를 떠올렸다.

처음에는 그를 자신보다 하수로 여겼다. 그의 기세는 너무나도 담담했으며 또한 평온했고, 혈마는 손가락 몇 개로도 능히 그의 목숨을 거둘 수 있을 것으로 짐작했다.

그다음엔 그와 자신을 동수로 보았다. 혈마와 진소월은 셀 수도 없는 오랜 시간 동안 검과 도를 주고받았고, 치명상에 준하는 상처와 그보다 작은 상처들을 교환했다.

마지막엔 그를 벽(壁)으로 여겼다. 영원히 넘어설 수 없으리라는, 막연한 불안감을 느끼게 만드는 벽 말이다.

"끝까지 나의 복수를 가로막으려 하는가!"

혈마가 노호성을 터뜨리는 것과 동시에 폭풍 같은 바람이 일어났다. 소량은 태허일기공을 일으켜 그에 맞섰다.

"오라는 말, 듣지 못하였는가!"

태허일기공의 공력 속에서 소량이 씹어뱉듯 외쳤다.

혈마는 머릿속에 찬물이 끼얹어지는 듯한 기분을 느꼈다. 똑같은 질문을 받았을 때, 검신 진소월은 투기를 끓어 올리는 대신 안쓰러운 듯 그를 바라보며 역으로 질문을 던졌었다.

"용서할 수는 없었더냐?"

혈마가 괴로운 표정으로 눈을 질끈 감았다.

"…아니, 너는 검신 진소월이 아니로구나."

혈마의 얼굴에 떠올랐던 격앙된 감정이 조금씩 사라지기 시작했다. 일순간 착각할 정도로 똑같은 기운이었고, 똑같은 검공이었지만 눈앞에 있는 이는 검신 진소월이 아니었다.

"자네는 검신 진소월이 아니라 천애검협이었어."

혈마의 표정은 조금씩 이전으로 돌아오고 있었지만, 그가 일으킨 살기는 사라지지 않았다.

이는 아직도 마음에 동요가 남았다는 뜻…….

혈마는 청정을 되찾으려는 듯 가볍게 심호흡을 했다.

사방을 잠식했던 살기가 그제야 가라앉았다.

"허! 일선공은 정말 무섭군. 천애검협은 이 정도 경지에 올라 있을 줄은 미처 알지 못했다. 이제 내게 남은 기회는 네 번이 아니라 다섯 번인 셈인가?"

"오지 않겠다면……."

소량이 차갑게 중얼거리더니 자세를 낮추었다.

그러고는 짧은 한마디만을 남긴 채 앞으로 쇄도했다.

"…내가 간다."

쐐애액!

소량의 신형이 일직선으로 주욱 늘어나는 것을 본 혈마가 무심한 얼굴로 세 번 도를 휘둘렀다.

소량은 오직 혈마의 눈만을 주시하며 허공에서 몸을 한 바퀴 회전했다. 곧 소량이 있던 자리에 혈마의 도강이 쏟아지며 폭음이 일어났다.

콰콰쾅!

마치 거대한 괴물이 나타나 땅을 할퀸 것처럼 세 갈래의 기나긴 상흔이 남았다.

혈마의 도강을 비껴낸 소량이 다시금 앞으로 쇄도하는 순간, 혈마의 신형이 사라졌다. 혈마 역시 소량에게로 달려가기 시작한 것이다. 곧이어 혈마의 도와 소량의 검이 충돌했다.

우우우웅―

원래대로라면 폭음이 울려야 했을 것이나, 대신 기이한 파동이 일어났다. 파동은 마치 물결처럼 사방으로 번져 나갔다. 다급한 와중에서도 소량이 믿을 수 없다는 듯 눈을 부릅떴다.

'고, 공명?'

태허일기공과 혈마의 마공이 서로 공명하고 있었다. 마치 같은 뿌리에서 나온 갈래처럼 말이다. 굉음은 그다음에나 일어났다.

콰아앙!

소량과 혈마가 동시에 뒤로 튕겨 나더니, 또다시 서로에게로 쇄도하기 시작했다.

혈마는 조금 전, 검천존을 대할 때와는 달리 오로지 도초로만 소량을 상대하고 있었다. 잔재주를 피우는 공력까지 모두 더하겠다는 듯 말이다.

쾅, 콰쾅, 콰콰쾅!

고막이 터져 버릴 것 같은 끔찍한 소리와 함께 네 초식이 흘러갔다. 얼음장처럼 차가운 눈으로 소량을 바라보던 혈마의 입꼬리가 슬며시 올라가기 시작했다.

"이 무공은……."

조금 전, 소량은 능하선검을 펼쳐 혈마의 목을 찔러 나갔다. 그리고 능하선검은 혈마에게 있어 가장 익숙한 무공을 떠올리게 했다.

혈마는 전율을 느꼈다.

"검선지학(劍仙之學)! 하하하! 검신이 재래하는가?"

서걱! 혈마의 등에 작은 상처가 생긴 것은 바로 그때였다.

혈마가 불쾌한 듯 얼굴을 일그러뜨리며 뒤를 돌아보았다. 그의 등 뒤에는 늙은 농부가 날아오고 있었다.

"네 이놈, 혈마야! 나를 잊은 것이 아니냐?"

검천존이 검을 역수로 쥐어 등 쪽에 붙이고는 다른 손으로 허공을 움켜쥐는 시늉을 했다. 혈마는 무심한 얼굴로 발을 한차례 크게 굴렀다.

드드드— 쿵!

바닥에서 솟구치던 흙창이 진각 한 번에 무용지물이 되었다. 검천존은 한때 검마존이 사용했던 자연검로를 펼쳤던 것이다.

"그래, 그대를 잊고 있었군. 하하하! 재미있도다, 재미있어!"

혈마가 불현듯 너털웃음을 터뜨렸다. 눈앞에는 천애검협 진소량이, 등 뒤에서는 검천존 경여월이 경계하듯 자리를 잡았음에도 혈마의 웃음소리는 가시지 않았다.

잠시 뒤, 혈마가 웃음을 거두고는 주위를 한차례 둘러보았다.

"그래, 누가 나를 하늘 끝으로 인도하겠는가?"

"큭!"

그 순간, 소량의 신형이 뒤로 튕겨났다.

혈마의 도초가 기기묘묘하게 움직이더니 소량의 앞섶을 베어버린 까닭이었다. 말 그대로 암습이었던 고로, 호신강기가 함께 베어지며 소량의 앞가슴에 기나긴 실선이 남았다.

검천존 경여월은 그때를 놓치지 않았다. 전진도가 특유의 음유한 검력이 혈마의 등을 휘저었다.

그 순간, 혈마의 손이 기이하게 휘저어지기 시작했다. 놀랍게도 그의 손이 펼쳐내는 것은 무당파의 십단금을 닮아 있었다.

"허! 이거?"

자신의 검로가 비껴 나가는 것을 본 검천존이 눈을 부릅떴다. 조금 전 태허일기공과 공명하던 것도 그렇고, 마기라고는 하나도 느껴지지 않는, 아니, 오히려 도가의 공력을 닮은 금나수도 그렇고 모두 놀라운 일뿐이다.

'만류귀종이라는 말, 믿지 않을 수가 없겠군. 마공으로 도를 찾는가?'

검천존의 입가가 희미하게 올라갔다.

혈마의 무공은 마공임에도 불구하고 오행(五行)에서 시작되는 듯했다. 오행은 곧 음양(陰陽)이 되고, 음양은 곧 태극(太極)이 되며, 태극은 곧 태허(太虛)로 이어진다.

검천존과 다른 방향에서 출발해서 결국엔 같은 곳에 이른 셈.

'허! 내가 배운 것과 다르나 같구나. 그래, 다르나 같아.'

자신의 공부와는 다르기 때문에 오히려 배울 것이 있었다.

검천존은 일순간이나마 모든 것을 잊어버리고 혈마의 무공에 집중했다. 생각해 보면, 하늘 끝을 눈앞에 둔 것이야 검천존 역시 마찬가지가 아니겠는가! 혈마가 검천존과의 비무에서 깨달음을 얻고자 한다면 그 반대도 능히 가능할 터였다.

무아(無我)······.

검천존은 하늘 끝에 다가가고 있었다.

'조금만 더 보여다오. 조금만 더······.'

혈마의 공력을 맞상대하던 검천존이 눈을 반개했다.

그러자 기이한 일이 벌어지기 시작했다. 검천존의 신형이 희미하게 변해가기 시작하는 것이다. 마치 안개에 녹아들어 가듯 그의 신형이 사라져 가고 있었다.

"흡!"

그때, 작은 목소리 하나가 검천존의 청정을 깨었다. 아들의 신음 소리를 떠올리게 하는 작은 목소리 하나.

"으으음!"

검천존의 얼굴이 일그러지는 것과 동시에, 그의 신형이 다시금 또렷해지기 시작했다.

작은 신음을 토해낸 것은 다름 아닌 소량이었다.

검천존은 눈을 질끈 감으며 몇 걸음이나마 뒤로 물러났다.

'허! 내가 이토록 집착하고자 하는데 어찌 조화를 이루겠는가?'

생각해 보면 소량의 신음을 탓할 것이 아니다.

근본적인 원인은 아들에 대한 미련을 떨쳐내지 못한 것. 소량이 신음 소리를 토해내지 않았더라도 결과는 같았으리라.

검천존은 반개했던 눈을 똑바로 뜨며 혈마를 주시했다.

'집착을 버려야 하느니……'

이제 검천존에게 있어 지금의 생사투는 생사투가 아니었다. 미련과 집착을 끊어내고자 하는 고행길이요, 도(道)를 찾아가는 여정이었다.

혈마 역시도 그것은 마찬가지였다.

"일선공, 태허일기공!"

혈마가 나지막하게 신음을 토해냈다.

검신 진소월에게서 본 것, 진무신모 유월향에게서 본 것.

그리고 천애검협 진소량이 보여주는 것.

그것들의 공통된 점과 서로 다른 점.

태허일기공을 깊게 접할수록 혈마의 무공도 변화를 이루어가고 있었다. 검천존이 혈마의 무공을 보고 깨달음을 얻어가고 있다면 혈마는 소량에게서 같은 것을 얻고 있었던 것이다.

그렇다면 마지막 남은 한 명의 천존은 지금 무엇을 얻어가고 있는가?

공교롭게도 소량이 얻은 것은 없었다. 아니, 굳이 얻은 것이 있다면 혼란을 얻었다 할 수 있었다.

'혈마공과 태허일기공의 공명……?'

혈마의 공력과 한차례 마주칠 때마다 가슴 깊이 파도가 밀려든다. 경력이 파고든 것이 아니라, 공명의 울림이 찾아오는 셈이었다.

소량은 그것을 받아들이기 힘들었다. 혈마의 무공과 나의 무공이 같다는 것이 꼭 혈마와 내가 같다는 것처럼 느껴졌다.

그간 강호행을 해오며 일월신교가 어떻게 몰락했는지, 혈마곡이 어떻게 탄생되었는지 알고 있는 소량으로서는 너무도 끔찍한 일이라 할 수 있었다. 그도 어느 정도는 혈마를, 그의 복수심을 아예 이해하고 있었던 것이다.

만약, 내가 일월신교의 후신으로 태어났다면?

내가 혈마와 같은 일을 겪었더라면?

만약 할머니를, 영화와 승조를, 태승과 유선을 잃었더라면?

어쩌면, 소량은 천애검협이 아니라 혈마가 되었을지도 모른다……

'버려야, 버려야 하는가?'

생로병사는 자연의 이치다.

태어난 것은 무릇 자라게 마련이고, 자란 것은 무릇 늙어가게 마련이며, 늙은 것은 죽게 마련이다. 병에 걸리는 것도, 범에게 물려가거나 산사태에 깔리는 것도 모두 자연의 이치다.

더 넓게 보면, 타인의 손에 목숨을 잃는 것도 운명이고, 천명이리라.

하지만 정(情)은 천명에 순응하지 못하게 만든다.

정은 집착이 되고, 집착은 증오가 된다.

천명을 바로 보고 또한 순응하기 위해서는 정을 버려야 한다.

'할머니, 내 형제들까지도… 잊어야 하는가?'

소량은 부지불식간에 고개를 돌려 할머니가 있던 방향을 바라보았다. 정을 버릴 수 없어 하늘 끝에서 발걸음을 돌린 또 하나의 천존이 있는 곳을.

소량이 할머니의 빈자리를 바라볼 즈음이었다. 승조의 등에 업혀 있던 할머니 역시 소량이 있는 곳을 바라보고 있었다.

한없이 인자한 시선으로, 혹은 한없이 그윽한 눈빛으로.

어떤 의미에서 보면, 그녀의 눈동자는 또한 맹목적이었다.

그녀의 눈 안에는 소량이 실패하고 무너져도 변하지 않을 따스함이 숨어 있었고, 소량이 어떤 선택을 해도 지지하고 지켜봐 줄 수 있는 맹목적인 온정이 숨어 있었다.

먼 곳을 바라보던 할머니가 그윽한 목소리로 중얼거렸다.

"…정답은 없단다잉, 큰늠아. 그저 선택만이 있는 거여."

승조는 등골에 소름이 돋는 것을 느꼈다.

'정답은 없다'는 말 때문이 아니라, '큰늠아'라는 말 때문이었다.

승조가 눈을 휘둥그레 뜨며 목을 돌렸다.

"할머니, 방금 뭐라고 말씀……."

"인즉 멈춰야. 당장은 위험한 일이 없을 테니께."

승조는 믿을 수 없다는 얼굴로 신형을 멈춰 세웠다. 경공을 바로 거두지 못해 미끄러지듯 몇 걸음을 더 가긴 했지만, 다행히 할머니를 떨어뜨리거나 하는 일은 없었다.

할머니는 승조의 팔을 가볍게 두드려 그의 등에서 내려왔다.

다만, 내려오면서도 몇 마디 잔소리는 잊지 않는다.

"쯧쯧, 세월이 이렇게 흘렀는디 워째 니 무공은 그대로여? 하려고만 들면 누구보다 잘할 수 있는 늠이 하려고 들지를 않으니… 다 나가 잘못 가르친 겨, 나가."

말과는 달리, 할머니는 그리움 가득한 눈으로 승조를 바라보았다. 하지만 잠시 뒤에는 안색이 파랗게 변해 버리고 만다. 승조의 귓불 한쪽이 잘려 있음을 뒤늦게 깨달은 탓이었다.

승조가 일그러진 얼굴로 그런 할머니에게로 다가갔다.

"할머니, 나 누군지 알아요? 나 누군지 알아?"

할머니가 천천히 고개를 끄덕였다. 휘청거리며 다가가던 승조가 양손으로 얼굴을 감싸 쥐며 털썩 무릎을 꿇었다.

다시 고개를 들고 할머니의 얼굴을 보고 싶었지만 용기가 나질 않았다. 자신의 얼굴을 보면 할머니가 기억을 잊어버릴 것 같아서 고개를 들 수가 없었다.

할머니가 그런 승조의 앞에 같이 무릎을 꿇었다.

"얼굴 들어봐야, 승조야. 할미헌티 얼굴도 안 보여줄 참이여?"

할머니의 말에도 승조는 어깨만 들썩거릴 뿐 고개를 들지 못했다. 할머니가 다시 승조를 채근했다.

"어여 얼굴 들어봐. 보고 잡응께. 우리 작은 손주 보고 잡응께."

할머니의 따스한 손이 승조의 얼굴에 가 닿았다. 힘을 준다면 끝까지 고개를 들지 않을 수 있겠지만, 할머니의 손에는 그어떤 힘도 무장해제 시킬 만한 따스함이 숨어 있었다.

승조가 천천히 눈물에 젖은 얼굴을 들어 올렸다.

"할머니……."

익히지도 않은 잡곡을 주워 먹으려던 승조에게 '지금 먹으면 뒈질 줄 알어!'라고 외치던 얼굴이, 두부보리죽을 먹으며 세상에서 제일 행복한 얼굴로 웃던 얼굴이 그곳에 있었다. 고아였던 자신에게 학문과 무공을, 아니, 삶의 방식을 가르쳐 준 근원(根源)이 그곳에 있었다.

승조의 입에서 통곡을 닮은 긴 흐느낌이 새어 나왔다.

할머니가 파르르 떨리는 손을 승조의 귓가로 가져갔다.

귓불이 잘려 괴이한 흉이 져버린 귀를 쓰다듬으며 할머니가 한 가지 질문을 던졌다. 원인을 묻는 것도, 경과를 묻는 것도 아니었다. 그저 한 가지 걱정만 토해냈을 따름이었다.

"아프지는… 아프지는 않았냐? 우리 손주, 아프지는 않었어?"

승조가 이를 악물며 고개를 두어 번 끄덕였다.

할머니는 승조의 잘린 손가락으로 시선을 내렸다.

"얼매나 아팠을까, 엄살도 많은 늠이 얼매나 아팠을까."

차마 승조의 잘린 손가락을 만져볼 수조차 없어서 할머니는 손끝을 거두고 말았다.

승조가 울음 섞인 얼굴로 입술을 달싹였다. 슬픔이 말을 집어삼킨 까닭에 목소리가 쉽게 나오지 않았다. 목이 메는 것을 몇 번이나 참고 참아야 겨우 목소리가 나온다.

승조가 눈물이 가득 고인 얼굴로 말했다.

"할머니, 미안… 미안해."

"니가 무엇이 미안혀? 아녀, 니는 미안한 거 없어."

"그냥 다… 다 미안해. 할머니, 내가 미안해."

고맙다고 말하는 수도 있었고, 사랑한다고 고백할 수도 있었을 것이다. 하지만 이상하게 미안하다는 말이 먼저 나왔다.

무엇이 미안한지는 승조도 잘 알지 못했다. 어쩌면 할머니의 마음을 상하게 했던 것들, 그 모든 소소함들 때문이었을지도 몰랐다.

"미안하긴 니가 무엇이 미안혀. 이렇게 잘 자랐는디 뭐가 미안혀."

"내가 잘못했어, 할머니. 미안, 미안해."

승조가 무너져 내리자 할머니가 그를 품에 안았다. 덩치가 어찌나 커졌던지, 품에 안는다기보다는 도리어 안긴 모양새였다.

불현듯 승조가 어렸을 적, 시전 구경을 다녀오면서 했던 약속이 떠올랐다. 그때 아이들은 불안한 듯 '어디 가지 않겠다고 약속할 수 있냐'고 물었었다. 불안과 슬픔, 심지어는 까닭 모를 원망까지 섞인 요청이었다.

　생각해 보면 손자들만이 아니라 자식들도 그랬다. 사라진 아버지처럼 엄마까지 사라져 버릴까 봐 하루에도 몇 번씩 '엄마는 어디 가면 안 돼?'라고 말했었다.

　그래서 그녀는 어디에도 가지 못했다.

　인간보다 위대해질 수 있는 순간을, 하늘 끝[天涯]에 이르는 길을 목전에 두었는데도 결국에는 인간으로 돌아오고 말았다. 어미라서, 자식들을 잊을 수 없는 어미라서 그랬다.

　승조를 품에 안은 할머니가 다시금 소량이 있는 곳을 바라보았다.

　'정답이 없는 선택이여, 큰눔아. 어느 쪽을 택해도 선택만이 남을 뿐, 정답이란 없어.'

　인간으로 남는다면 검성의 길[劍聖之路]을 가게 되리라.

　하늘 끝에 오른다면 검선의 길[劍仙之路]을 가게 되리라.

　어느 쪽이던 정답은 없다.

　'긍께 너는 니가 원하는 대로 혀라. 이 할미도, 동생들도 생각하지 말고 너가 원하는 대로 혀. 모두를 잊고 하늘 끝에 올라도 좋고, 굳이 하늘 끝에 오르지 않아도 좋아.'

　할머니 본인은 인간으로 남았지만, 소량에게 그것을 강요할 생각은 없었다.

　'평생 동생들 뒷바라지만 하느라 한 번도 하고 싶은 대로 못

해봤잖어. 긍께 이번만큼은 원하는 대로 혀라, 인즉 니 동생들도 다 컸으니께 하고픈 대로 혀.'

할머니가 그렇게 생각할 때였다.

우우웅—

잠깐이나마 할머니의 정신을 차리게 만들어주었던 태허일기공의 공명이 한층 더 심해졌다. 할머니는 부지불식간에 아랫입술을 짓씹었다.

콰콰콰콰!

그와 동시에 마치 폭풍이라도 몰아치는 것처럼 거센 바람이 불어왔다. 하늘에서 번개가 치는 듯 빛살이 일렁여 천하를 백광(白光)으로 물들였다.

그렇게 얼마나 지났을까. 갑자기 사위가 고요해졌다.

이제는 바람도, 굉음도, 공명도, 백광도 없다.

"이게 무슨……"

두려움 섞인 얼굴로 주변을 살피던 왕소정이 그간 알게 모르게 의지해 왔던 할머니를 돌아보았다.

"마침내… 하늘 끝이 열린다."

할머니가 무심하리만치 투명한 얼굴로 말했다.

第四章
하늘 끝[天涯]

1

원래 강호에서 천하제일에 가장 근접한 사람을 따지자면 흔히 네 명을 꼽는다.

검천존, 도천존, 창천존, 그리고 혈마.

최근에는 거기에 더해 천애검협 진소량이라는 신성(新星)까지 더해졌다. 기연과 기연, 생사투와 생사투가 중첩된 강호행 끝에 천애검협은 마침내 천존의 경지에 올랐던 것이다.

벌써부터 강호의 무인들은 그들을 두고 천하오절(天下五絶)이라고 부르는 형국이었다.

지금은 그중 검천존과 천애검협, 그리고 혈마가 만나 한바당 생사투를 펼치는 상황이었다.

그들의 격전은 그야말로 범인의 상상을 넘어선 것이었다.

경천동지(驚天動地)라 했던가?

말 그대로 하늘이 놀라고 땅이 뒤집어졌다. 그들의 경지는 무학에서 비롯된 것이니 검로와 도초, 투로를 따르되 그 결과는 무공이라기보다는 오히려 선술에 가까웠던 것이다.

"큭!"

검천존이 짧게 신음을 토해내며 뒤로 물러나자 그 빈자리를 소량이 채웠다.

소량의 능하선검이 천하에 가득히 도영을 흩뿌리는 혈마의 목을 노리고 쏘아졌다.

혈마의 입에서 광기 어린 웃음이 터져 나왔다.

"하하하!"

혈마는 굳이 소량의 능하선검을 피하려고 하지 않았다. 천하에 흩뿌려진 도초 중 하나가 능히 능하선검을 막아내리라 여겼던 것이다.

그리고 실제로 그 결과 또한 그의 예상과 같았다.

콰아아앙!

능하선검의 기운과 혈마의 도영이 맞부딪히자 굉음과 함께 폭풍이 일어났다. 소량은 이를 질끈 깨물며 신형을 우측으로 이동했다.

가슴팍을 크게 베인 검천존 역시 소량에게 보조를 맞추어 좌측으로 이동했다.

그와 동시에 혈마가 뿌려놓은 나머지 도영이 그들을 덮치기 시작했다.

소량과 검천존의 검과 맞부딪힌 도영은 소리조차 없이 소멸해 버렸다.

쾅, 콰쾅, 콰콰쾅!

굉음은 그들이 아닌, 그들의 뒤쪽에서 일어났다. 우르르, 하고 산기슭이 무너져 내리는 소리가 들려 흘끗 뒤를 돌아보니, 등 뒤 십여 장 너머에서 거대한 산사태가 난 것이 보였다.

가벼운 도영만으로도 이만한 위력이라면, 진초는 또한 어떻겠는가!

소량의 미간이 가볍게 좁혀졌다.

'천지불인(天地不仁), 하늘 끝에 오르기 위해선 나 역시 불인해져야 하는가?'

하늘은 결코 인자하지 않다.

그저 자연의 순리에 따라 순환할 뿐, 한낱 인간을 위해 멈춰 서는 법이 없다. 인간의 경지에서 벗어나 하늘 끝에 이르려면 그런 천지의 순환을 닮아야 했다.

그러기 위해서는 정을 끊어내야 했다.

아니, 정뿐만이 아니었다.

원망, 미움, 증오, 슬픔, 기쁨……

그 모든 것을 끊어내고 사물을 대상이 아닌 객체로 볼 수 있어야 했다.

할머니의 죽음을 자연의 섭리로 받아들일 수 있어야 하고, 인간이 인간을 죽이는 것을 사마귀가 나비를 잡아먹듯 바라볼 수 있어야 한다.

하늘을 닮는다는 것은 그처럼 무서운 것이었다.

소량은 이제야 비로소 '아들을 잊으려 한다'는 검천존의 말의 진의를 이해했다.

'하지만……'

소량이 눈을 반개하며 가볍게 앞으로 쇄도했다.

천지의 흐름에 순응하는 능하선검이 다시 펼쳐졌지만, 그 위력은 혈마의 것에 미치지 못했다. 이는 버리지 못한 까닭, 할머니의 말에 따르면 흐름에 온전히 순응하기보다는 아직도 자신의 뜻대로 통제하려는 까닭이었다.

하지만 역설적으로 한 가지 얻어지는 것이 있었다.

'…동화(同化).'

설원에서 할머니가 어떠했던가?

할머니의 신형은 그대로였으되, 그 기운은 마치 자연 중에 녹아가는 것처럼 사라지고 있었다. 어쩌면 그것은 그냥 사라진 것이 아니라, 천지와 동화되어 가는 과정이라 볼 수 있었다.

그것은 버림으로써 얻었다기보다는 자(慈)로써 얻은 것이리라.

세상을 잊고 하늘 끝에 이른다기보다는, 세상과 함께 놀고자[交遊]한다고 볼 수 있었다.

소량은 그것을 검천존의 검무에서 보았다.

검천존은 혈마의 탈마공에서, 혈마는 소량의 태허일기공에서 얻기 시작한 깊이를 소량은 검천존의 무공에서 얻기 시작한 셈이었다.

"후우우—"

앞으로 쇄도하는 가운데서도 검천존의 검무를 주시하던 소량이 조그맣게 심호흡을 했다.

그와 동시에 소량의 능하선검이 공력을 감추기 시작했다.

마치 예전에 무형검강을 펼치던 때처럼……

시간이 정지한 듯한 착각 속에서, 소량이 천천히 일검을 내뻗었다.

너무 느려서 감히 닿지도 못할 것 같은 완검이었다.

하지만 혈마의 얼굴은 잔뜩 구겨지고 있었다.

"흡!"

검천존을 공격해 나가던 혈마가 빠르게 뒤로 물러났다.

"허, 놈!"

검천존 역시 대경하여 뒤로 물러난 것은 마찬가지였다.

그 순간, 소량의 검이 그들이 있던 자리에 떨어졌다.

우우웅—

지면에 가볍게 맞닿은 능하선검의 공력이 진동을 일으켰다.

그와 동시에 한 가지 파동이 사방으로 퍼지기 시작했다.

혈마의 눈이 크게 부릅떠졌다.

"이건……"

이번만큼은 천하의 혈마조차도 놀라지 않을 도리가 없었다.

"진무신모의 일선공?"

천애검협은 검신 진소월의 검선지학에 더해 진무신모의 무공까지 펼쳐내고 있었다.

검신 진소월의 무공과 진무신모 유월향의 무공은 같은 곳에서 나왔으나 다른 방향으로 자라났다. 굳이 따지자면 진소월은 선도(仙道)의 향이 짙고 유월향은 속세의 향이 짙다고 할 수 있다.

선도에 든 이가 속세에 머물기는 어려운 것처럼, 두 개의 무공 사이에는 제법 큰 차이가 존재했다. 같은 무공을 익혔어도 사람에 따라 차이가 생긴 것이다.

'태허일기공, 일선공……!'

혈마는 새삼 태허일기공이라는 공부에 짓눌리는 기분을 느꼈다. 도대체 그 근원이 얼마나 거대하기에 각각의 단면을 취했음에도 불구하고 이토록 세상을 오시할 수 있는가!

만약 단면만을 취하는 것이 아니라, 거슬러 올라가 그 근원마저 취할 수 있게 된다면 그 결과가 어떠하겠는가!

'그렇게 되면 천애검협 역시 검신이 되겠지.'

혈마가 흘끗 소량을 바라보았다.

일검을 내려친 소량은 눈을 반개한 채로 검무를 추고 있었다. 얼핏 보기에는 무아지경에 빠져든 것 같은 모양새였다.

반개한 소량의 시선이 불현듯 검극으로 향했다.

'유생어무(有生於無)… 무중생유(無中生有).'

도가에는 있음은 없음에서 나왔다는 말이 있다. 어쩌면 하늘 끝의 본령은 있던 것을 버리고 태허로 돌아가는 데 있을지도 모른다.

하지만 버림으로써 얻을 수 있다면 그 반대도 존재할 수 있으리라.

'버리는 대신 얻음으로써 만물과 하나가 되는 법도 있을 것이다.'

우우웅—

소량의 옷깃이 부풀어 올랐다.

검신 진소월의 태허일기공, 진무신모의 태허일기공, 그리고 마침내는 소량의 태허일기공과 그 변하는 모습까지 지켜본 혈마의 시선이 한층 더 깊어졌다.

'능소, 능 형처럼 순응하되……'

마침내 소량이 한 걸음을 앞으로 내디뎠다.

운풍보인가, 미리보인가!

마치 구름을 밟는 듯 사뿐사뿐 걷는 듯한데, 일 보에 일 장 여씩 거리가 쭉쭉 줄어든다.

'설원에서의 할머니처럼 동화(同化)한다.'

소량의 검로가 사뿐하게 움직였다.

그와 동시에 허공에서 미미한 바람이 불어왔다. 이는 결코 검으로 일으킨 바람이 아니요, 오직 자연이 저절로 움직여 바람을 내보낸 것이었다.

호풍환우(呼風喚雨)라!

소량은 그야말로 바람에 동화해 버린 것이다.

"하하하! 더 해보라, 더!"

피하지도, 그렇다고 맞상대하지도 않을 것처럼 오롯이 서 있던 혈마가 광소를 터뜨리며 도를 들어 올렸다. 공교롭게도 그의 도는 소량의 것처럼 바람을 일으키고 있었다.

터엉―

소량의 태허일기공과 혈마의 탈마공이 공명하는 순간, 도와 검이 부딪혔다.

바람과 바람이 얽히고 기운과 기운이 얽힌다.

공력이 서로 공명하는 것처럼 도와 검 역시 공명을 시작했다.

쿵―

혈마가 이를 빠드득 갈며 진각을 내디뎠다.

'뚝' 하는 소리와 함께 발이 지면에 반 치나 파고들었다.

하지만 뒤로 밀려나는 것을 막을 수는 없었다.

놀랍게도 소량은 한 걸음도 물러서지 않았으되, 혈마는 이 보 가까이 밀려나고 만 것이다.

소량은 자신이 한 수 득수하였음도 염두에 두지 않았다.

그저 계속 상념을 이어나갈 뿐이었다.

'겨우내 처음 쬐었던 모닥불처럼……'

소량의 검에 온기가 깃들기 시작했다.

음유한 성질의 검로도 뒤바뀐다.

살기와 바람으로 인해 싸늘해졌던 공기가 훈훈하게 덥혀지더니, 마침내는 타오를 듯 뜨거워지기 시작했다. 오직 기운으로만 확인할 수 있고, 육안으로는 확인할 수 없는 변화였다.

소량의 검과 마주한 혈마가 미간을 찌푸렸다.

화기(火氣)가 자신을 향해 파고든 탓이었다.

그 순간, 소량의 검이 또다시 바뀌었다.

'…한바탕 몸을 던졌던 모산의 냇가처럼.'

호풍환우의 재주도 놀라웠거니와, 화기를 넘어 열양지력을 일으킨 것도 대단했지만 앞서의 두 공력은 지금의 것만 못했다.

"크흐음—"

여태 고요하던 혈마의 입에서 무거운 침음성이 터져 나왔다.

상선약수라던가?

자신이 공격하면 그에 맞추어 방어하고 자신이 방어하면 그에 맞추어 공격한다. 공력을 거두면 일으키고, 공력을 일으키면 거둔다. 착(着) 자 결을 펼친 것처럼 검과 도가 붙어서 떨어지지 않는 듯한 기분도 들었다.

"하하하! 좋은 공부! 하지만 힘으로 깬다면 어찌하겠는가?"

혈마가 껄껄 웃으며 공력을 한가득 일으켜 소량의 목을 베어 나갔다.

소량은 검으로 목을 막아가는 동시에, 도와 부딪히자마자 그 힘을 흘려낸다. 아니, 흘려내는 것에 더해 자신의 공력까지 더해 돌려준다. 마치 무당파의 공부인 것처럼 말이다.

서걱―

혈마의 어깨에서 피가 튀어 올랐다.

혈마가 눈을 부릅뜬 채 뒤로 서너 걸음을 물러나는 순간, 소량이 마침내 검무를 멈추었다.

혈마가 가볍게 기침을 토해냈다.

"큭, 쿨럭!"

작은 덩어리였지만 검붉은 핏덩이가 새어 나왔다.

소량은 잔잔한 호숫가처럼 미동도 없는 눈으로 그런 혈마를 바라보았다.

소량의 머릿속은 다른 생각을 떠올리고 있었다.

'태허일기공의 칠단공에 이르는 길⋯⋯.'

물론 소량이 칠단공에 이른 것은 아니었다. 굳이 따지자면 칠단공의 초입에도 이르지 못했다 할 수 있었다.

'버리지 않고도 칠단공에 다가갈 수 있다면, 틀림없이 이와 같은 길일 것이다.'

소량이 눈을 지그시 감으며 생각했다.

적어도 지금 이 순간만큼은 소량이 검신 진소월인 것처럼 보였다. 천하를 한 몸에 품을 듯 넉넉하면서도 누구도 범접하지 못할 만큼 고강한 자, 세상과 하나가 된 자 말이다.

"푸흐흐, 푸하하하!"

침을 퉤 뱉어낸 혈마가 껄껄 웃음을 터뜨렸다.

처음에도 천애검협 진소량은 대단한 고수이기는 했지만, 혈마가 보기에는 우스운 수준이었다. 실제로 그는 진무신모와 함께 도망치는 데 급급했을 뿐, 맞서 싸우려 하지 않았다.

하지만 그가 무공을 펼치기 시작하자 모든 것이 달라졌다. 비록 말석에 불과하겠지만 그는 진실로 천존의 경지에 이른 자였으며 또한 하늘 끝을 목전에 둔 자였다.

그리고 그는 자신을 하늘 끝에 데려다줄 수 있는 자였다.

"집착을 버리지 못하였을 적, 나는 태허일기공의 모든 전인을 죽이고자 했지! 그게 바로 천애검협, 너와 같은 이를 경계하였기 때문이다! 그때는 뜻을 이루지 못함을 한탄하였는데, 지금은 뜻을 이루지 못한 것이 기뻐 어쩔 줄을 모르겠구나! 그래, 그대는 진정으로 진무신모의 경지에 이르렀다!"

혈마의 태도는 참으로 기이한 것이었다.

수세에 몰린 것은 분명 그인데도 오히려 우위에 있는 듯 보였던 것이다.

"하지만 진무신모의 방식으로는 태허일기공의 근원에 이르지 못하리라. 버리지 않고는 끝내 하늘 끝에 오르지 못하리라. 그래, 버리지 못하는 까닭이 무엇이냐?"

혈마의 말에도 소량의 표정은 조금의 변화도 없었다. 잔잔한 물결 같은, 동시에 깊이를 알 수 없을 정도로 깊은 눈으로 혈마를 바라보고 있을 뿐이었다.

혈마가 쓴웃음을 머금으며 말했다.

"버리지 못한 까닭이 무엇이냐고 물었다. 진무신모를 찾아, 그대의 형제들을 찾아 강호를 떠돈 그 정(情) 때문이냐? 아니면 협객의 눈으로 세상을 보았기 때문이더냐?"

내내 고요하던 소량의 눈빛이 한차례 흔들렸다.

금방 다시 되돌아오긴 했지만, 혈마는 그 짧은 변화를 똑똑히 알아차릴 수 있었다.

"쯧! 둘 다였군."

혈마가 안타깝다는 듯 말했다.

지금 그가 하는 말은 결코 격장지계가 아니요, 안타까운 감정 역시 절대 가식이 아니었다.

그는 진실로 천애검협이 한 걸음 더 나아가기를 원했다. 설령 그 대가로 자신의 목숨이 위험해진다고 해도 상관없었다. 그에게서 비롯되어 하늘 끝에 오를 수 있다면, 적어도 그럴 기회라도 얻을 수 있다면 목숨을 잃어도 상관이 없었다.

"검천존의 미련이 아들이요, 나의 미련이 혈마곡이라면 그대의 미련은 가족이요, 또한 세상이었구나. 그와 같은 거대한 미련을 두 개나 걸머졌으니 어찌 가볍기를 바랄까? 버리지 않고는 너는 본 곡(本谷)의 난을 결코 제압할 수 없을 것이다."

"…버리라고?"

"그래, 버려라. 천지가 어찌하여 불인한지 알고 싶은 것이 아니더냐? 어찌하여 서로가 서로의 것을 빼앗고, 어찌하여 서로가 서로의 목숨을 취하는지, 천명이 어디에 있는지, 세상이 어찌하여 바뀌지 않는지……."

"당금 혈마곡의 난은 당신에게서 비롯된 것이 아니던가! 서로가 서로의 목숨을 취하는 까닭이 그대 때문이 아니었던가!"

소량이 노호성을 터뜨렸다.

혈마가 고개를 슬며시 저었다.

"조정의 간신배들과 탐관오리들까지 나의 책임으로 돌리려는가? 흉년에 굶어 죽는 백성들의 한 줌 알곡마저 털어먹는 그들까지도 나의 책임으로 돌리려는가? 그와 같은 자들은 과거에도 있었다! 누천 년 이어진 탐욕의 사슬까지 정녕 나의 책임으로 돌리겠느냐!"

소량이 무어라 말을 잇지 못하고 아랫입술을 질끈 깨물었다.

혈마의 말이 옳았다. 오직 그 주인만 바뀌었을 뿐, 권력 자체는 사라지는 법이 없다. 그릇된 자가 천자의 위에 앉아 세상을 마음대로 주무른 것이, 탐욕스러운 탐관오리가 백성들을 수탈한 것이 어디 현재에만 존재했으며 과거에는 없었겠는가?

"천명은 도대체 어디에 있는가? 인간이 조금도 성장하지 못하고 영원히 같은 굴레 속에 갇혀 있다면 그 까닭은 무엇이겠는가? 만약 그렇다면 인간의 가치는 어디에 있는가?"

소량이 눈을 질끈 감았다. 조금 전까지는 할머니와 형제들을 버려야 하느냐는 갈등을 겪었다면, 이제는 그에 더해 그가 강호를 떠돌며 보아온 것들과, 그가 결심하고 행해왔던 모든 것들까지 시험대에 오른 셈이었다.

'그저 사랑하고자 하였거늘……'

그마저도 버려야 하는가?

소량이 그렇게 생각할 때였다.

혈마가 나직한 어조로 중얼거렸다.

"그것을 알기 위해서는 버려라. 천지불인! 인간의 시선이 아니라 하늘의 시선으로 보아라. 비록 역설적이나 하늘 끝에 올라야 답을 볼 수 있느니."

혈마의 말은 마치 하늘의 음성인 것처럼 들렸다.

말 그대로 소량의 천명이 함께 속삭인 까닭이었다.

검천존 역시 같은 생각을 하고 있는지, 잠시나마 혈마를 공격하는 대신 조용히 소량을 바라보고 있을 뿐이었다.

아니, 그는 자신의 아들을 떠올리고 있었다.

'신후야, 경신후(景信厚)… 내 아들아.'

도대체 어째서일까?

소량의 얼굴을 보고 있자니 아들의 얼굴이 떠오른다.

원치 않는 무공을 억지로 가르쳤던 탓일까.

아니면 못해준 것이 많았던 까닭일까.

'나 역시 지금의 혈마처럼 너를 다그쳤던 것일까? 너를 너대로 온전히 두고 보지 못하였던 것일까? 천지불인, 나 역시 하늘에 너의 죽음을 따지고자 하였구나. 죽은 이후에도 너를 떠나보내지 못하고 괴롭히는구나.'

검천존이 눈을 질끈 감을 때였다.

고개를 숙이고 있던 소량이 천천히 고개를 들었다. 그러고는 혈마를 노려보는데, 눈이 어딘가 충혈된 것처럼 보인다. 호수처럼 고요했던 눈동자에 파문이 한가득 일어난 탓이었다.

"더 이상 나를 흔들지 마라, 혈마."

소량이 씹어뱉듯 중얼거렸다.

"세 치 혀로 놀리는 말, 더 이상은 듣지 않겠다."

"쯧! 정녕 버리지 않으려느냐?"

혈마가 짐작했다는 얼굴로 가볍게 혀를 찼다.

소량이 미련을 버리고자 한다면, 그 길로 간다면 그것도 좋았겠지만 고작 몇 마디 말로 그렇게 되리라 기대하지는 않았다.

'나 역시 혈마곡을 버리지 못하였으니 이해 못 할 바가 무엇이랴?'

다만 씨앗을 심어놓은 것만은 분명했다.

한 점 흔들림 없던 천애검협의 시선이 흔들리기 시작했으니 말이다.

"정녕 버리지 못하겠다면, 추후 내가 천하를 집어삼키는 꼴을 보는 수밖에."

혈마가 차갑게 중얼거리며 미소를 지어 보였다.

"아니, 지금부터 보여주지."

수세에 몰린 것이 아니었던가!

혈마에게서 믿을 수 없는 거대한 기운이 일어나기 시작했다.

2

광오하게 선언한 혈마가 자신의 도를 흘끔 내려다보고는 눈을 지그시 감았다. 자신의 도가 도명을 터뜨리고 있음에도 관계하지 않겠다는 투였다.

소량을 설득하던 와중에도 혈마는 한 가지 사실만은 잊지 않고 있었다.

집착을 버리고 하늘 끝에 오르는 것.

'한 걸음, 한 걸음만 더 가면 검신 진소월의 경지에 오르리라.'

당장 지금 이 순간에 하늘 끝에 오를지도 모른다.

내일이 될 수도 있고, 달포 뒤가 될 수도 있다.

미련을 버리는 순간이 바로 하늘 끝에 오르는 순간일 터였다.

혈마는 혈마곡을 생각하며 눈을 지그시 감았다.

대명(大明)을 건국한 황제에 대한 원한, 일월신교의 복수를 위해 만든 혈마곡, 그리고 그것을 수도 없이 방해한 삼천존과 천애검협……

혈마의 육신에서 살기가 줄기줄기 끓어올랐다.

우우웅—

소량의 옷깃 역시 저절로 펄럭이기 시작했다. 혈마가 무엇을 생각하는지는 모르겠지만, 적어도 가벼운 것은 아닐 것이 분명했다. 말하자면 자신의 진신절학을 펼치는 셈. 만에 하나 조금의 실수라도 저지른다면 그 즉시 목을 잃게 될 것이 분명했다.

검천존이 그런 소량을 흘끗 바라보며 입술을 달싹였다.

[합공한다면 우리에게 승산이 있긴 하겠지만… 솔직히 말할까? 지금의 저자를 보니 생사를 가늠하기 어렵겠다는 생각이 드는구나.]

소량이 흘끗 검천존을 돌아보았다.

살기를 한가득 끌어 올린 혈마와 달리, 검천존의 얼굴은 담담했다. 아들에 대한 미련을 벌써 끊어버린 것처럼 보이는 얼굴이었다.

검천존이 한숨처럼 전음성을 펼쳤다.

[알고 보면 하늘 끝에 이르고자 하는 것도 집착이겠지. 쯧! 일이 잘못되면 천하가 도탄에 빠질 터, 상황이 여의치 않으면 물러나라.]

[…예, 반선 어르신.]

소량이 침음성을 토해내며 답했다.

다만, 한마디 말을 덧붙이는 것을 잊지 않는다.

[반선 어르신께도 같은 부탁을 올리고 싶습니다.]

"푸흐흐!"

눈을 지그시 감은 채 검신을 쓰다듬던 검천존이 헛웃음을 터뜨렸다. 소량에게서 아들의 얼굴을 본 탓일까. 어딘지 서글프게 들리는 웃음이었다.

[…알았다.]

검천존이 인자한 어조로 입술을 달싹이고는 검으로 혈마를 가리켰다.

그것이 기점이 되었다.

그 순간, 소량과 검천존, 혈마가 동시에 신형을 날리기 시작했다.

드드드드—

세 명에게서 뿜어져 나온 기운 탓에 대기가 진동했다. 서로
의 목숨을 노리는 살기가 한곳에 집중된 것은 당연한 일이라
할 수 있었다.

콰아앙!

소량의 검과 검천존의 검, 혈마의 도가 부딪히는 순간 굉음
과 함께 빛살이 일어났다.

두 노소의 검을 막은 혈마가 다른 손으로 검천존의 목을 움
켜쥐는 동시에, 도초를 바꾸어 소량의 단전을 베어나갔다. 소
량은 검로를 거두어 능하선검을 펼쳐 맞상대해 갔으며, 검천
존은 마찬가지로 일수를 뻗어 혈마의 맥문을 쥐어갔다.

눈 깜짝할 사이에 수십 개의 초식이 지나갔다.

모두 살초가 아닌 것이 없었고, 하나하나 절초가 아닌 것이
없다. 대기는 진동하다 못해 찢겨 나가기 시작했고, 바닥은 누
가 파헤친 양 쑥대밭이 되기 시작했다.

처음에 밀린 것은 혈마였다. 소량의 능하선검은 혈마의 허벅
지를 베어냈고, 검천존의 금나수는 혈마의 어깨를 한 움큼 뜯
어내었던 것이다.

그러나 승기는 결코 오래 지속되지 않았다.

쿵—!

검천존의 단전에 혈마의 일 장이 부딪혔다. 검천존은 순간 호흡조차 제대로 하지 못하고 눈을 부릅뜬 채 꺽꺽댔다.

소량이 검천존에게서 자신에게로 관심을 돌리려는 듯 능하선검을 펼치자 혈마가 싸늘하게 미소를 지어 보였다.

소량의 눈이 휘둥그레 커진 것은 당연한 일이라 할 수 있었다.

"흡!"

소량이 부지불식간에 헛숨을 들이켰다.

마치 조금 전에 소량 본인이 펼쳤던 물을 닮은 검처럼, 혈마의 도가 음유하게 비틀리더니 소량의 목을 베어내기 시작했던 것이다.

소량은 허리를 굽혀 그것을 피해내었다.

그것이 실책이었다.

"큭!"

소량의 팔에 긴 상흔이 남았다. 천존의 경지에 오른 소량이었으나 상대 역시 하늘 끝을 눈앞에 둔 자. 호신강기는 종잇장처럼 찢어졌고 오른쪽 팔뚝에 실선이 그어지고 만 것이다.

상처 탓에 더 이상 검을 쥘 수 없게 된 소량이 손끝을 튕겨 검을 날려 보낸 다음, 좌수로 그것을 쥐어나갈 때였다.

'천애검협은 여기까지인가.'

혈마가 무심하리만치 차가운 눈으로 소량을 바라보았다. 천애검협의 안색이 창백해졌다는 것은 곧 혈마 자신을 하늘 끝에 데려다줄 기회 중 하나가 끝났다는 뜻이나 다름없었다.

좌수로 검을 옮기는 사이, 혈마의 도가 바로 목전까지 이르렀다.

검천존이 끼어든 것은 바로 그때였다.

"쯧!"

혀를 차는 작은 소리와 함께 검천존의 검이 혈마의 도를 막아갔다.

어떤 의미로 보면 그것은 자살행위나 다름없었다.

개(開), 혈마의 도는 그야말로 사방을 향해 열려 있었다. 막는다고 해도 잠시 시간이나 벌 뿐, 곧바로 방향을 틀 것이 분명했던 것이다.

그리고 방향을 틀면, 바로 검천존의 목숨이 위험해진다.

하지만 검천존은 자신의 목숨쯤이야 조금의 상관도 없다는 듯 굴었다.

의식보다는 무의식의 발로겠지만, 이미 아들과 소량을 동일시한 검천존에게 있어서 소량을 잃는다는 것은 두 번 아들을 잃는 일이나 다름없었던 것이다.

아니나 다를까, 혈마의 도가 곧바로 검천존의 목을 노리고 다가왔다.

죽음이 목전에 이른 순간, 검천존의 입가에 흰 웃음이 걸렸다.

'이번에는 잃지 않았구나.'

소량이 안전해진 것을 깨닫자마자 마음이 한결 가벼워지더니 절로 웃음이 새어 나온다.

아들을 잃었던 과거와 달리, 이번에는 잃지 않았다.

'그것으로 충분해.'

혈마의 도를 막아내지 못할 것을 알면서도, 검천존은 손을 들어 그것을 막아갔다. 오행에서 음양으로, 음양에서 태극으로, 태극에서 태허로 흘러가는 도초가 지독하게도 아름답게 보였다.

소량을 구해냄으로써 일순간이나마 마음의 짐을 떨쳐낸 검천존은 자신의 목숨을 거둘 혈마의 도를 흥겹게 바라보았다.

모든 것을 잊고 그저 바라보니 즐겁기만 했다.

마침내 검천존의 손과 혈마의 도가 맞닿는 순간이었다.

검천존의 신형이 백광에 휩싸여 사라졌다.

그리고, 시간이 정지했다.

세상은 오로지 백색에 불과할 뿐, 보이는 것은 아무것도 없었다.

검천존은 멍하니 주위를 둘러보았다.

"도대체……."

검천존의 입가가 딱딱하게 굳어갔다.

한 걸음을 걸어보니 바닥을 디디고 있다는 느낌이 들지 않는다. 그렇다고 공중을 유영하는 것도 아니었다. 발을 디디고 있되 디디지 않은 모순적인 공간이었다.

생각해 보면 주위가 온통 그랬다.

보고 있음에도 보이지 않고, 보이지 않음에도 보인다.

모두가 모순이다.

"도대체 이게 어떻게 된 거지?"

검천존은 이번에는 자신의 손을 내려다보았다.

육신은 변함이 없으나 그 기운은 이상하기 짝이 없다. 사지백해로 뻗어나가던 전진도가 특유의 공력이 더 이상은 느껴지지 않는다. 지금 그의 겉모습처럼, 시골 촌로가 되어버린 듯한 무력감이 검천존의 신형을 감싸안았다.

수만 가지 의문이 검천존의 머리에 맴돌았다.

조금 전만 해도 혈마와 대적하고 있었는데, 소량의 목숨을 구해내었다고 기뻐하고 있었는데. 이것이 죽음인가? 아무것도 없는 무의 공간이?

울음소리가 들려온 것은 바로 그때였다.

"팔이 아파요, 아버지."

검천존의 등골에 소름이 오싹 돋아 올랐다. 검천존에게 있어서 영원히 잊을 수 없는 목소리가 들려온 탓이었다. 검천존은 돌아가지 않는 몸을 억지로 돌려 뒤를 바라보았다.

마치 삐걱대는 목각인형처럼 천천히…….

"아아!"

등 뒤에는 그의 아들, 신후가 서 있었다.

한쪽 팔이 없는 채로 서서 그를 바라보고 있었다.

"신후야, 내 아들, 내 아들아!"

검천존이 비틀거리며 아이에게로 다가갔다.

아이가 조용히 한쪽밖에 없는 손을 내밀었다.

"아버지 팔. 아버지 팔을 주세요. 그러면 아프지 않을 수 있어요."

팔이 없는 아이가 섬뜩한 제안을 내뱉었다. 정상인이라면, 아니, 정상인이 아니더라도 들어주지 않을 요구였다.

그러나 아이는 신후였다.

그의 아들이었다.

"주마, 줘야지. 내 주고말고."

검천존이 실성한 사람처럼 주변을 둘러보았다. 마치 방금 생겨난 것처럼, 바로 옆자리에 그의 검이 보였다. 검천존은 검을 움켜쥐고는 곧바로 자신의 왼팔을 잘라내었다.

"크윽, 크아아악!"

끔찍한 통증을 느낀 검천존이 비명을 토해냈다. 제자리에 서 있을 수도 없어 무릎을 꿇은 채 몸을 바들바들댄다. 아무리 혈도를 제압해도 통증은 사라지지 않았다.

알고 보면 그것은 단순히 팔이 잘린 통증이 아니었던 것이다.

검천존은 몸을 파르르 떨며 아이를 바라보았다.

그리고 억지로, 억지로 입가에 미소를 지어 보였다.

팔을 건네고 보니, 이번엔 아이의 눈이 퀭하게 빨려들어 가 있는 것이 보였다.

아이가 말했다.

"아버지, 앞이 보이지 않아요. 아버지 눈. 눈을 주세요."

"오냐, 줘야지. 암, 줘야지."

검천존이 하나 남은 손으로 눈가에 손을 가져갔다. 왼쪽 눈을 후벼 파자 끔찍한 통증이 밀려들었다. 검천존은 비명을 토해내며 왼쪽 눈을 뽑아내었다. 조금 전 팔을 잘랐을 때처럼 상상조차 못할 고통이 밀려들었지만 검천존은 실성한 사람처럼 미소를 지어 보였다.

아무리 아파도 아들을 잃을 때처럼 아프지는 않았다.

아이가 말했다.

"가슴이 아파요. 아버지 심장, 심장을 주세요."

"줘야지, 줘야지."

검천존이 남은 한 팔을 자신의 가슴으로 가져갔다. 검천존은 손을 기이하게 구부려 가슴팍의 살로 밀어넣다 말고 길게 흐느끼기 시작했다.

"흐흑, 줘야지. 다 줘야지. 내 아들에게 다 줘야지."

아이는 검천존이 가슴팍을 파헤치는 것을 물끄러미 바라보았다.

아이가 가만히 바라보는 가운데서 검천존이 통곡했다.

"줘야지. 암, 줘야지……."

알고 있었다.

저것이 진짜 신후가 아니라 자신의 미련일 뿐이라는 것을.

자신이 만들어낸 환상이라는 것을.

지난 세월 내내 팔을 자르고, 눈을 뽑고, 심장을 떼어 미련을 채우려 했다는 것을.

그럼에도 불구하고 미련을 채울 수는 없었다는 것을.

그래서 검천존은 가슴을 헤집으면서도 심장을 꺼내지 못했다.

"줘야지……."

검천존이 마지막으로 되뇌이며 흐느꼈다.

백색 공간에 영원과도 같은 침묵이 내려앉았다. 회한과 슬픔, 절망이 내려앉은 공간인 동시에 부정과 해후의 기쁨, 그리고 미련을 떨쳐내기 위한 지독한 고통이 공존하는 공간이었다.

영원과도 같은 침묵은 찰나만에 끝났다.

"아빠, 아빠."

아이가 이전과는 다른 목소리로 말했다.

서글프고 무서운 목소리가 아니라 가벼운 목소리, 홀가분한 목소리였다.

검천존이 심장을 뽑지 않은 것이 못내 기뻤던 모양이다.

"아빠, 신후 예뻐. 신후 봐."

아이가 말했지만, 검천존은 고개를 들려 하지 않았다.

아이가 따스한 손을 내밀어 검천존의 얼굴을 감싸 쥐고 고개를 들어 올렸다.

검천존이 하나 남은 눈으로 아이의 얼굴을 바라보았다.

아이는 멀쩡했다.

눈도, 팔도, 가슴도……

모두가 생전의 모습 그대로였다.

"아빠 봐서 좋다, 히이."

아이가 천진난만하게 웃어 보였다.

검천존의 눈에 눈물이 한가득 고였다.

하염없이 검천존을 바라보던 아이가 말했다.

"이제 나 가도 돼?"

"이제… 가도 돼."

검천존이 나지막한 어조로 중얼거렸다.

차마 나오지 않는 말, 영원히 하고 싶지 않은 말이었지만 꺼내지 않을 수 없는 말이었다.

"가도 돼. 가도 된다."

"그럼, 이제 갈게. 이제 갈게, 아빠."

아이가 신이 난다는 듯 몸을 돌려 뒤로 달려가기 시작했다. 녹색 들판을 뛰어노는 천진난만한 아이처럼 구김살 없이 까르르 웃으며, 뒤 한 번 돌아보지 않고서 그렇게……

검천존은 멍하니 그 뒷모습을 바라보았다.

"잘 가, 신후야. 잘 가라……"

신후가 멀어지는 것과 동시에 백색 공간이 바뀌기 시작했다.

흙이 생기고 물이 생긴다. 나무가 자라고 불이 타올라 쇠를 정련한다. 오행은 하나로 뭉치더니 흑과 백으로 회귀했다. 하염없이 회전하던 흑과 백이 마침내는 공허로 변해갔다.

그러자 천명이 보이고 천기의 흐름이 보인다.

세상이 보이고 인간이 보인다.

인간으로서 홀로 오롯해지는 순간……

바로 그것이 하늘·끝이 열리는 순간이었다.

第五章
신선(神仙)

1

소량의 안색은 그야말로 창백하게 변해 있었다. 우수에 크게 상처를 입어 좌수로 검을 바꾸었는데, 하필이면 혈마가 그 순간을 노려 살수를 펼쳐내었던 것이다.

검천존이 개입하지 않았더라면 진즉에 목이 달아났으리라.

검천존에 의해 살수를 가로막힌 혈마는 그 즉시 도초를 바꾸었다. 소량의 목을 노리던 도는 이번에는 검천존을 일도양단(一刀兩斷)해 버리겠다는 듯 그에게로 쏟아졌다.

미처 검을 회수하기 전이었던 고로, 검천존은 맨손으로 혈마의 도를 막아내야 했다.

'안 돼! 반선 어르신!'

검천존 덕분에 겨우 좌수에 검을 움켜쥔 소량의 눈에 불꽃이 튀었다. 천하의 검천존조차도 맨손으로는 혈마의 도를 감당할 수 없다는 사실을 너무나 잘 알고 있었던 탓이었다.

뒤늦게나마 검로를 펼쳐 혈마를 막아보려 했지만 그 속도는 너무나 느렸다.

결국 소량은 혈마의 도와 검천존의 맨손이 맞닿는 장면을 지켜만 봐야 했다.

거대한 백광(白光)이 일어난 것은 바로 그때였다.

"크으읍!"

소량은 부지불식간에 눈을 질끈 감았다.

작금의 백광은 결코 무공으로 인해 일어난 것이 아니었다. 아니, 그것은 아예 인세(人世)의 것이 아닌 듯했다. 불가해(不可解)한 백광을 마주하자 전신에 소름이 절로 돋아 올랐다.

백광은 일어났던 것만큼이나 빠르게 사라졌다.

우우웅―

소리마저 잡아먹힌 듯, 백광이 사라지자 사방이 고요해졌다.

천천히 눈을 뜬 소량이 믿을 수 없다는 듯 검천존을 바라보았다.

"바, 반선 어르신?"

천하를 깨부술 듯 거대한 공력을 드러내던 혈마의 도는 검천존을 범하지 못하였다.

놀랍게도 검천존은 손가락 두 개로 혈마의 도를 붙잡고 있었던 것이다.

혈마가 이를 빠드득 갈며 되뇌었다.

"어떻게……."

검천존이 평온한 눈빛으로 혈마를 바라보았다.

너무나 평온해서 오히려 무감정하게 느껴지는 시선이었다.

혈마는 그 무감각한 눈빛을 인정할 수 없었다.

"어떻게!!"

"…이제야 알겠다."

검천존의 입가에 작은 미소가 걸렸다. 아들에 대한 미련을 떨치지 못해 흔들리던 모습은 더 이상 보이지 않았다. 음양오행과 태극태허를 궁리하던 도인(道人)의 표정 역시 마찬가지다.

검천존은 그저 한없는 자유로움을 느끼고 있었다.

그는 진정으로 하늘 끝[天涯]에 올랐던 것이다.

"너는 나의 천명이 아니었구나."

검천존이 모든 것을 깨달은 얼굴로 중얼거렸다.

혈마의 눈에 핏발이 솟아올랐다.

"어떻게, 어떻게 하늘 끝에!!"

과거의 천하대란에서 혈마는 검신 진소월을 만났고, 그에게 패배했다. 검신 진소월은 심지어 설욕의 기회조차 주지 않았다. 그는 하늘 끝에 올라 홀로 오롯해지고 말았던 것이다.

그 상실감, 그 열패감……

그때 느꼈던 처참함이 고스란히 다시 떠올랐다. 검신 진소월의 경우처럼, 혈마는 또다시 자신을 가로막은 이가 하늘 끝에 오르는 것을 지켜만 보게 되었던 것이다.

"……."

혈마가 도를 수습하기 위해 내기를 끌어 올리자 검천존이 손끝을 흘끔 내려다보았다. 검천존이 손끝에서 힘을 빼자 혈마의 도가 그제야 움직이기 시작했다.

"흡!"

혈마가 검천존을 경계하며 빠르게 뒤로 물러났다. 하지만 검천존은 더 이상 혈마에게는 관심이 없다는 듯, 시선을 돌려 소량을 바라볼 뿐이었다.

"반선 어르신."

검천존과 시선이 마주친 소량이 나직한 어조로 중얼거렸다.

검천존의 눈은 인자하되, 또한 공평했다. 자신을 바라보는 시선과 길가에 아무렇게나 떨어져 있는 돌멩이를 바라볼 때의 시선은 틀림없이 다르지 아니하리라.

소량은 더 이상은 검천존을 반선 어르신이라고 부를 수 없게 되었다는 것을 깨달았다.

소량이 부지불식간에 질문했다.

"미련을 버리셨습니까?"

검천존이 대답 대신 고개를 끄덕였다.

소량은 저도 모르게 아랫입술을 짓씹었다.

하늘 끝에는 무엇이 있는지, 천기는 어떻게 흐르는지, 하늘 끝에 오르려면 어찌해야 하는지… 묻고 싶은 것, 알고 싶은 것이 수도 없이 많았다.

하지만 정작 나오는 건 슬픔과 회한일 따름이었다.

"신선이… 신선이 되셨습니까?"

검천존이 또다시 고개를 끄덕였다.

소량은 검천존의 시선을 마주 보지 못하고 눈을 지그시 감았다.

다만 다행이랄 것이 있다면, 슬픔과 회한 속에서 안도감 하나가 피어올랐다는 점일 것이다. 반선 어르신께서 하늘 끝에 올랐으니, 천하대란은 여기서 막을 내리게 될 터였다.

혈마가 버럭, 고함을 지른 것은 바로 그때였다.

"네가 감히 이 혈마를 무시하느냐—!"

드드드드—

혈마의 노호성과 동시에 바닥이 크게 진동하기 시작했다. 지진이라도 일어난 것처럼 땅이 갈라지고, 나무가 뽑히고, 바위가 으깨지며, 파편이 튀어 올랐다.

검천존은 흘끔 뒤를 돌아보더니 귀찮다는 듯 손사래를 쳤다.

그러자 모든 것이 고요해졌다.

아니, 마치 시간을 거꾸로 거슬러 올라가듯이 세상이 바뀐다. 갈라졌던 땅이 서로 붙고, 나무가 제자리로 돌아오며 으깨졌던 바위가 원형으로 복구된다.

검천존이 소량을 볼 때처럼 인자한 눈으로 혈마를 바라보았다.

"내게는 시간이 얼마 남아 있지 않으니 이 이상 방해하지 말려무나, 아이야. 나의 천명이 네가 아니었듯, 너의 천명 역시 내가 아니니……"

"어떻게 하늘 끝에 올랐느냐? 어떻게 미련을 버릴 수 있었느냐! 내게도, 내게도 알려다오!"

쐐애액—

혈마가 검천존에게로 쇄도하여 일도를 휘둘렀다.

공기가 반으로 갈라지면서 거대한 마기가 넘실대며 검천존을 덮쳐갔다.

하지만 별무소용인 것은 이번에도 마찬가지였다.

검천존이 손사래를 한 번 치자 혈마의 신형이 뒤로 튕겨나고 만다.

"나는 자연(自然)이요, 하늘[天]이로다. 구(九)가 아니라 십(十)에 이른 자요, 일자(一者)로서 홀로 오롯한 자로다. 너는 지금 천리(天理)에 덤벼들고 있음이야."

검천존이 무심한 얼굴로 중얼거렸다.

혈마의 눈에서 불꽃이 피어올랐다.

"이미 역천(逆天)하기로 하였는데 천리에 덤벼들지 못할 까닭이 무엇이겠는가! 네가 진정 하늘이라면, 나 하늘에 따져 묻겠다! 묻노니 답하라! 천기는 어떻게 흐르는가!"

검천존이 가볍게 한숨을 내쉬었다.

정말로 하늘 그 자체가 되어버린 사람처럼 말이다.

"하늘은, 일월(日月)은 어찌하여 우리를 버렸던 것이더냐? 혈마곡은, 일월신교는 앞으로 어찌 되는 것이더냐! 천기가 옳게 흐른다면 우리의 피눈물을 알 터! 혈마곡의 복수는 성공하게 되는가? 답하라, 검천존! 답하란 말이다!"

처음에는 하늘 끝에 오를 방도를 묻더니, 이제는 혈마곡과 복수에 관해 묻는 혈마였다. 아직 버리지 못한 미련이 그토록 컸던 것이다.

검천존이 혈마에게서 천천히 등을 돌렸다.

"…나는 답하지 않겠다."

"답해! 답하란 말이다! 대답해!"

혈마가 노호성을 터뜨리며 다시금 검천존에게로 달려들려 했다. 하지만 기이하게도 발이 땅에 묶인 듯 떨어지지 않는다.

도를 들어 올리자 도 역시 움직이지 않는다.

땅도, 하늘도 그의 움직임을 허락하지 않는 까닭이었다.

혈마는 그것 역시 인정할 수 없었다.

"으으음!"

혈마의 눈에 핏발이 서는 것과 동시에 천하에 오직 그만이 들을 수 있는 소리가 들려왔다. 무언가 터지듯 투툭, 하는 소리가 들리는가 싶더니 얼굴에 혈기가 몰려든다.

그리고, 기적처럼 혈마가 도를 들어 올렸다.

혈마는 말 그대로 역천(逆天)을 하고 있었던 것이다.

검천존이 씁쓸한 얼굴로 한 번 더 손을 휘저었다.

"컥, 커허억!"

혈마가 눈을 크게 부릅뜨더니, 부지불식간에 무릎을 털썩 꿇었다.

들고 있던 도를 떨어뜨림은 물론이요, 팔과 다리에 경련이 일어난다.

"컥! 쿨럭, 쿨럭!"

심지어 혈마는 거칠게 기침을 토해내며 피를 뱉어내기도 했다.

검천존의 한 수에 의해 적지 않은 내상을 입고 만 것이다.

하지만 검천존은 혈마의 목숨을 거두지는 않았다.

마치 그로써 혈마에 대한 모든 관심을 끊어버렸다는 듯 소량에게로 시선을 돌릴 뿐이었다.

혈마가 옴짝달싹하지 못하는 것을 본 소량이 지친 듯 어깨를 늘어뜨리며 중얼거렸다.

"이제 천하대란은 끝이 난 것이로군요."

소량은 조금 전의 백광을 떠올리고는 침을 꿀꺽 삼켰다. 인간의 생각으로는 이해할 수 없는 불가해한 백광, 그리고 한순간 만에 바뀌어 버린 반선 어르신의 기운.

"반선 어르신께서 신선이 되셨으니 혈마곡의 난은……"

소량이 말을 하다 말고 검천존의 눈을 멍하니 바라보았다.

그동안 천하대란을 끝내기 위해서는 혈마를 제압하거나, 혹은 그보다 빨리 하늘 끝에 올라야 한다고 생각해 왔다. 어떤 의미로 보면 그것은 같은 의미였을지도 몰랐다. 하늘 끝에 오른 이의 무위라면 혈마를 제압하는 것은 손바닥 뒤집기보다 쉬웠을 테니까.

하지만 검천존의 시선과 마주하자 한 가지 불길한 예감을 금할 수가 없다.

'서, 설마……'

천지불인(天地不仁).

얼어 죽는 생명이 있다고 하늘이 돌보던가!

'하늘 끝에 오른 자는 인세에 개입하지 않는다?'

소량은 머리에 번개가 치는 듯한 기분을 느꼈다.

소량의 생각을 읽은 검천존이 인자하게 중얼거렸다.

"화내지 마려무나, 아이야. 인간의 시선으로는 하늘을 판단할 수 없음이니."

"정녕, 정녕 개입하지 않으시려 하십니까? 어째서? 혈마곡이 일으킨 천하대란으로 얼마나 많은 사람들이 죽어가는데, 어째서!"

소량의 목소리는 숫제 울부짖는 듯했다.

검천존이 나직한 어조로 말했다.

"혈마곡의 천하대란이라… 이상하구나. 일월신교의 억울한 멸망은 옳은 것이었더냐?"

소량이 말문이 막힌 표정으로 멈칫했다. 일월신교의 억울한 멸망이 혈마곡을 탄생시켰고, 그 불길이 일월신교를 멸망시킨 정도 무림과 조정을 향해 타오르고 있다.

원인이 있어야 결과가 있다.

소량이 눈물이 핑 고인 얼굴로 말했다.

"지금의 천하대란은… 모두 천벌(天罰)이었습니까?"

"아니. 나는 보리를 심은 자리에서는 보리가 자란다는 이야기를 한 것뿐이란다. 원인이 있으면 결과가 있고, 결과가 있으면 원인이 있지. 모두가 순리이고, 천리인 게야. 그리고 순리를 좇다 보면 너 역시 선택을 하게 되겠지."

검천존이 소량 쪽으로 몸을 기울이며 코끝을 찡긋해 보였다.

"그리고 그 선택은 많은 것을 바꾸게 될 게야."

국, 구국. 구구국.

어디선가 학(鶴)이 우는 소리가 들려왔다.

검천존이 허리를 펴고는 하늘을 바라보며 미소 지었다.

"마침내 나의 때가 되었구나."

검천존은 눈을 지그시 감았다. 탄생부터 지금에 이르기까지의 긴 세월이 짧은 미소 속에 모두 녹아들었다. 이미 인간으로서 오롯해진 검천존에게는 그 미소 한 번이면 족했다.

검천존이 가볍게 손사래를 쳤다.

"이만 가거라. 지금도 지나치게 개입한 셈, 더 이상은 대화를 허락하지 않겠다."

"반선 어르신!"

소량이 떠나기는커녕 오히려 다가오자 검천존의 표정이 딱딱하게 굳어졌다.

말하는 이는 검천존이로되, 목소리는 하늘에서 들려왔다.

"이는 하늘을 대신하여 일자로서 하는 명이다! 가라! 더 이상 이 자리에 머무는 것을 허락하지 않으리라!"

우우우웅—

부드러운 바람이 소량을 밀어냈다.

정신없이 뒷걸음질 치던 소량이 겨우 발걸음을 멈추고는 아랫입술을 짓씹었다.

잠시 그렇게 서 있던 소량이 몸을 돌려 달려가기 시작했다. 어떻게 해도 검천존의 명을 거부할 수가 없다는 것을 깨달았던 탓이었다.

검천존과 나눈 대화 덕분에 머리가 복잡했고, 가슴은 답답함으로 터져 버릴 것 같았다. 천존의 경지에 올라 평정을 잃을 일이 없는 소량으로서도 흔들리지 않을 수가 없었던 것이다.

그중에는 한 가지 미련도 남아 있었다.

생각해 보면 반선 어르신께 잘 가라는 인사조차도 올리지 못했다.

그런 소량의 마음을 위로하듯, 귓가에 한 줄기 음성이 파고들었다.

[내가 무엇을 가르쳤는지 기억하고 있겠지? 잊지 말거라.]

반선 어르신께서 무엇을 가르쳤던가?

중용(中庸).

소량이 부지불식간에 뒤를 돌아보았다.

공중을 유영하던 한 마리 선학(仙鶴)이 바닥에 부드럽게 착지하는 것이 보였다. 검천존은 세상의 모든 것에 관심을 잃은 사람처럼 뒷짐을 지고 서서 학의 긴 목을 쓰다듬고 있었다.

소량은 앞으로 검천존을 볼 수 없으리라는 사실을 깨달았다.

'부디… 평안하십시오, 반선 어르신.'

소량은 더 이상 그 모습을 보지 못하고 고개를 돌렸다.

어디선가 도화(桃花) 향이 배어 나와 코끝을 스쳤다. 비록 보지는 못했지만, 소량은 달큰한 꽃 내음 너머로 검천존과 선학의 모습이 녹아들고 있음을 짐작할 수 있었다.

우화등선(羽化登仙)이었다.

2

삼천존이라는 명성은 오래전부터 강호를 지배해 왔다.

일월신교의 복수를 위해 처음 혈마곡이 일어났을 때부터 지금까지, 정도 무림은 사실상 세 명의 무신(武神)들이 지탱한 것이나 다름없다고 봐도 과언이 아니었다.

세 무신의 시대, 이른바 삼천존의 시대였다.

그러나 하늘 아래 영원한 것은 없다던가!

영원히 계속될 것 같았던 삼천존의 시대도 검천존을 시작으로 저물어가기 시작했다. 검의 하늘에 올랐다는 경여월은 한 발짝 더 나아가 마침내는 하늘 끝에 이르고야 말았던 것이다.

한때 혈마곡이 벌였던 천하대란에서 정도 무림을 구해낸 영웅이요, 한 시대를 풍미한 일대의 거인(巨人)에게는 실로 걸맞은 마지막이라 할 수 있었다.

하지만 정작 소량이 느낀 것은 진한 아쉬움이었다.

앞으로는 더 이상 반선 어르신을 뵙지 못하리라······.

서글픈 슬픔 속에서 달려 나가던 소량이 경공의 속도를 늦추었다.

"형님! 소량 형님! 무탈, 무탈하십니까?"

소량을 발견한 승조가 허겁지겁 달려왔다. 온전히 정신을 차린 할머니 앞에서 무너져 내렸던 승조였지만 시간이 조금 더 지나자 자신을 추스른 모양이었다.

소량은 한 손을 들어 승조를 멈춰 세웠다.

"팔을 좀 상했지만, 크게 염려할 바는 아니다. 이만하면 피류의 상처에 불과하니······."

소량은 그때까지도 좌수에 들고 있던 검을 수검하고는 옷깃을 북 찢어 상처를 묶었다.

재빨리 다가온 승조가 소량의 손에서 찢어진 옷자락을 뺏어 들었다.

"주세요, 제가 할··· 으으음."

소량의 상처를 보고 저도 모르게 움찔했던 승조가 아랫입술을 질끈 깨물었다. 척 봐도 움푹 파인 것이, 상처가 보통이 아닌 것이다.

하지만 본격적으로 치료하기에는 지금의 상황이 너무 좋지 않았다.

"검천존 경 어르신은 어디에 계십니까? 설마 아직도 혈마와 상대하고 계신 겁니까? 지금 상황이 도대체 어떻게 흘러가는 거예요?"

승조가 임시로나마 소량의 상처를 묶으며 질문했다.

상처를 물끄러미 내려다보던 소량이 등 뒤로 시선을 돌렸다.

"아니, 반선 어르신은 그 자리에 아니 계신다. 그분은… 그래, 떠나셨다고 해야겠구나."

"떠났다는 말이 좀 이상한데요? 설마 정말로 하늘 끝에 이르시기라도 한 겁니까?"

승조의 말에 소량이 놀란 표정으로 그를 바라보았다.

승조가 믿을 수 없다는 얼굴로 되뇌었다.

"말도 안 돼! 정말로 하늘 끝이란 것이 존재한단 말입니까?"

"네가 그걸 어찌 알았더냐?"

소량이 딱딱하게 굳은 얼굴로 질문하자, 승조가 턱짓으로 할머니가 계신 곳을 가리켰다.

"조금 전, 할머니께서 잠시나마 온전히 정신을 차리셨습니다. 그때 하늘 끝이 열린다고 말씀하시더군요. 허! 하늘 끝이라는 것이 진짜 존재한다… 그럼 혈마는 어떻게 되었습니까?"

"글쎄……."

소량이 어두운 얼굴로 읊조렸다.

떠나기 직전 반선 어르신께서 무어라 했던가? 그는 틀림없이 '지금도 지나치게 개입한 셈, 더 이상은 대화를 허락하지 않겠다고 했었다.

그렇다면 그는 무엇을 개입했던 걸까.

'설마 일부러 혈마를 떼어놓으신 것인가?'

원래대로라면 그 자리가 종막(終幕)이 되었을 터였다. 검천존과 소량이 패하여 죽음을 맞든, 아니면 혈마를 제압하여 천하대란을 종결했든 간에 말이다.

하지만 검천존이 하늘 끝에 오른다는, 예상외의 변수가 생기고 말았다.

그 결과, 소량은 검천존의 명에 따라 물러나는 처지가 되었고 혈마는 내상을 입어 추적조차도 제대로 하지 못하는 처지가 되고 말았다.

'고작 그 정도 개입한 것조차도 과하다? 허! 이해할 수가 없구나. 천기가 무엇이기에?'

등 뒤를 돌려 혈마가 있음 직한 곳을 바라보던 소량이 작게 침음성을 토해냈다. 생각해 보면 반선 어르신은 '인간의 시선으로 하늘을 판단할 수 없는 법'이라는 말씀 또한 남긴 바 있다.

승조가 미간을 잔뜩 찌푸리며 질문했다.

"글쎄가 뭡니까, 글쎄가? 하늘 끝에 올랐으면 혈마 정도는 길가의 개미나 다름없잖아요. 설마하니 혈마 아직 살아 있어요?"

"자세한 것은 나도 알지 못한다. 하지만 한 가지는 확실히 말해줄 수 있겠구나. 비록 그 이유는 모르겠지만 혈마가 아직까지도 살아 있다."

소량의 말이 끝나자 승조가 말문이 막힌 듯 입가를 우물거렸다.

소량 역시도 깊은 생각에 빠져든 듯 침묵을 고수했다.

"…일단 닥친 일부터 해결해야겠지."

잠시 뒤, 임시로나마 상처를 다스린 소량이 주먹을 쥐었다 폈다 했다.

마치 자신의 상태를 파악하려는 것처럼 말이다.

"넌 어찌 생각하느냐? 청해를 벗어나 사천에 이르렀지만 아직 안심할 때는 아닌 것 같지?"

소량이 질문하자 오만상을 찌푸리며 제 형을 바라보던 승조가 길게 한숨을 토해냈다. 승조가 '자세한 것은 나중에 하나하나 캐물어보리라'라고 생각하며 입을 열었다.

"그걸 뭘 묻습니까? 주위에 혈마곡의 마인들이 산해(山海)처럼 많다고 한 사람이 누군데."

"나지. 마인들의 숫자가 늘어나고 혈마가 나타났다… 이게 무슨 의미인 것 같으냐?"

"당연한 거 아닙니까."

가볍게 반문한 승조가 침을 꿀꺽 삼켰다.

"사천이 먹힌 거지요, 이건."

"아무래도 사천에 문제가 생긴 것이겠지?"

소량이 승조와 동시에 같은 의미의 말을 토해냈다.

중원에서 벗어나 오래도록 변방을 떠돈 까닭에 정보를 얻지 못했던 두 형제는 작금의 상황으로 무림맹의 패배를 추론할 수밖에 없었던 것이다.

또한, 두 형제는 한 가지 생각을 더 공유하고 있었다. 만약 무림맹이 진짜로 패배한 것이라면, 무림맹과 동행 중인 영화와 유선은 어떻게 되었겠는가?

소량이 짧게 중얼거리고는 할머니가 계신 쪽으로 걸음을 옮겼다.

"최대한 빨리 동진(東進)해야겠다."

"동감합니다. 서둘러야겠어요."

승조가 재빨리 소량의 뒤를 쫓았다.

하지만 서둘러 가면서도 질문을 잊지는 않는다.

"아, 한 가지 더. 검천존께서 떠나신 것은 이해하겠는데, 그게 끝입니까? 다시 돌아온다든가 그런 건 없어요? 그 어르신도 생각이 있으실 거 아닙니까, 생각이."

인간의 시선으로는 하늘을 판단할 수 없듯, 소량과 승조가 보는 관점에도 큰 차이가 있었다. 승조는 하늘 끝이라는 개념을 조금도 이해하지 못했던 것이다.

소량은 승조를 흘끔 바라보고는 생각에 잠긴 듯 입을 다물었다.

하늘의 눈으로 보면 자신 역시 승조와 다르지 아니하리라.

'천명이 도대체 무엇이기에……'

혈마와의 일전, 반선 어르신의 등선.

거기에 더해 사천을 장악해 버린 혈마곡까지.

모든 일들이 동떨어진 듯하면서도 하나로 이어지는 듯했고, 하나로 이어지는 듯하면서도 동떨어진 듯했다.

소량의 눈이 잔잔한 호수처럼 깊어져 갔다.

같은 시각, 사천의 금당(金堂).

금당의 관제묘에는 두 명의 소년 소녀가 앉아서 모닥불을 피우고 있었다. 작은 솥을 올리고 건량까지 보글보글 끓이는 것이 제법 오래 여행을 준비한 것 같았다.

하지만 아무리 오래 여행을 준비해도 부족함은 드러나는 법이다.

이 경우에는 가죽 포단이 그러했다.

소녀가 오만상을 찌푸리며 외쳤다.

"왜 가죽 포단을 두 장밖에 안 챙겨온 거야?"

"각자 하나씩 쓰면 된다고 말한 건 진 누이잖아."

소년이 길게 한숨을 토해내며 읊조렸다.

원래는 가죽 포단을 두 장씩 챙기려 했는데, 바로 눈앞의 소녀가 '짐도 무거운데 굳이 그럴 것 없잖아, 바보야!'라며 천하의 멍청이 취급을 했었다.

그 결과가 이 모양 이 꼴이었다. 작은 냇가 하나를 건너다가 실수로 봇짐을 떨어뜨린 탓에 가죽 포단 한 장과 건량 두 묶음, 옷가지 몇 벌이 온통 물에 젖어버리고 만 것이다.

생각해 보면 짐을 떨어뜨린 것도 소녀였다.

소년은 '다 너 때문이잖아'라고 탓하는 눈으로 소녀를 바라보았다.

하지만 소녀는 당당했다.

"그럼 네가 말렸어야지!"

"하아―"

소년, 아니, 연호진이 또다시 한숨을 토해냈다. 원래는 스승님에게 잔혹한 명령을 받을 때마다 토해내던 한숨이었는데, 요즘에는 소녀 때문에 한숨을 토해내는 경우가 더 많아졌다.

"그래, 그래. 우리 아가씨 말씀이 다 옳지요. 말리지 못한 제 잘못이지요."

연호진이 자포자기한 듯 말하자 소녀가 눈치를 살피기 시작했다. 실수를 인정하기 싫어서 당당한 체했지만, 소녀도 자신의 책임이라는 것을 모르는 바는 아니었던 것이다.

"어… 혹시 화가 난 거야?"

소녀, 진유선이 은근슬쩍 가까이 다가오며 질문했다.

연호진의 입가에 은근슬쩍 미소가 떠올랐다.

만약 진짜로 화를 내면 유선은 그 큰 눈에 잔뜩 풀 죽은 기색을 한 채 미안하다고 사과할 것이다. 그리고 자신을 달래준답시고 이런 장난, 저런 장난을 치기 시작할 것이다.

그러려면 차라리 당당한 척을 하지 말든지.

연호진의 입가에 어린 웃음이 더 커졌다.

"아니, 화 안 났어. 오늘 밤에 어떻게 자느냐 생각하고 있었지."

"그게 뭐가 걱정이야? 그냥 같이 자면 되지."

유선이 별 고민을 다 한다는 투로 말했다.

어린 나이에 집을 떠나 풍진강호에서 자란 탓에, 유선은 남녀 간의 일에 대해 잘 알지 못했다.

그간 창천존과 함께 동행하긴 했지만, 안타깝게도 그는 '아기가 어디서 나오냐' 따위의 질문에 '다리 밑에서 주워온다'는 대답밖에 할 줄 모르는 부류의 사람이었던 것이다.

오랜만에 만난 언니 역시 '그와 같은 교육은 너무 이르다'고 판단했는지 월경에 대해서나 가르쳤을 뿐, 남녀 간의 일에 대해서는 알려주지 않았다.

하지만 연호진은 달랐다.

연호진이 목덜미까지 붉어진 얼굴로 재빨리 뒤로 물러났다.

"야, 너… 남녀칠세부동석이라는 말도 못 들어봤어?"

창천존과 달리, 도천존은 남녀 간의 일의 중요성을 제대로 가르칠 줄 아는 사람이었다.

그는 '정기는 생명의 기운이니 너무 빨리 소모하면 수명이 짧아지고 기력이 쇠한다'고 가르쳤고, '본 문의 무공은 동자공이 아니므로 색을 금하지는 않지만, 기틀이 잡히기 전에 소모하는 것만은 금지한다'며 갈 생각도 없던 기루 출입을 금한 바 있었다.

"흥! 공자 왈, 맹자 왈 다 소용없다고. 냄새만 안 난다면 같이 자는 게 따뜻하고 좋지, 뭘 그리 가리는 게 많고 하지 말아야 할 것이 많담?"

"남녀칠세부동석은 그런 뜻이 아니라!"

"그럼 무슨 뜻인데?"

연호진이 빨간 얼굴로 외치자 유선이 고개를 갸웃했다.

그러자 연호진으로서도 할 말이 없게 되고 말았다. 아무리 친하더라도 남녀가 유별한데 어찌 유선 앞에서 음양의 조화니 운우지락이니 하는 이야기를 할 수 있겠는가!

"그건… 하여간 안 돼! 절대 안 돼! 너, 나 말고 다른 사람한테도 이런 건 아니지?"

"왜 안 되는데?"

유선은 빨개진 얼굴로 질색하는 연호진이 재미있다고 생각했다. 그래서 그녀는 좀 더 가까이 붙은 다음, 평소처럼 옆구리를 찌르며 장난을 치기 시작했다.

"야, 오지 마! 오지 마!"

"뭔데? 왜 안 되는데?"

세상에서 가장 순진한 얼굴로 키득거리는 것이 더 무섭다.

당황하여 연신 뒤로 물러나던 연호진은 '도대체 어찌해야 이 위기에서 탈출할까' 고민하다가 화를 내는 시늉을 하기로 했다.

"하여간 안 돼! 더 물어보면 화낸다, 나."

"…에이."

연호진이 정색하고 달려들자 유선이 흥이 식는다는 표정을 지었다.

유선이 뒤로 물러나자 연호진이 그제야 옷차림을 추스르고 바로 앉았다. 다만 붉어진 얼굴이 사라지지 않으니 그것이 기이한 노릇이었다.

연호진이 공연히 헛기침을 내뱉으며 말했다.

"하여간 됐어. 진 누이가 가죽 포단을 덮고 자. 나는 모닥불에 말려두었다가 다 마르면 그때 잘 테니까. 어차피 번도 서야 하니까 잘된 일이지."

"난 그거보다 다른 게 궁금한데."

"진유선!"

연호진이 얼굴을 굳히며 고함을 지르자 진유선의 어깨가 움츠러들었다. 대체로 만만하지만 정색을 할 때는 소량 오빠를 닮은 데가 있어 왠지 움츠러들게 하는 연호진이었다.

진유선은 '알았다, 알았어'라고 투덜거리고는 꼬물꼬물 가죽 포단을 펴고 그 안에 들어갔다.

방금 전의 상황이 너무나 당황스러웠던 고로, 연호진은 일부러 딱딱한 표정을 고수했다.

잠시 두 소년 소녀 사이에 어색한 침묵이 흘렀다.

시간이 지나 보글보글 끓던 건량이 다 익자 연호진이 나무 그릇에 한 국자를 가득 퍼서 유선에게 건넸다.

유선은 성격에 맞지 않게 얌전하게 나무 그릇을 받아 들었다.

하지만 그것을 입가로 가져가지는 않았다.

공연히 그릇만 휘휘 돌리던 유선이 시무룩한 목소리로 질문했다.

"정말 무림맹은 대패하고 만 걸까?"

"슬프지만… 그래."

연호진이 제 그릇에 끓인 건량을 담으며 고개를 끄덕였다.

유선이 그릇을 물끄러미 내려다보며 반문했다.

"진짜로 그렇게 많은 사람들이 죽었을까……."

연호진이 작게 중얼거리는 유선을 흘끔 돌아보았다. 모닥불

덕택에 주홍빛으로 물든 유선의 얼굴이 어째서인지 안쓰럽게 느껴졌다. 그래서인지 그 얼굴에서 시선을 뗄 수가 없다.

"슬프지만, 그것 역시 그래."

한동안 유선을 살피던 연호진이 눈을 질끈 감았다.

무림맹의 대패 소식이 날아왔던 얼마 전의 일이 또렷이 되살아났다.

당연하다면 당연한 말이지만, 연호진과 진유선은 무림맹의 출병(出兵)에 합류하지 못했다.

어린 나이임에도 불구하고 제법 고강한 무위를 가지고 있긴 했지만, 나이 어린 소년 소녀까지 전장으로 내몰 만큼 무림맹이 몰락하지는 않았던 것이다.

그 이유 중에는 미래에 대한 안배도 숨어 있었다. 창천존과 도천존의 진전을 이었으니 훗날 무림을 이끌어나갈 들보가 될 것, 그 기회를 일찍부터 잃어버릴 수는 없었다.

연호진과 진유선은 그렇게 당가타에 남겨졌다.

처음에 당가타에 전해진 것은 승전보였다.

무림맹은 구파일방과 오대세가를 중심으로 하여 두 갈래로 나뉘어 진격하였는데, 구파일방 쪽이 우진, 오대세가 쪽이 좌진이 되는 셈이었다.

승전보는 우진, 즉, 구파일방 쪽에서 날아왔다. 혈마곡의 방해가 없던 것은 아니었으나 상대적으로 적었고, 또 각 파의 연계가 유기적으로 이루어진 덕분이었다.

반면 오대세가가 주축이 되어 십옥(什鈺)으로 이동하던 좌진은 진격에 어려움을 겪었다. 양동작전이라는 것을 깨닫기라도 했는지, 혈마곡이 결사적으로 저항을 시도하였던 것이다.

연호진은 몰랐지만, 전령에게서 소식을 들은 제갈군은 신음을 토해냈었다.

"정보가 예상보다 빨리 새어 나갔군. 역습까지 준비해 두었던가?"

물론 제갈군으로서도 양동이 끝까지 들키지 않으리라는 예상을 한 것은 아니었다. 금천에 도착하기 전에 양동을 들킬 것이라 짐작했고, 때문에 진형의 변화도 준비해 둔 상태였다.

하지만 금천에 이르기도 전인 십옥에서 길을 가로막히게 될 줄은 몰랐다.

제갈군은 명령을 내려 금천의 입구라 할 만한 황수(黃水)읍으로 좌진을 보냈다. 십옥에서 혈마곡의 군세에 타격을 입힌 다음 빠진 셈, 후퇴라기보다는 요격했다고 봐도 좋으리라.

문제는 황수읍에서 벌어졌다.

연호진처럼 회상에 잠겨 있던 유선이 화가 난 듯 외쳤다.

"흥! 역시 그 악적들이 간사한 속임수를 부린 거겠지? 그놈들은 정정당당하게 상대하는 법 따위는 모르니까 말이야!"

"아마 그럴 거야. 제갈 군사께서 속으신 것이겠지."

연호진이 고개를 두어 번 끄덕이며 말했다.

하지만 그 목소리에 자신감은 별로 섞여 있지 않았다. 병법에 대해 약간이나마 공부해 본 적이 있긴 하지만 결코 깊이가 있다고는 할 수 없었던 까닭이다.

도천존은 무공에 관한 것이라면 몰라도 강호의 사정이나 현실은 가르치지 않았고, 진법이나 병략에 대해서도 별로 비중을 두지 않았던 것이다.

실제로 연호진의 생각은 틀린 것이었다.

본진과 함께 사천에 진입해 있었던 귀곡자는 제갈군이 좌진을 황수읍으로 보냈다는 소리를 듣자마자 비명을 내질렀었다.

"이 영악한 놈, 이 영악한 놈! 속임수를 잘도 알아챘구나!"

공교롭게도 귀곡자 역시 제갈군과 같은 준비를 한 참이었다.

방패와 철퇴, 모루와 망치.

귀곡자는 십옥에 방패를, 황수에 철퇴를 준비해 두었는데 무림맹의 좌진은 진형이 완성되기도 전에 황수를 공격하고야 말았다. 심지어 오대세가의 군세가 거의 온전히 보존되어 있기까지 했으니 전략으로 말하자면 귀곡자의 패배라 할 수 있었다.

그러나 혈마곡은 전략에서는 패하였어도 전투에서는 승리하였다.

무림맹의 좌진에는 삼후제가 없었지만, 혈마곡에는 마존이 있었기 때문이다.

"이 미친놈! 마존을 금천이 아니라 황수에 불러들였던가?"

제갈군에게 있어서는 뼈아픈 일격이었다.

그나마 다행이라 할 만한 것은, 오대세가의 수장인 당가의 가주의 지휘가 그야말로 대단했다는 점이었다.

당가의 가주는 놀랍게도 후방으로 빠지는 대신 전방으로의 후퇴, 즉, 진격을 주장했다. 후퇴하는 동안 계속 뒤를 공격당하느니 우진과 합류하여 위기에서 벗어나겠다는 심산이었다.

손상이 없던 것은 아니었지만, 놀랍게도 좌진은 많은 수의 전력을 보존한 채 우진과 합류할 수 있었다.

그것도 다른 지역이 아닌, 금천에서 말이다.

제갈군은 환호성을 질렀다.

"불행 중 다행이오! 상황이 이렇게 된 바, 속전속결(速戰速決)! 추행진(錐行陣)을 준비하시오!"

추행진은 마치 송곳처럼 생긴 진법으로, 상대의 진형을 돌파하여 깨부수기 위한 것이었다. 제갈군은 황수와 십옥에 있는 마인들이 합류하기 전에 금천에서 승기를 거두고자 하였던 것이다.

이미 금천에 당도해 있던 귀곡자가 차갑게 중얼거렸다.

"완승은 못 했어. 응, 우리의 손해가 너무 커. 하지만 이 정도면 그럭저럭 승리라고 부를 수 있을 거야. 제갈군은 나에게 숨긴 패가 있다는 걸 모르고 있으니까. 응, 응."

귀곡자는 금천에 한 가지 기환진을 준비해 둔 상태였다.

한때 소량의 앞을 가로막았던 천산노옹(天山老翁) 등주광(鄧朱珖)의 제자, 금각자(金覺子)가 준비한 기진이었다.

처음엔 제갈군도 자신만만했다. 혈마곡의 본 궁을 습격했던 오십여 년 전 무림맹은 천산노옹이 준비한 기관진식에 의해 많은 수의 목숨을 잃은 바 있었고, 때문에 진법에 대한 준비를 충분히 해두었던 것이다.

하지만 청출어람(靑出於藍), 청어람(靑於藍)이라던가.

제자의 실력은 그 스승인 천산노옹을 아득히 뛰어넘어 있었다.

사방에서 존재하지 않는 물길이 몰아쳤고, 청심을 잃은 자들은 익사 아닌 익사를 맞이했다. 뒤이어 존재하지 않는 불길이 몰아쳤고 무공이 약한 자들은 화상 아닌 화상을 입었다.

안개에 휘말린 자들은 처음엔 스스로를 운이 좋다 여겼으나, 화약과 독으로 인해 끔찍한 죽음을 맞이하고 말았다.

"빌어먹을! 귀곡자! 천산노옹, 아니, 천산노옹보다 더한 것을… 후퇴! 남쪽과 동쪽으로 후퇴하라!"

제갈군은 목이 쉴 때까지 절규했다. 삼후제가 존재하지 않았더라면 전멸에 가까운 피해를 입었을지도 모를 끔찍한 패배였다.

전력이나 사기가 부족했던 것도 아니요, 지략에서 밀린 것도 아니었다. 고작 단 하나의 기환진 때문에 패배했으니 참패라고 봐도 과언이 아니리라.

당가타에 있던 연호진과 진유선은 그렇게 비보를 전해 들었다.

"난 그 진법이란 게 그렇게 대단하다고 믿을 수 없어."

"이젠 믿어야 할 거야, 진 누이."

연호진이 씁쓸하게 말하며 모닥불을 뒤적거렸다.

장작이 뒤집어지자 불길이 화르륵 타오르며 주홍빛 불꽃을 이리저리 내뿜어댔다.

"이렇게 말하면 이기적이라고 하겠지만… 당 대협과 현의선
자께서 무사하시다니 다행이다. 그렇지, 진 누이?"

수많은 사람들의 죽음 앞에서 지인의 생존을 기뻐하기란 몹
시 어렵다.

표정을 어둡게 굳힌 연호진이 유선을 흘끗 돌아보았다.

비보를 전해 받은 유선은 한동안 정신을 차리지 못했다.

싸우기도 많이 싸우고 혼나기도 많이 혼났지만, 거의 어머니
와도 같았던 영화였다. 만약 연호진이 없었더라면 비보를 듣자
마자 무너져 내렸을지도 모를 유선이었다.

침울해져 있던 유선이 표정을 바꿔 다부진 얼굴을 했다.

"살아 있다면 반드시 만날 수 있어, 살아만 있다면. 지금은
할아버지를 찾아야 할 때야."

"그래. 그게 제일 중요하지."

연호진이 고개를 두어 번 끄덕였다.

무림맹은 대패했지만, 그것이 천하대란의 끝을 의미하는 바
는 아니었다.

연호진은 지금의 불리함을 만회하기 위해서는 판도를 바꿀
필요가 있다고 생각했고, 그 방향성을 도천존과 창천존에게서
찾기로 했다.

그리고, 그들을 찾기 위해서는 한 명의 신객(信客)이 필요했
다.

"사부님께서는 만에 하나의 사태가 생기거든 아미산으로 가라 하셨지."

그곳에 신투 왕안석과 닿을 끈이 있다. 바로 그것을 위해 자신들을 보호하려고만 드는 당가타에서 몰래 벗어난 연호진과 진유선이었다.

"그곳에서 왕 아저씨를 찾아야 해."

건곤일척의 승부가 혈마와 삼천존, 천애검협을 비롯한 절대고수들의 싸움과 무림맹과 혈마곡의 싸움으로 양분된다는 것을 알았다면 절대로 시도하지 않았을 일이지만, 안타깝게도 연호진의 식견은 거기에까지는 닿지 못했다.

하지만 다행스럽게도, 연호진의 판단은 그리 틀린 것만은 아니었다.

도천존과 창천존 역시 사천으로 동진하고 있었던 것이다.

第六章
구성(求星)

1

햇살이 유난히 따뜻한 날이었다. 쌀쌀한 공기가 맵싸하게 코끝을 파고들거니와 찬바람이 옷깃을 적시는 겨울날이었지만 볕이 좋으니 추위조차도 포근하게 느껴질 정도였다.

하지만 따뜻한 햇살도 사천 백성들의 마음을 녹여주지는 못했다.

무림맹에게서 승리한 혈마곡이 사천의 서북부를 장악하였으니 어찌 편히 지낼 수가 있겠는가! 심지어 자금이 부족한 탓에 혈마곡이 징발까지 시작한 지금임에야.

겨우내 보낼 양식을 빼앗긴 백성들이 관아에 찾아가 울부짖었지만 황궁과 혈마곡 사이의 관계를 잘 아는, 즉, 자신들의 목숨이 경각에 달했다는 것을 아는 관이 움직일 리가 없었다.

전횡(專橫)은 너무나도 빨리 자리를 잡았다.

"이런 미친놈을 봤나? 내놓으라고 하지 않더냐!"

"그건 종자요, 종자! 어느 농사꾼이 종자를 처먹는단 말이오!"

어느 촌부(村夫)가 울부짖으며 외쳤다.

무릇 농사꾼은 굶어 죽는 한이 있어도 종자만은 먹지 않는다는 이야기가 있다. 다음 해의 농사를 책임질 종자는 어떤 일이 있어도 보관해야만 하는 귀중한 것이었다.

하지만 촌부의 울부짖음은 통용되지 않았다.

"아까도 종자, 지금도 종자. 네놈은 처먹을 알곡마저 모두 종자로 삼는단 말이냐? 지금부터는 입을 조심하는 것이 좋을 것이다. 세 번 경고는 없으니까."

랍고촌(蠟高村)을 찾은 두 명의 마인 중, 한 명의 마인이 앞으로 나서며 말했다.

"그, 그건……"

촌부가 꿀 먹은 벙어리가 되어 입을 다물었다. 조금 전에 가져간 밀 알곡을 종자라고 거짓말한 것은 바로 자신이었던 것이다. 종자가 조금 섞이긴 했지만, 사실 지금 혈마곡의 마인이 가져가려 하는 알곡 역시 가족들이 먹을 식량이었다.

"그래도 안 됩니다! 그게 없으면 우리는 굶어 죽소!"

"세 번 경고는 없다고 했을 터!"

혈마곡의 마인 하나가 스르릉, 도를 뽑아 들었다.

깜짝 놀라 주춤했던 촌부가 이를 꽉 악물었다. 이렇게 죽으나 저렇게 죽으나 죽는 건 마찬가지지 않은가! 어차피 죽을 처지라면 꽥 소리라도 내고 죽어야겠다.

'저놈들은 고작 둘뿐이니 마을 사람들이 도와준다면……'

촌부가 주위를 흘끔 돌아보았다.

촌부의 주위에는 마을 사람들 서른여 명 정도가 서서 수군대고 있었다. 촌부의 입장에 공감하고, 또 그를 안쓰럽게 보는 시선도 있었지만 질시의 눈빛도 있었다. 이미 알곡을 빼앗긴 사람들의 경우에는 '나만 당할 수 없다'는 생각을 하고 있었던 것이다.

가장 큰 시선은 자신에게도 불똥이 튈까 봐 두려워하는 시선이었다.

오불관언(吾不關焉).

촌부의 눈빛이 허망하게 변해갔다.

"왜들… 왜들 그렇게 보시오……."

촌부가 부지불식간에 중얼거릴 때였다.

촌부의 등 뒤로 마인이 뚜벅뚜벅 걸어왔다. 한 손에 도를 움켜쥔 것이 살기등등하고 흉험하기만 했다.

마인은 진실로 촌부의 목숨을 거두려 하였던 것이다.

촌부가 등진 작은 모옥에서 비명 소리가 터져 나왔다.

"그냥 준다고 하세요! 주면 되잖아!"

새된 여인의 목소리와 어린아이들의 울음소리.

아마 촌부의 안사람과 자식들인 모양이었다.

비명만으로는 부족했는지 곧이어 모옥에서 젊은 아낙 한 명이 다급히 뛰쳐나왔다. 마인 역시 그 모습을 보았지만, 그에게는 이미 촌부를 살려줄 마음이 없었다.

"이미 세 번 경고를 무시하였으니 알곡을 넘기든 넘기지 않든 관계가 없다!"

마인이 싸늘한 미소를 지으며 말하자 아낙의 안색이 시커멓게 변해갔다.

상황이 급변한 것은 바로 그때였다.

"…한 걸음만 더 걸어가면 목을 베겠다."

서른여 명 남짓한 랍고촌의 사람들 등 뒤에서 나직한 목소리가 들려왔다.

랍고촌의 사람들이 하나같이 뒤를 돌아보았다. 살기등등한 마귀를 마주하고도 당당하게 목을 베니 어쩌니 하니 어떤 겁도 없는 놈인가 싶었던 것이다.

그중에는 일말의 기대감도 있었다. 당금 사천의 서북부에는 '금천에서 마교도에게 패배한 황군의 일부가 이곳저곳을 떠돈다더라'라는 소문이 돌고 있었던 것이다.

물론 금천에서 패한 것은 황군이 아니라 무림맹이었고, 또 패잔병 역시 결코 안심하고 바라봐서는 안 될 존재이지만 지금 상황이 상황이다 보니 기대감을 감출 수가 없다.

하지만 기대감은 곧 실망감으로 바뀌고 말았다. 등 뒤에 서 있는 인물은 허름한 마의에 낡은 철검을 든 청년이었던 것이다.

"푸흐흐, 푸하하!"

촌부의 목을 베려던 마인이 껄껄 웃음을 터뜨렸다.

짧게나마 기감을 펼쳐 파악해 본 바, 청년의 무공은 애송이나 다를 바 없었다.

"요즘 강호에 일부러 허름한 마의를 입고 철검을 들고 돌아다니는 자가 많다더니 과연 그렇구나! 그래, 천애검협을 흉내 내는 재미가 쏠쏠하더냐?"

"한 걸음만 더 움직이면 목을 베겠다고 했다."

허름한 마의에 낡은 철검을 든 청년, 아니, 소량이 나지막한 어조로 중얼거렸다.

마인이 또다시 크게 웃음을 터뜨렸다.

"그렇다면 내 한 걸음을 움직일 테니 내 목이 달아나는가 아닌가 보자꾸나!"

소량을 한껏 조롱한 마인이 한 발을 들어 올릴 때였다.

'헉?!'

마인은 갑자기 등골이 오싹해지는 것을 느꼈다. 지면은 평평

하고 돌멩이 하나도 놓여 있지 않지만 그곳이 지옥의 아귀굴이라도 된 듯한 기분이 들었다.

한 번 발을 내뻗으면 결코 뺄 수 없을 것 같은 기분…….

'왜 이렇게 불길하지?'

결국 한 발을 떼지 못하고 제자리에 돌려놓은 마인이 침을 꿀꺽 삼켰다. 혹시 천애검협 흉내를 내는 저 애송이 놈이 살기라도 쏘아 보낸 까닭일까 싶었던 것이다.

하지만 아무리 기감을 돋워 살펴도 상대는 한 줌 내공이나 있을까 말까 한 애송이일 뿐이었다. 천애검협은 금협, 진무신모와 함께 다닌다는데 근처에 노파라고는 보이지도 않았다.

'살기가 보이지 않는다. 역시 천애검협은 아니야.'

한결 안심한 마인이 다시 히죽거리며 발을 들어 올렸다.

그러자 식은땀이 절로 흐르고 등골이 오싹해진다.

마인은 한 발을 든 채로 다시 애송이를 바라보았다.

여전히 애송이에게서는 살기가 느껴지지 않는다.

"이, 이게 무슨 조화기에?"

마인은 귀신에라도 홀린 느낌을 받았다.

천지신명이 조화를 부리지 않고서야 이럴 수가 없는 것이다.

반면 소량의 안색은 태연했다. 알고 보면 소량은 검천존, 혈마와 함께 겨루었던 일전에서 얻은 깨달음을 정리하고 있었던 것이다. 마인이 끝내 한 걸음을 떼지 못한 것은 바로 그런 까닭에서였다.

'동화(同化)의 법(法).'

천지불인, 하늘 끝에 오르기 위해서는 인간의 오욕칠정은 필요하지 않았다. 감정에 가리어진 눈이 아니라 오로지 객관으로 세상을 볼 수 있어야만 그 끝에 다다를 수 있다.

사사로이는 그의 조부셨고, 크게는 검신이라 불린 진소월이 그런 식으로 하늘 끝에 이르렀으리라.

'생각해 보면 지금까지 나는 그 길을 좇은 셈이다.'

하지만 할머니의 무공은 달랐다.

그녀는 정을 버리는 대신 오히려 정을 찾고자 했다. 만물을 무감각하게보다는 오히려 즐겨 교유(交遊)하고자 했다. 그렇게 하여 그녀는 설원에 녹아들어 갈 수 있었다.

소량은 어느 쪽이 낫다고 판단할 수 없었다.

그저 두 갈래 길이 자신의 앞에 놓여 있다는 것만을 확신할 수 있었을 뿐이다.

'반선 어르신께서 중용을 논하신 까닭이 이것이던가?'

어쩌면 반선 어르신은 두 갈래 길 가운데서 균형을 찾으라고 하신 것일지도 모른다.

그때, 한 발을 든 채로 고민하던 마인이 두려운 듯 소량을 바라보았다.

"호, 혹시 귀하는 천애검협… 천애검협 진 대협 되시오?"

소량이 고개를 한 번 끄덕였다.

마인의 표정이 점점 알쏭달쏭하게 변해갔다. 방금의 뭔지도 모를 조화를 보면 천애검협 같기도 하지만, 지금 느껴지는 기세를 보면 절대로 천애검협이 아닌 것이다.

마인은 일단 자신의 목숨부터 챙기기로 했다.

"귀하는 내가 발을 뒤로 떼도 내 목을 거두시겠소?"

이미 생각한 바가 있었던 소량이 가볍게 고개를 저었다.

마인이 침을 꿀꺽 삼키더니 뒤로 한 걸음을 떼었다. 앞으로 걸음을 떼려는 것과 달리 뒤로 걸음을 떼는 것은 너무나 자연스럽고 쉬웠다.

마인은 자신의 목이 달아나지 않았는지 뒷목을 쓰다듬어보고는 소량을 주시하며 뒷걸음질했다. 동료의 이상한 기색을 알아채고 머뭇거리던 또 다른 마인 역시 마찬가지였다.

곧 두 명의 마인들이 달음박질치기 시작했다.

거리를 충분히 벌린 마인이 태도를 바꿔 험악하게 외쳤다.

"놈! 네가 천애검협인지 아닌지는 모르겠지만 그 자리에서 목을 씻고 기다려라! 세외삼마(世外三魔)께서 오시면 그 즉시로 목숨을 잃을 터이니!"

바로 그것이 소량이 원한 바였다.

물끄러미 서서 마인들이 사라지는 것을 바라보던 소량이 가볍게 한숨을 내쉬고는 주위를 둘러보았다.

오불관언하던 백성들이 의아한 듯 눈을 껌뻑이며 고개를 홱홱 돌렸다. 그들의 입장에서 보면 그 무서운 혈마곡의 마인이 몇 마디 되도 않는 말에 도망친 것으로 보이는 것이다.

심지어 겨우 목숨을 구한 촌부 역시 말문이 막힌 표정으로 머뭇거리기만 했다.

소량이 씁쓸한 얼굴로 읊조렸다.

"진승조!"

"어? 갔습니까?"

서른여 명의 백성들 뒤에서 작은 목소리가 들려왔다. 사람들이 재차 고개를 돌려보니 소량보다도 젊은 청년이 고개를 내미는 것이 보였다. 얼굴이 일그러진 흉측한 노파와 머뭇거리는 중년인도 함께였다.

소량이 희미하게 웃음을 지어 보였다.

"하여간 숨는 재주 하나는 탁월하구나. 이만 나오너라. 오늘도 네 덕을 좀 보자."

"아시지 않습니까, 형님. 태승이라면 모를까 제게 덕 같은 건 없습니다. 이건 빚을 갚는 것뿐입니다, 빚."

승조가 어두운 얼굴로 투덜거렸다.

보름 전, 승조는 부득불 우겨 소량과 함께 관아로 향했다. 가지고 있던 전표를 은자나 구리돈으로 바꿔야겠다는 것이다. 소량이 반대했지만, 승조는 고집을 꺾지 않았다.

승조의 뜻에 따라 찾아간 관아는 꽁꽁 닫혀 있었다. 현령은 언제 혈마곡이 침습할지 모른다며 쥐 죽은 듯 관아에 숨어 있었던 것이다.

승조는 현령에게 중원전장의 전표 두 장과 신양상단의 전표 석 장을 은자로 바꾸자고 제안했고, 현령은 흔쾌히 그것을 들어주었다. 그리고 세금으로 거두어 관아에 숨겨두고 있던 수백 석의 알곡 역시 구휼미로 내놓겠다고 했다.

승조의 말재주와 소량의 명성이 준 효과였다.

승조는 그렇게 얻은 돈을 아무 대가 없이 사천에 풀었다.

소량이 그 이유를 묻자 승조는 어두운 얼굴로 말했다.

"모두가 혈마곡에서 자금을 빼앗은 내 책임입니다. 혈마곡이 이처럼 징발을 하기 시작한 것이 다 제 잘못 때문입니다. 무림맹이 승리할 것이라 자신했던 것이 실수였습니다."

엄밀히 따지면 승조의 행동은 공이라 해야 할 것이지, 과라 할 만한 것이 아니었다. 그가 혈마곡의 자금을 빼앗지 않았더라면 혈마곡은 지금쯤 사천 전역을 차지했을지도 모르는 것이다.

아니, 만약 무림맹이 금천에서 패하지 않았더라면 천하대란 자체가 끝을 맞이했을지도 몰랐다.

승조가 한숨을 푹 내쉬더니 랍고촌 사람들을 불러 모았다.

"이리 오시오, 춘궁기 버틸 금전을 나눠 드리리다."

"뭐? 금전?"

마을 사람들의 귓가가 쫑긋하게 솟아올랐다. 방금 전의 일은 아직도 이해가 가지 않지만, 그런 상황이라도 금전이라는 말만은 놓칠 수가 없는 것이다.

랍고현 백성들이 미심쩍은 표정으로 승조를 바라보았다.

승조는 익숙한 듯 그 시선을 받아들였다. 지난 세월 신양상단에서 번 돈으로 구휼을 할 적에 이와 같은 시선을 적지 않게 받아본 승조였다.

그는 그야말로 금협(金俠)이었다.

"그렇소, 금전."

"진짜로… 금전을 그냥 나눠준단 말이오? 그걸 어떻게 믿소?"

랍고현 백성들에게서 의심이 불쑥 튀어나왔다.

소량은 안쓰러운 눈으로 그런 백성들을 바라보았다. 한때는 그 역시 오불관언하는 백성들과 같았고, 한때는 옳음을 보고도 자신에게 손해가 올까 두려워하는 그들의 외면을 원망했으며, 한때는 세상이 바뀌지 않음을 한탄했던 소량이었다.

하지만 지금은 그저 사랑하고자 뿐이다.

소량은 백성들에게서 시선을 돌리고는 눈을 지그시 감았다.

그렇게 얼마의 시간이 흘렀을까.

이각 가까운 시간이 흐르자 소량이 다시 눈을 떴다.

그러고는 승조에게 '할머니를 잘 부탁한다'는 눈짓을 해 보인 후 할머니를 흘끗 돌아보았다.

할머니가 소량과 시선이 마주친 것이 기쁜 듯 환하게 웃어 보였다. 반선 어르신의 우화등선 이후로 부쩍 말수가 없어진 것 같기는 했지만, 할머니의 따뜻한 눈만은 그대로였다.

[다녀오겠습니다.]

할머니에게 짧게 전음성을 남긴 소량이 몸을 돌려 뒤로 걸어갔다. 랍고현의 입구를 향해 느릿하게 걸음을 옮기는 것이다.

이미 기감을 펼쳐 파악한 바, 조금 전에 도망갔던 마인들이 세외삼마라는 마인들과 그 수하들을 데려오는 모양이었다.

소량은 대충 거리를 계산해 보았다.

'관제묘 어림에 도착할 때면 마주치겠구나.'

소량의 예상은 그야말로 정확한 것이었다.

마을의 입구 옆에 서 있는 자그마한 사당에 이르자 오십여 남짓한 마인들이 보였다.

개중 가장 앞에는 신선처럼 수염을 길게 늘어뜨린 세 명의 노인이 보였는데 바로 그들이 세외삼마인 모양이었다.

세 명의 노인 중 가장 키가 큰 노인, 일마(一魔)가 소량을 한 번 일별하고는 자신을 데려온 마인을 노려보았다.

"곽은량! 고작 저런 자를 보고 내게 천애검협일지도 모른다는 허언을 고하다니! 눈이 있어도 보지 못하는 놈이로구나!"

일마의 눈에서는 그야말로 불꽃이 피어오르고 있었다. 천애 검협과 비슷한 자가 나타나면 언제든지 보고하라고 하긴 했지만, 설마하니 보는 눈이 없어도 이렇게 없을 줄이야.

공연히 겁을 집어먹고 부근의 마인들을 몽땅 데려온 자신만 꼴이 우습게 되었다. 혈마곡의 보급이라는 중책을 맡은 지 얼마 안 되었는데 사방의 비웃음거리가 되게 생긴 것이다.

"내 추후 직접 네 눈을 뽑아 죄를 벌할 것이다!"

일마가 차갑게 중얼거리고는 소량을 흘끔 돌아보았다.

"네놈 역시 마찬가지! 감히 천애검협을 사칭하여 나를 이곳까지 불러내었으니……."

일마가 말을 하다 말고 입을 꾸욱 다물었다. 사방의 공기가 갑자기 옥죄는 것이, 지금 여기서 말을 더 꺼내면 목숨이 달아날 것 같았다.

잠시 말을 멈추었던 일마가 다시 입을 열었다.

"부, 불러내었으니……."

하지만 이번에도 뒷말을 이을 자신이 생기지 않는다. 공연히 숨 쉴 공기도 모자란 듯한 기분이 들었다. 일마는 갑갑하다는 듯 목에 손을 가져가 벅벅 긁었다.

대기와 동화한 소량이 조그맣게 읊조렸다.

"부근의 마인들은 이자들이 전부인가?"

적어도 소량이 말을 할 동안만큼은 갑갑한 느낌이 사라졌다.

일마는 '아무래도 어제 먹은 것이 얹히기라도 했나 보다'라고 생각하고는, 다시 한번 소량에게 고함을 질렀다.

"이 많은 수를 보았더니 겁이 나느냐? 그렇다! 너는 감히 천애검협을 사칭하여 이 많은 어르신들을 힘들게 하였으니……"

"스스로 무공을 폐하면 베지 않겠다."

소량이 일마의 말을 끊으며 말했다.

일마의 얼굴이 붉으락푸르락해졌다.

"네가 감히 이 어르신의 말을 끊느… 헉?"

일마의 말은 기묘하게 끝나고 말았다. 소량이 가볍게 손을 휘젓자 검갑에 잘 틀어박혀 있던 자신의 검이 저절로 떠올라 제 주인을 겨누었던 것이다.

여기저기서 헛숨을 들이켜는 소리가 들려오기에 주위를 둘러보니 장내에 오십여 개의 병장기가 떠 있는 것이 보였다.

'이, 이기어검(以氣御劍)? 지, 진짜 천애검협이다!'

일마는 등골에 소름이 오싹 돋아 오르는 것을 느꼈다. 삼관에서 천애검협의 복수행로를 막지 못한 귀곡자는 그를 천존에 준하여 취급한다며, '마주하거든 맞상대하지 말고 도주하여 위치를 알리라'는 명을 내린 바 있었던 것이다.

"진짜 천애검협이었어……"

뒤에서 곽은량이라 불린 마인이 눈을 부릅뜬 채 중얼거렸다. 얼핏 고개를 돌려 그 모습을 본 일마는 당장에라도 곽은량을 때려죽이고 싶은 기분을 느꼈다.

'저 빌어먹을 놈!'

하지만 지금은 곽은량을 때려죽일 때가 아니었다.

일마는 자신을 겨누는 제 검을 흘끗 보고는 양손을 공손하게 모아 시립했다.

"세, 세외삼선 중 일마 등소진이 사, 삼가 천애검협 진 대인(大人)을 배알합니다. 조금 전의 무례는 결코 본심이 아니었사오니 부디 목숨만, 목숨만은⋯⋯."

"스스로 무공을 폐하는 이는 베지 않겠다고 이미 말하지 않았던가?"

소량이 싸늘하게 중얼거리자 장내에 정적이 일어났다. 살기가 언뜻언뜻 보였다가 사라지고, 절망이 그 자리를 대신하는 것을 보니 '암습을 가해볼까' 하다가 마음을 바꾼 모양이었다.

잠시 뒤, 뒤쪽에서 비명 소리 하나가 터져 나왔다.

"크허읍!"

가장 먼저 제 단전을 후려친 것은 다름 아닌 곽은량이었다. 그는 스스로 무공을 폐하지 않고서야 살아나갈 수가 없다는 것을 가장 먼저 깨달았던 것이다.

"끄윽!"

"커허억!"

곧이어 연달아 비명 소리가 들려왔다.

상황이 이렇게 되자 일마로서도 어쩔 수가 없게 되었다. 그는 비록 무공을 잃더라도 곽은량만큼은 무슨 수를 써서든 죽이고 말겠다고 생각하며 자신의 단전에 손을 가져갔다.

"큭, 크흐윽!"

일마는 이와 같은 끔찍한 통증은 처음 느껴보았다. 자신의 손으로 자신의 단전을 폐하려니 도무지 힘이 들어가지 않아서 한 번이 아니라 세 번을 내리 후려쳤어야 했던 것이다.

덜그럭—

그제야 일마의 눈앞에 자신의 검이 떨어졌다.

"…돌아가 관아에 자신의 죄를 고하라."

소량이 자그맣게 중얼거리는 소리도 함께 들려왔다.

소량은 더 이상 그들에게는 관심이 없다는 듯 몸을 돌려 랍고촌으로 걸음을 옮겼다.

할머니가 계신 곳에서 더 이상 피를 묻히기가 싫었거니와, 또 다른 이유가 있어 그들의 목숨까지는 취하지 않은 소량이었다.

처음에는 최대한 빨리 동진하여 영화와 유선, 연호진 등을 구하려 하였으나, 그들이 살아 있다면 지금쯤 숨어 있을 것이 분명했다. 때문에 승조와 소량은 과거 유선이 스스로 지괴라는 소문을 내어 형제들을 불러 모았을 때처럼 자신의 위치를 먼저 알리기로 했다.

혈마가 내상을 입은 것을 몰랐더라면 절대로 실행하지 못했을 계책이었다.

'살아 있어야 한다, 영화야. 유선아.'

랍고촌으로 돌아가던 소량이 속으로 읊조렸다. 자신과 승조가 낸 계책이 영화와 유선보다 먼저 정도 무림인들을 불러올 줄은 상상도 못 한 채 말이다.

2

소량에게서 목숨을 구함받은 촌부는 성은 윤(尹)가요, 이름은 여민(呂珉)이라 했다. 승조가 금협 노릇을 마치고 나자 윤여민은 굽실거리며 '하루 모실 기회를 달라'고 청했다.

그가 굶어 죽을 위기에 처한 랍고촌을 구휼하였고, 그의 형이 목이 달아날 뻔한 것을 구해주었으니 유숙을 권한 것은 어쩌면 당연한 일이었을 것이다. 웬 노파와 보잘것없어 보이는 패잔병 한 명이 붙어 있긴 했지만, 윤여민은 그들까지도 충실히 대접했다.

"내놓는다는 것이 고작 면이라니 송구스럽습니다. 원래대로라면 씨암탉이라도 잡아다가 대접하였을 것인데… 아실지 모르겠지만 그 악적 놈들이 싹 털어가 버리고 말았습니다요."

윤여민은 민망한 얼굴로 굽실대며 두반장과 으깬 땅콩을 넣어 만든 면을 내밀었다.

육수조차도 제대로 끓이지 못해 양념만 끼얹은 음식이었지만, 소량과 할머니, 왕소정은 맛있게 소면을 들이켰다. 따지고 보면 소량이나 할머니는 빈한한 출신이었거니와, 거친 강호에서 수삼 년을 구른 왕소정도 이것저것 맛을 따지는 사람은 아니었던 것이다.

반면, 몇 년 새 귀한 음식에 길들여진 승조는 몇 젓가락 먹지 않고 투덜거리다가 오랜만에 할머니에게 잔소리를 들었다.

기억을 잃긴 했지만, 할머니는 음식 가지고 불평하는 사람을 두고 보는 성격이 아니었다.

소량은 그 모습을 보며 웃음을 감추지 못했다.

"허어. 웃음이 나옵니까, 형님?"

승조가 미간을 찌푸리며 소량을 바라보았다.

물론, 자신을 두고 쿡쿡 웃는 형의 모습에 짜증이 나거나 한 것은 아니었다.

무림맹이 대패한 지금이거니와, 혈마곡이 사천을 집어삼킨 지금이다. 아니, 당장 영화나 유선의 목숨이 어찌 되었는지도 모르는데 형은 때때로 편안한 표정을 짓곤 하는 것이다.

"그래, 나온다. 네 나이에 음식 투정은 무슨 놈의 투정이냐? 내일 일찍 길을 나설 예정이니 든든히 먹어두기나 해라, 이 녀석아."

소량이 피식 웃으며 타박하자 승조의 눈이 가늘어졌다.

'어딘가 이상한데⋯⋯.'

생각해 보면 검천존과 함께 혈마와 상대한 이후부터 형은 조금씩 이상해졌다.

가끔 가다가 산야의 모습을 물끄러미 관찰할 때도 있었고, 어느 때에는 길가에 피어난 꽃 따위의 사소한 것들을 가리키 며 감탄을 하기도 했다.

또한, 행동 하나하나에도 어떤 여유 같은 것이 느껴졌다. 그 것은 고강한 무공을 믿기 때문도 아니요, 앞날에 대한 어떤 예 측을 가졌기 때문에 여유로운 것도 아니었다.

굳이 따지자면 칠순 노인네가 낚시를 할 때와 같은 느긋함 에 더 가까웠다.

'탈속(脫俗). 그래, 탈속한 느낌이라 해야겠지.'

승조는 몰랐지만, 그것은 소량이 동화의 법을 궁리한 이후 부터 생긴 변화였다.

승조는 왠지 모를 불안함 같은 것을 느꼈다. 상황이 이처럼 암울한데 점점 더 탈속한 성품이 드러나니 어떤 불길한 신호 가 아닐까 싶었던 탓이었다.

다음 날이 되자 승조와 소량, 할머니와 왕소정은 새벽부터 길을 나섰다. 혈마가 내상을 입어 당장 나타나지 못한다는 것 을 알고 있기에 더 이상 모습을 숨기려 하지 않는 그들이었다.

승조는 생각에 잠긴 얼굴로 걸어가는 소량을 흘끔흘끔 바라보았다.

"형님, 영화와 유선이를 생각하시는 것입니까?"

승조의 부름에 소량이 상념에서 깨어났다.

소량은 승조를 보며 고개를 끄덕였다.

"아아. 그래, 그 생각도 했구나."

"그 생각을 하셨다는 말이 아니라 그 생각도 하셨다는 말을 보니 다른 생각이 주를 이루셨나 봅니다. 혹시 두고 온 여인이 라도 생각하신 것입니까?"

승조가 일부러 농담을 던졌다.

몇 마디 대화를 통해서 형님의 속내를 한 번 들여다보자 싶 었던 탓이었다.

소량이 쓴웃음을 지으며 고개를 끄덕였다.

"그래, 그 생각도 많이 했구나. 후방에 있을 것이라 들었으니 안전했을 것이라 믿고는 있지만, 만에 하나 본대와 함께 진군 했다면… 으음."

소량의 눈빛이 다소 어두워졌다.

승조가 이번엔 다른 의미로 놀란 표정을 지었다. 소량 형님 에게 진짜로 두고 온 여인이 있을 줄은 미처 상상하지 못했던 것이다. 그간 알게 모르게 소량 형님에 대한 정보를 모아왔었 지만, 혈마곡에 잠입해 있는 동안은 제대로 된 정보를 얻지 못 한 승조였다.

"어? 정말로 두고 온 여인이 있었습니까?"

"뭐여, 시방 총각헌티 혼인할 여자가 있었던 겨?"

소량의 등 뒤에 얌전히 업혀가던 할머니가 귀를 쫑긋 세웠다. 기억을 잃어 소량이나 승조조차도 제대로 알아보지 못하는 할머니였지만 그래도 관심은 가는 모양이었다.

소량이 할머니를 흘끔 바라보고는 난감한 표정을 지었다.

"어… 예, 생각해 둔 여인은 있습니다."

집안이 엄격한 명문가라면 혼롓날이 되어서야 신부 될 여인의 얼굴을 보는 경우도 있다지만, 평범한 백성들 사이에서까지 그러지는 않는다. 소량 역시 원래 무창의 목공이었으니, 범부처럼 '생각해 둔 여인은 있다'고 말하는 것도 크게 이상한 일은 아니었다.

다만 유교의 가르침을 깊게 받아온 탓에, 어른들이 혼처를 정하기도 전에 함부로 발을 내뻗은 듯한 민망함은 있었다.

소량이 할머니의 눈치를 슬그머니 살폈다.

"누구입니까? 아니, 어느 집안 사람입니까?"

승조가 놀란 어조로 질문하자 소량이 어깨를 으쓱했다.

"제갈세가 사람으로, 이름은 영영이라 한다. 원래 의남매처럼 지냈다만……."

"제갈세가의 금지옥엽?!"

승조가 놀란 듯 눈을 휘둥그레 떴다.

소량이 의아한 얼굴로 승조를 돌아보았다.

"금지옥엽? 그래, 금지옥엽이라는 말이 맞겠구나. 아는 사람이더냐?"

"건너건너 들어보았지요. 늦게 본 딸인 데다가 미모가 뛰어나고 또한 총명하여 제갈 가주는 물론, 소가주까지 아주 끼고 돈다는 소식을 들은 적이 있습니다. 재주도 좋지, 그렇게 강호를 주유했으면서 도대체 어떻게!"

설명을 듣기 위해 승조를 흘끔거리다 보니 뒤에서 왕소정이 귀를 쫑긋 세우고 있는 모습이 보였다. 천하의 천애검협과 제갈세가의 결합이라니, 비록 상인은 아니지만 상단에 몸을 담고 있는 무인이니 이런 고급 정보를 놓칠 리가 없는 것이다.

소량이 어깨를 으쓱하고는 공연히 걸음을 빨리했다.

"어쩌다 보니 그렇게 되었다, 어쩌다 보니."

"어쩌다 보니라고요?"

승조가 기가 막힌다는 듯 걸음을 멈추고 형의 뒤통수를 바라보았다.

이번엔 업혀 있던 할머니가 질문을 던졌다.

"들어보니께 명문가 출신인 것 같긴 헌디, 성품을 잘 봐야 되야, 성품을. 장부 될 사람 성품이 지랄 맞으면 부인 될 사람이 고달픈 법이고, 부인 될 사람 성품이 지랄 맞으면 장부가 고달픈 법이거든. 그려, 그 봐둔 여인네는 성품이 어떠한가?"

소량으로서도 그 질문에는 대답하지 않을 수가 없었다.

소량이 잠시 머리를 굴린 후 대답했다.

"밝고 명랑한 편입니다. 승조가 말했듯 현명하고요."

"흐음, 사내놈덜 말은 못 믿어, 여인네헌티 눈 돌아가면 미운 것도 이쁘게 보이께. 이런 건 집안 어른이 봐야 되는디… 쯧! 밥은 좀 질 줄 아는가? 찬은 내올 줄 알고?"

"그야……"

아마 잘 못할 것이다.

귀한 가문의 금지옥엽으로 자랐으니 시비들이 주는 밥이나 먹었지, 제 손에 물 묻힐 일은 별로 없었을 것 아니겠는가.

소량이 제대로 대답을 못 하자 할머니가 혀를 찼다.

"쯧쯧, 그라믄 실격이여. 못 써먹을 여편네여, 그거."

예상치 못한 곳에서 딴죽을 거는 할머니의 모습에 소량이 쓴웃음을 머금었다. 할머니의 말투를 보아하니 넘어야 할 산 이 많겠구나 싶다. 생각해 보면 제갈 군사께서도 자신을 백안 시하고 그러지 않았던가.

"사실 그쪽 어른께서도 저를 곱게 보지만은 않는 모양입니 다, 할머니."

소량이 깊은 한숨과 함께 말하자 할머니의 눈이 뒤집혀졌 다. 남의 딸은 요리 못한다고 퉁박을 놓더니, 소량이 욕을 먹 자 발끈하는 할머니였다.

"아니, 총각이 워디가 워때서? 생긴 것도 이렇게 잘생겼고 몸도 건강하고 성품도 좋고 그란디! 눈깔은 뒀다가 워따 쓴다고 반대랴, 반대가?"

할머니가 '정신 나간 집구석이네, 그랴! 때려치워 부러!'라고 외쳤다. 잠시 멈춰 서서 멍하니 소량의 뒷모습을 바라보던 승조가 빠른 걸음으로 소량에게로 달려왔다.

"아니, 아니. 원래 그거 질문하려던 게 아니었어, 형님! 형님은……."

"순응해 보려니까 그렇다."

소량이 옆자리에 선 승조를 흘끔 보고 말했다.

승조가 의아한 얼굴로 소량을 바라보았다.

"…예?"

"요즘 내가 이상하게 보여 물어보려던 것이 아니었더냐? 할머니 말씀에 무언가 깨달아지는 것이 있어 한번 따라보려 한다. 천하 만물을 제 뜻대로 할 수 있을 것 같지만 알고 보면 할 수 있는 것은 아무것도 없더라, 순환을 여러 번 겪다 보니 겸손해지고 또 순응하게 되더라는 그 말씀 말이다."

소량이 피식, 실소를 지어 보였다.

하지만 승조는 조금도 웃을 수 없었다. 소량 형님 본인은 대수롭지 않다는 듯 말하고 있었지만, 그 말을 하는 동안에도 소량 형님의 분위기는 변화해 가고 있었던 것이다.

마치 세상을 등진 현인처럼, 신선을 꿈꾸는 도인처럼.

"제가 그 질문을 하려던 것은 어떻게 아셨습니까?"

"네 얼굴에 다 드러나 있더구나."

소량이 대수롭지 않게 말했다.

그간 승조에게서 그러한 기색을 조금도 느끼지 못했던 왕소정은 '천애검협도 조모님처럼 도를 통한 것이 분명하다'고 생각했다. 이미 그 무공은 삼천존과도 비견할 만한 것, 삼천존 중한 명이 우화등선하였다면 까짓 천애검협이라고 못할 게 뭔가?

천애검협이 등선한다면 그것은 그것대로 강호의 홍복이 될 터였다. 남겨진 제갈세가의 금지옥엽은 좀 불쌍하게 될 테지만……

'어? 그러고 보니까 제갈세가의 여식은 어떻게 되는 거지?'

왕소정이 알 듯 모를 듯한 표정으로 생각했다.

반면, 승조는 왕소정과 다른 생각을 하고 있었다.

검천존 경여월, 경 노사는 하늘 끝에 올랐지만 혈마를 제압하거나 하지는 않았다. 얼핏 이름만 아는 정도였지만, 사사로이는 자신의 조부가 되는 검신 진소월도 그러했으리라.

하늘 끝에 오르고 난 뒤, 할머니는 과부가 되어 혼자 살게되었으니 능히 짐작할 수 있는 일이었다.

그렇다면 소량 형님도 그렇게 되는 것은 아닐까?

승조가 조급한 어조로 질문했다.

"소, 소량 형님은 그러한 깨달음을 이미 얻으셨습니까?"

"말처럼 쉬운 일이 아니더구나. 진정으로 그리되고자 한다면 내가 마음에 둔 여인이 죽음을 맞더라도 순응해야 하지만… 나는 아직 그러한 경지에 다다르지 못했다."

소량이 딱딱하게 굳은 얼굴로 할머니를 흘끔 돌아보았다.

승조는 소량 형님의 말이 제갈세가의 금지옥엽뿐 아니라, 할머니와 자신의 형제들, 그리고 그 외의 수많은 인연들을 모두 통틀어 한 말이라는 것을 깨달았다.

승조는 문득 소량 형님이 멀어 보인다고 생각했다.

'검천존 경여월, 경 어르신의 또 다른 별호가 반선(半仙)이라 했지. 어쩌면 형님 역시 반선이나 다름없는 것일지도 모른다.'

이미 천존의 경지에 오른 무공만 봐도 그렇다.

형님은 진정으로 검으로써 구도(求道)하고 있는 셈.

말하자면 검선지로(劍仙之路)를 걷는 셈이었다.

그렇다면 자신은 그 길을 응원해야 하는 것일까?

"소량 형님, 형님은……"

승조가 어두운 얼굴로 말할 때였다.

"쉿."

소량이 불현듯 걸음을 멈춰 서며 조용히 하라는 신호를 보냈다. 그간 이와 같은 일이 한두 번이 아니었던 고로, 왕소정과 승조는 숨을 죽이며 걸음을 멈춰 세웠다. 소량에게서 할머니를 건네받는 모습도 원래 계획한 것처럼 자연스러웠다.

당연하다면 당연한 말이겠지만, 승조가 돈을 풀기 시작한 것은 랍고현이 처음이 아니었다. 소량 형님이 혈마곡의 마인들에게 자신의 위치를 드러낸 것 역시 마찬가지였다.

그간 일행은 협객행 아닌 협객행을 해왔던 것이다.

위치가 드러났으니 당연한 일이겠지만, '내가 직접 천애검협을 꺾어보겠다'며 이런저런 계획을 세운 마인들이 찾아온 것도 한두 번이 아니었다.

승조와 왕소정의 긴장이 한층 커질 무렵, 소량이 긴장 대신 의아한 얼굴로 말했다.

"혈마곡의 마인들이 아니다."

"그럼 누구……."

승조가 더듬거리며 질문할 때였다.

좌측의 수풀에서 검을 든 이가 불쑥 튀어나왔다. 왕소정과 승조가 움찔했지만, 검을 든 이는 공격할 생각이 조금도 없는 모양이었다.

그는 소량을 보자마자 기운이 빠진 듯 다리를 휘청거렸다.

"처, 천애검협 진 대협!"

소량은 갑자기 나타난 이의 소매에서 익숙한 표식을 발견할 수 있었다. 다름 아닌 남궁세가의 표식이었다.

"이런! 괜찮으십니까?"

소량은 재빨리 다가가 탈진한 채로 쓰러지는 무인을 부축했다. 그러나 남궁세가의 무인이 지친 몰골로나마 소량의 손을 피했다. 거부감이 깃든 행동이라기보다는 '감히 그런 폐를 끼칠 수 없다'는 듯한 모습이었다.

"정말로 진 대협께서 계셨구려. 헛소문이 아니었어……."

남궁세가 무인의 말이 끝나기도 전에 소량과 승조가 서로를 바라보았다. 남궁세가 무인이 옷자락을 툭툭 털더니 정중한 태도로 시립하여 장읍했다.

"남궁 모가 천애검협 진 대인을 뵙습니다. 그리고 제가 아는 것이 옳다면… 감히 묻건대, 이분이 정녕 대부인의 어머님, 아니, 진무신모이십니까?"

심지어 남궁세가의 무인은 할머니의 정체까지 한눈에 꿰뚫어 보았다. 소량이 미간을 살짝 찌푸리며 질문했다.

"저는 진가 사람으로 이름은 소량이라 합니다. 남궁 대협께서는 그걸 어떻게 아셨습니까?"

"실은……."

남궁세가의 무인이 한결 밝아진 얼굴로 대답했다.

"가주와 대부인께서 부근에 계십니다."

第七章
천기(天紀)

1

소량도 알다시피, 동생 승조로 인해 모든 자금을 송두리째 잃다시피 한 혈마곡은 사천의 절반을 장악하자마자 징발을 시작했다.

당장 여력이 없다기보다는 장기전을 대비한 포석인 셈.

백성들의 시름이 깊어진 것은 당연하다면 당연한 일일 터였다.

하지만 사천의 상황은 백성들에게만 안 좋게 돌아가는 것이 아니었다.

금천에서 대패한 무림맹은 안타깝게도 병력을 온전히 보전

하지 못하였다. 금각자의 진법에 휘말린 병력들은 그야말로 사분오열하여 흩어지고 말았던 것이다.

후퇴가 끝났을 때, 무림맹에게 남아 있는 것은 고작 후방의 병력들이 전부였다.

그렇다면 흩어진 무림인들은 어찌 되었겠는가.

"많은 무림지사들이 목숨을 잃었지만 그렇다고 전멸을 당한 것은 아니었습니다. 하지만 정도 무림인들은 놀라 뛰는 메뚜기처럼 제각각 흩어지고 말았지요. 창피한 일이지만, 우리는 동도들을 돌보기는커녕 각자의 가문을 수습하는 데만도 정신이 없었습니다."

남궁세가의 무인의 이름은 남궁검학(南宮劍鶴)이라 했다. 그는 창궁무애단 소속으로, 과거 남궁세가에 한바탕 피바람이 불었을 당시 먼발치에서나마 소량을 본 적이 있었다.

남궁검학이 승조가 건네주는 가죽 수낭(水囊)을 들고 꿀꺽꿀꺽 물을 들이켰다. 몰골이 추레하고 척 보기에도 허기져 보이는 것이, 그간 얼마나 많은 고생을 겪었는지 짐작할 만했다.

남궁검학이 피곤한 얼굴로 휘청거리자, 소량은 얼른 그를 부축해 자리에 앉혔다.

"남궁세가의 경우엔 운이 좋았습니다. 가주와 대부인께서는 진법의 위력을 보자마자 가솔들을 결집시켰고, 진법에 휘말린 이후에도 지휘력을 잃지 않으셨지요. 이는 가주보다 대부인께서 활약하신 덕분입니다만……."

말을 마친 남궁검학이 할머니를 흘끔거렸다.

단순히 무공으로만 치자면 장부(丈夫: 남편)를 당해내지 못
하는 대부인 진운혜였지만, 진법을 대할 때만은 경우가 달랐
다.

태허일기공의 전인인 진운혜는 어림짐작으로나마 생로가 있
는 곳을 발견하고 그쪽으로 가솔들을 이끌었던 것이다.

"고모부님과 고모님은 무탈하십니까?"

소량이 할머니를 흘끔 바라보며 물었다.

혹시 할머니께서 충격을 받으시진 않을까 걱정이 되었던 것
이다.

"고역이 적지 않으셨지만 다행히 무탈하십니다."

"후우—"

소량은 물론, 승조까지 안도의 한숨을 토해냈다.

할머니는 아무것도 모르는 사람처럼 조용히 서서 남궁검학
을 바라보고 있을 뿐이었다.

다만, 그 눈에 어린 감정의 무게만은 몹시 무거웠다. 그녀의
귀 역시 남궁검학의 이야기를 놓치지 않겠다는 듯 예민하게 변
해 있었다.

"사천으로 흩어진 본 가는 일단 은신을 결정했습니다. 한 손
으로 열 손을 이길 수는 없는 법, 계란으로 바위를 치는 대신

사천을 빠져나가 무림맹과 합류하려 했던 것이지요."

당연하다면 당연한 일이었고, 또한 지극히 옳은 선택이었다.

하지만 사천의 서부로 돌아가는 길은 지독하도록 어려웠다.

귀곡자가 그들을 쉽게 보내줄 리 없었던 것이다.

귀곡자는 '반드시 지금 승기를 잡아야 한다'며 사천을 이 잡 듯 뒤졌다.

처음 며칠간은 사천의 동부를 향해 나아갔지만, 천하의 남 궁세가 역시 결국엔 발이 묶이고 말았다. 바야흐로 무림맹과 합류하기도 전에 전멸을 당할 위기에 처하고 만 것이다.

다른 정도 무림인 역시 같은 문제를 겪고 있을 터, 말하자면 각개격파를 당하게 된 것이나 다름없었다.

한 줄기 희망이 나타난 것은 바로 그때였다.

"그때 천애검협이 백성들을 구휼하며 사천을 횡단하고 있다 는 소식을 들었습니다."

새삼 감동하기라도 한 것일까?

남궁검학이 찬탄 어린 눈으로 소량을 바라보았다.

강호의 누구도 나서지 못할 때에 홀로 나서 진무십사협의 복수를 마친 협객이자 천존의 경지에 오른 절대고수가 혈마곡 으로 가득한 사천을 단신으로 돌파하고 있다는 소문을 들었 을 때, 남궁검학이 느낀 감정은 그야말로 형언하지 못할 것이 었다.

남궁검학의 입가에 희미한 미소가 떠올랐다.

"소식을 들은 가주께서는 웃음을 보이셨습니다. 우리들도 따라 웃었습니다. 오랜만의 웃음이었지요."

남궁세가의 가주는 단순히 천애검협 때문에 웃은 것은 아니었다. 앞이 보이지 않는 캄캄한 상황 속에서 한 줄기 빛을 보았다는 사실 자체가 반가웠던 것이었다.

그 소문 덕택에 절망에 차 있던 가솔들은 목표를 잡을 수 있었고, 방향성을 새로이 했으며, 바닥까지 떨어졌던 사기를 올릴 수 있었던 것이다.

"생각해 보면 우리는 금천의 대패 이후로 한 번도 웃은 적이 없었습니다."

남궁검학이 소량을 주시하며 말했다.

"……"

오히려 시선을 먼저 피한 것은 소량이었다.

도대체 어째서일까?

지난 며칠간 탈속한 성품을 보이며 온화하게 웃던 얼굴이 어느새 깨어져 있었다.

잠시 아랫입술을 질끈 깨문 채 무언가를 생각하던 소량이 질문을 던졌다.

"하면 고모부님과 고모님은 지금 어디에 계십니까?"

"이곳으로부터 보름 거리에 떨어져 계십니다."

남궁검학이 조급한 어조로 대답했다.

남궁검학 앞에 앉아 있던 소량이 고개를 끄덕이고는 몸을 일으켰다.

"알겠습니다. 잠시 쉬고 계십시오. 체력이 돌아오거든 곧바로 그리로 이동하겠습니다."

"진 대협! 저는 지금도 괜찮……."

"아니, 지금은 탈진한 상태십니다. 허기를 면하신 후 잠시라도 운기조식을 취하십시오."

자리에서 일어나려는 남궁검학의 어깨를 짚어 다시 앉힌 소량이 쓴웃음을 지어 보였다.

남궁검학은 아랫입술을 질끈 깨물고는 힘겹게 고개를 끄덕였다. 지금의 상태로는 안내조차 제대로 할 수 없다는 것을 인정할 수밖에 없었던 것이다.

남궁검학은 승조가 건량을 몇 줌 꺼내어 주자마자 그것을 우걱우걱 입안에 밀어 넣었다.

소량은 그 모습을 물끄러미 보다 말고 뒤쪽으로 느릿하게 걸음을 옮겼다.

"형님."

남궁검학에게 건량을 몇 줌 더 꺼내어 주고, 아예 가죽 수낭까지 통째로 안긴 승조가 어두운 얼굴로 소량에게 다가왔다.

"이런 상황은 미처 예상하지 못했습니다. 큰누이와 유선이를 염두에 두고 행적을 드러낸 것인데, 예상치 못하게 사천을 벗어나지 못한 정도 무림인들의 수가 많았으니……."

"잠시만 자리를 비켜주겠느냐?"

소량이 쓴웃음을 지으며 승조에게 말했다.

승조의 얼굴이 형편없이 구겨져 갔다.

또다시 소량 형님이 너무나 멀어 보이는 것이다.

"이제는 무슨 생각을 하는지 여쭈는 것도 허락지 않으시는 겁니까, 형님?"

승조가 얼굴을 딱딱하게 굳히며 질문했지만 소량은 여전히 대답하지 않았다. 화가 난 얼굴로 아랫입술을 질끈 깨문 승조가 몸을 홱 돌려 성큼성큼 걸음을 옮겼다.

홀로 남은 소량이 눈을 지그시 감고 생각에 빠져들었다.

'결국엔 이렇게 되는구나.'

청해에서 마침내 할머니를 찾았고, 혈마곡에 잠입했던 승조까지 찾았으니 소량의 강호행은 어떤 의미로는 종지부를 찍은 셈이었다. 만약 소량이 흑수촌의 혈사를 겪기 전이었다면, 지금 이 순간 할머니를 모시고 은거하는 길을 택했을지도 몰랐다.

하지만 천명은 그것을 바라지 않았다. 어쩌면 천기는 할머니와 승조가 안전해지는 순간, 즉, 청해에서 벗어나는 순간에 그들과 헤어져 혈마곡과 맞서기를 바랐는지도 모른다.

'천명(天命), 아니, 천기(天紀)의 흐름을 약간이나마 알 것 같다.'

처음에 승조가 '일부러 행적을 드러내자'고 제안했을 때, 소량은 조금의 반발도 없이 찬성을 표했다. 그렇게 되면 일행의 속도가 늦춰진다는 것을 알고 있으면서도 말이다.

누구에게도 말하지 않았지만, 소량은 일부러 무림의 일에서 떨어짐으로써 작게나마 하늘에 대항해 본 셈이었다.

그러자 강호가, 무림이 움직였다.

천애검협의 이름에 희망을 얻은 것이 어디 남궁세가뿐이겠는가! 알고 보면 사천의 서북부로 흩어진 정도 무림인들은 천애검협의 동진 소식에 희망을 얻고 있었다.

말 그대로 소량이 움직이지 않자 강호가 움직여 찾아온 셈이었다.

소량이 하늘을 올려다보며 자그맣게 속삭였다.

"나의 천명이 진정으로 혈마와 닿아 있다면… 나는 정녕 버려야 합니까?"

하늘 끝에 가까워지지 않고는 혈마를 대적하지 못한다.

하지만 하늘 끝에 가까워지기 위해서는 버려야 했다. 할머니와 형제들, 백부님과 고모님, 더 나아가 그간 인연을 맺었던 모든 사람들과 다만 사랑하고자 했던 세상까지.

그것을 피하고자 동화의 법을 갈구하던 소량에게 있어서는 너무나 가혹한 이치였다.

"진정 제게 바라시는 것이 그것입니까?"

하늘은 쾌청하리만치 맑기만 할 뿐 대답하지 않았다.

소량은 갑자기 화가 치밀어 오르는 것을 느꼈다.

"그럼 왜, 어째서……!"

소량은 할머니를 처음 만나 가르침을 받던 때를 떠올렸다. 도천존에게서 들었던 대의(大義)와 검천존에게 들었던 중용, '다만 사랑하라'는 가르침 역시 마찬가지였다.

뒤이어 세상을 떠돌며 보았던 수많은 것들이 함께 떠올랐다.

외면하지 않는 것, 옳은 것을 옳다고 말하던 것, 포기하지 않는 것, 견고한 부조리 속에서 신음하던 자들을 그저 돕고자 한 것……

자신을 그렇게 만들더니 이제는 다 버리란다.

'정녕 버려야 한다면 제가 겪은 것의 의미는 도대체 무엇입니까?'

소량이 눈을 질끈 감았다.

새하얗게 변해 버릴 때까지 꽉 쥐었던 주먹이 파르르 떨려 왔다.

좀 더 근원적인 질문도 함께 떠올랐다.

'지금 강호가 겪고 있는 혈마곡의 천하대란은 무슨 의미입니

까? 제가 그간 보아온 세상의 모습, 그 견고한 부조리는 도대체 무슨 의미고, 무슨 가치를 위해서입니까?'

소량은 갑자기 가슴이 답답해지는 것을 느꼈다. 그간 보아온 세상과, 수많은 사람들과 쌓아올렸던 정(情)과, 강호행을 하면서 부딪혀 왔던 모든 것들이 한데 뒤엉켜 버린 것이다.

하늘이 마치 한 가지 길을 강요하는 듯한 기분이 들었다.

소량은 한동안 그 상태로 서서 움직이지 않았다.

그렇게 얼마가 지났을까.

'선택, 선택이라고 했었지요.'

검천존은 우화등선하기 직전, 소량에게 '순리를 좇다 보면 너 역시 선택을 하게 되겠지'라는 말을 남긴 바 있다. 그 말 뒤에는 좀 더 의미심장한 한마디도 있었다.

"그 선택은 많은 것을 바꾸게 될 게야."

소량이 마음을 진정시키려는 듯 가볍게 심호흡을 했다.

천천히 눈을 뜨자 고요한 호수 같은 눈동자가 보였다.

'나의 천명이 정녕 혈마에게 닿아 있다면, 받아들이겠습니다.'

마침내 소량은 자신의 길을 선택했다.

일순간이나마 흔들렸던 시선도 올곧게 돌아와 있었다.

'혈마와는 같은 하늘 아래 살 수 없는 바, 이미 대적하기로 결심하였지요. 변한 것은 아무것도 없습니다. 천기의 흐름이 그 길로 내몬다면 그대로 가겠습니다.'

혈마를 대적해야 한다면 하리라.

그 결과가 죽음으로 끝나더라도 피하지 않으리라.

하지만⋯⋯.

'하지만 버리지는 않을 것입니다.'

소량이 하늘을 흘끔 올려다보며 말했다.

여전히 하늘은 맑고 쾌청할 뿐 아무런 반응도 보여주지 않았다. 천명을 갈구하는 자들이 아무리 많다 해도 원래 하늘이 답하는 일은 없는 것이다.

소량 역시도 대답을 기다린 것이 아니었다.

그것은 오히려 통보에 가까웠다.

"저는 인간으로 남겠습니다."

하늘을 올려다보던 소량이 남궁검학에게로 고개를 돌렸다.

그가 말한 '웃음'의 의미가 새삼 무겁게 다가왔다.

남궁세가가 가진 희망이, 아니, 사천에 잠입한 정도 무림인들이 가진 희망이 자신이라는 것이 무거운 짐처럼 여겨졌다.

하지만 그것이 진정으로 자신의 천명이라면 어찌하겠는가?

"그렇다면, 간다."

소량이 조그맣게 중얼거렸다.

2

그로부터 칠 주야 뒤의 일이었다.

무당파의 속가제자, 유운신룡(流雲神龍) 유천화(流天化)는 어두운 안색으로 주변을 살피고 있었다. 사방의 공기가 험악하게 가라앉은 것이 아무리 봐도 길보다 흉이 많겠다 싶다.

'이, 이런! 흔적을 밟혔는가?'

한창 고립되어 있던 와중에 천애검협의 소문을 들은 무당파는 유천화를 보내어 자세한 사정을 알아보게 하였는데, 그렇게 정찰을 다녀온다는 것이 꼬리를 달고 온 모양이었다.

주변을 둘러보니 청운(淸運) 사백은 물론, 무당파의 다른 사형제들의 안색이 창백하게 변해 있는 것이 보였다. 꼬리를 밟고 쫓아온 이들은 이미 포위망까지 구성하고 있었던 것이다.

유천화는 앞에 서 있는 노도사에게 머리를 숙여 보였다.

"…죄송합니다, 청운 사백."

"이미 복마전에 든 상황 아니더냐? 쯧! 되었다. 네가 아니라 누가 가도 마찬가지였을 게야."

노도사, 아니, 무당파의 청운자가 수염을 길게 쓰다듬으며 그를 위로했다.

하지만 청운자의 말에도 불구하고 유천화의 표정은 나아지지 않았다.

대를 이어야 할 독자(獨子)인 탓에 출가하지 못했을 뿐이지, 그 재능이 뛰어나 속가제자임에도 불구하고 본산제자와 비슷한 대우를 받는 유천화였다.

사문에서 귀히 여김을 받은 만큼 크게 공을 세워 보은하고자 했는데, 보은은커녕 오히려 적을 끌고 오는 사고를 치고 말았다.

"그리고……"

유천화는 등 뒤로 고개를 돌렸다. 그의 사형제인 일대제자 네 명과, 사질인 이대제자들 두 명이 새카맣게 죽은 얼굴로 자신을 바라보고 있었다.

"죄송합니다, 사형. 미안하네, 모두들."

유천화가 말하자 가장 앞에 서 있던 황선자가 고개를 저었다.

"사제는 사백의 말씀을 듣지 못했나? 자네 잘못이 아닐세. 만약 그렇다 해도 까짓 뚫고 나가면 될 일일지. 정히 미안하면 길을 뚫을 때 자네가 더 분발하게, 나 좀 쉬게."

유천화의 사형인 황선자가 헛웃음을 지으며 그의 어깨를 두드렸다.

청운자를 제외하면 가장 배분이 높은 그는 '지금은 책임 추궁을 할 때가 아니라 사기를 높여야 할 때다'라는 것을 잘 알고 있었던 것이다.

아니나 다를까, 원망이 희미하게 깔린 눈으로 유천화를 바라보던 사제와 사질들이 황선자의 말에 동의한 듯 고개를 돌리며 각오를 다졌다.

"그래, 천애검협의 정보는 얻었더냐?"

기감을 펼쳐 사방을 감시하던 청운자가 수염을 쓰다듬으며 말했다.

유천화가 양손을 모아 읍하며 말했다.

"최근 지화촌(地火村) 부근에서 혈마곡의 잡졸들이 대거 목숨을 잃거나, 무공을 잃은 모양입니다, 사백. 당금 사천에 달리 나설 사람이 없으니… 천애검협일 가능성이 클 것입니다."

"허! 세간에서 말하길 천애검협을 일협이라 하더니, 과연 대단하구나. 혈마곡의 권역을 제집처럼 오가며 백성들을 구휼하니 어찌 대단타 하지 않을 수 있을까?"

청운 진인이 일부러 감탄을 크게 터뜨리며 제자들을 흘끔거렸다.

절망에 빠져 있던 제자들이 천애검협이라는 별호를 듣자마자 사기를 바로 세웠다. 천애검협이라는 이름이 젊은 제자들 사이에서는 영웅으로 불린다더니 과연 그 말 그대로였다.

아니, 생각해 보면 젊은 제자뿐만이 아니었다.

'안도감을 느낀 것은 나 역시 마찬가지가 아닌가? 허! 그간

소문을 들어도 내내 무심히 대했거늘······.'

이 자리의 무당 문도들에게 있어서 천애검협이라는 이름은 그야말로 희망이 되어 있는 셈이다.

청운자가 조그맣게 도호를 읊조렸다.

"무량수불. 지화촌이라면 거리가 멀지 않다고 알고 있다. 내가 알고 있는 것이 맞느냐?"

"그렇습니다, 청운 사백."

"그럼 동쪽이 아니라 서쪽으로 방향을 잡아야겠구나. 천애검협은 청진 사형과 크게 교분이 있으니, 굳이 따지자면 남이 아니라 할 수 있을 터! 그가 지금 홀로 혈마곡과 맞서 싸우고 있다니 응당 도와야 하지 않겠느냐?"

말을 마친 청운자가 멋쩍게 수염을 쓰다듬었다. 아무리 포장해 봐야 천애검협을 도우러 가는 것이 아니라 그에게 몸을 의탁하러 가는 것이라는 사실은 바뀌지 않는다.

삼 장 너머에서 목소리 하나가 그 점을 지적했다.

"푸흐흐! 누가 무당파 아니랄까 봐 자존심 하나는 더럽게 세구나! 천애검협에게 신세를 진다는 말을 꺼내기가 그렇게 힘들더냐?"

청운자가 무심한 얼굴로 앞을 바라보았다.

"허허! 들으셨소? 면도 세울 겸 너스레 한번 떨어보았다오. 빈도는 무당의 청운이라 하외다. 이제 도우께서도 목소리 말고 얼굴을 비쳐주시지요."

"푸하하! 정파의 위선자들답지 않게 솔직하군, 그래. 그래, 노부는 권마라고 한다."

곧이어 일행의 정면에서 한 명의 노인이 모습을 드러냈다.

맨손으로 그냥 뚜벅뚜벅 걸어오는데 살기가 저릿저릿하게 풍겨난다.

"무당의 청운자라면 선풍장(仙風掌)이라 불린다고 알고 있다. 십단금을 경지에 달하도록 익혔다지. 그래, 나에게도 보여줄 수 있겠느냐?"

"어디서 헛소문을 들으셨구려. 모두 허명일 뿐, 빈도의 무공은 그렇게 대단하지 않다오."

청운자가 생긋 웃으며 말하고는 무심히 입술을 달싹거렸다.

[전방의 저놈이 가장 고수인 모양이다. 전방의 포위망이 가장 얇아. 내가 길을 뚫을 터이니, 너는 제자들과 함께 곧바로 지화촌으로 달려가 천애검협과 합류해라. 알겠느냐?]

청운자가 흘끔 황선자를 바라보며 말했다.

황선자가 고개를 두어 번 끄덕이고는 따로 입술을 달싹이기 시작했다. 유천화와 다른 제자들에게 사백의 명령을 전달하기 위함이었다.

"누가 말코도사들 아니랄까 봐! 그래, 사내대장부로 태어나서 귓속말이나 지껄이느냐?"

권마가 노호성을 터뜨리며 청운자에게 달려들었다.

청운자가 유운보를 밟아 부드럽게 나아가며 외쳤다.

"지금이다, 황선!"

"제자들은 칠성검진을 펼쳐라!"

그와 동시에 황선자가 거친 목소리로 명령을 내렸다.

쿠웅—!

묵직한 충격음과 함께 맞붙었던 권마와 청운자가 뒤로 튕겨났다.

청운자는 손목이 저릿해지는 것을 느끼며 신음을 토해냈다. 태극권이라, 양강이라기보다는 음유하게 펼쳐 상대의 공력을 흘려내었는데도 불구하고 손해를 입고 만 것이다.

권마 역시 손목을 만지작거리기는 마찬가지였다.

"푸흐흐! 이거 재미있게 되었군! 어디, 다시 한번 해보자!"

권마가 양 주먹을 불끈 쥐고는 청운자에게 달려들었다.

청운자는 부드럽게 손을 휘저으며 권마의 권로를 감싸 안았다.

눈 깜짝할 사이에 서너 개의 초식이 흘러갔다.

반면, 무당파의 제자들도 편치만은 않았다.

사백의 명령대로 길을 뚫기 위해 달려들어 공세를 취하였는데, 예상 외로 적의 수가 많았던 것이다. 처음에는 쾌속하기만 했던 제자들의 칠성검진도 어느새 속도를 늦추어가고 있었다.

"크허억!"

어느 이름 모를 마인이 유천화의 검에 가슴팍을 크게 베인 채로 뒤로 물러났다. 휘청거리면서 뒷걸음질 친 그는 들고 있던 도를 떨어뜨린 채로 가슴팍을 움켜쥐었다.

그리고 그 상태로 쓰러져 다시는 일어나지 못했다.

"지금이 안심하고 있을 때인가, 황각! 뒤로 피하라!"

칠성 중 개양성(開陽星)의 자리를 맡아야 할 황각자가 일순간 반응을 늦추자 황선자가 노호성을 터뜨렸다.

황각자가 뒤늦게 정신을 차린 듯 제자리를 찾아가자 이번엔 유천화에게 고함을 지른다.

"유천화! 아까도 지금도 천선(天璇)이 너무 나가는구나! 너는 정녕 무공을 자랑하고 싶은 것이더냐!"

"크흡!"

적을 쫓아 너무 앞서 나갔던 유천화가 이를 질끈 악물었다. 무공으로 따지자면 다른 사형제들보다 월등히 낫다고 할 수 있겠지만, 진법의 조화를 깬다면 강해봐야 무용지물인 것이다.

황선자의 지휘가 안정적으로 자리 잡자 칠성검진이 기이하게 회전하기 시작했다.

꼬리가 앞에 붙으면 머리가 뒤로 가고, 머리가 앞에 붙으면 꼬리가 뒤로 간다.

말 그대로 차륜의 묘용이 섞여 있는 셈이었다.

그렇게 서너 명의 마인들을 더 쓰러뜨렸을 때였다.

"허! 이러다 놓치겠군! 곧 죽어도 무당파라 이건가?"

"갈(喝)!"

권마의 목소리에 뒤이어 대경한 청운자의 외침이 들려왔다. 자신과 맞상대하던 권마가 대뜸 방향을 바꾸어 칠성검진으로 달려들었던 것이다.

청운자가 황급히 뒤를 쫓았지만 때는 이미 늦어 있었다.

텅—

어디선가 속이 텅 빈 가죽을 두드리는 소리가 들려왔다.

"꺼억!"

짧은 신음과 함께 옥형성(玉衡星)의 자리를 지키고 있던 무당파의 이대제자, 운성자가 무릎을 털썩 꿇었다. 권마의 일장이 단전을 후려치고 지나간 까닭에 큰 충격을 받은 것이다.

운성자의 눈에서 빛이 사라져 갔다.

"운성, 운성아! 운성아!"

유천화의 눈이 휘둥그레 커졌다. 그렇지 않아도 자신이 꼬리를 밟히고 만 까닭에 이와 같은 일이 벌어졌다고 자책하던 그였다. 그 일로 인해 사질까지 쓰러지자 눈이 뒤집히고 말았다.

황선자가 고함을 지르다 말고 입을 꾹 다물었다.

"유천화! 제자리를 찾지 못할… 젠장! 천화를 제외하고 오행검진!"

황선자의 명령이 새로 떨어지자 나머지 제자들이 재빠르게 방향을 바꾸었다. 화수목금토, 오행의 방향을 좇아 방위를 새로이 잡은 것이다.

"운성아!"

그들로부터 이탈한 유천화가 검로를 펼쳐 쓰러진 운성자를 공격하는 마인의 목을 찔러갔다.

"큽!"

마인의 목에 바람구멍이 나는 순간, 유천화가 재빨리 무릎을 꿇고 운성자의 맥문을 쥐어갔다. 아직 운성자의 맥은 끊이지 않았지만, 당장에라도 끊어질 듯 점점 미약해져 가고 있었다.

유천화가 이를 악물며 청운자를 바라보았다.

"사백, 사백! 운성이……."

"으으음!"

하지만 운성자를 도울 수 있는 사람은 아무도 없었다.

이제 청운자는 권마를 꺾는 데에만 집중하는 것이 아니라, 권마로부터 다른 제자들을 보호하는 데에도 집중해야 했다. 권마는 조금의 기회만 생기면 방향을 틀어 제자들을 공격하고자 했던 것이다.

오행검진으로 바꾼 무당파의 제자들은 유천화와 운성자를

버리기라도 하려는 것처럼 전진하고 있었지만 그들의 속도도 그리 쾌속하지는 못했다. 벌써 아홉 명 남짓한 마인을 쓰러뜨리긴 하였으나 아직도 스물 남짓한 마인들이 남아 있었던 것이다.

유천화는 아랫입술을 질끈 깨물었다.

'황선 사형······!'

운성자가 쓰러지며 칠성검진이 깨어진 지금, 오행검진으로 변화를 꾀한 것은 옳은 선택이라 할 수 있었다. 하지만 수적 우위를 점한 적을 물리치기에는 역부족이라 할 수 있었다.

오행검진 역시 위기에 처해 있었다.

유천화의 귓가에 황선자의 전음성이 들려왔다.

[돌아오너라, 천화야.]

격전에 어울리지 않게 황선자의 전음성은 부드러웠다.

유천화는 저도 모르게 앞의 운성자를 내려다보았다. 유천화의 소맷자락을 꽉 움켜쥐고 있던 운성자는 자신의 운명을 예감했는지 손을 풀어 유천화를 놓아주었다.

유천화는 눈을 질끈 감았다.

"잠시, 잠시만 기다려, 사제. 곧 돌아올게."

유천화가 지킬 수 없는 약속을 하면서 자리에서 일어났다.

오행검진을 펼쳐 나아가던 제자들은 그야말로 만신창이가 되어 있었다. 적의 피가 튀었음은 물론이요, 적지 않게 외상을 입어 옷자락이 찢어져 간 탓이었다.

이는 유천화의 일탈 때문이 아니요, 무당파 제자들의 무공이 부족해서도 아니었다. 적의 수가 더 많았던 탓, 굳이 따지자면 꼬리를 밟힌 탓이었다.

유천화는 희미하게나마 전멸을 직감했다.

그는 몰랐지만, 이미 많은 정도 무림인들이 같은 방식으로 죽음을 맞은 후였다.

"가만두지 않을 것이다! 내 가만두지 않을 것이야!"

유천화가 가슴이 찢어질 듯한 통증을 애써 참으며 붉어진 눈시울로 외칠 때였다.

유천화의 등 뒤로 권마의 사이한 웃음소리가 들려왔다.

"푸흐흐, 가만두지 않으면 네가 어찌하겠느냐? 너는 이 자리에서 목숨을 잃고 말 것을!"

가까이 접근할 때까지도 권마의 기척을 느끼지 못했던 유천화가 대경하여 뒤를 돌아보았다.

청운자를 피해 다가온 권마가 바로 지근거리에서 일권을 날리고 있었다.

유천화가 정신없이 뒤로 물러나 권마의 권을 피해냈다.

다만 기이한 것은 유천화의 시선이 권마에게서 벗어나 그 뒤로 향해 있다는 점이었다.

"어⋯⋯?"

유천화의 입에서 의아한 신음 소리가 터져 나왔다. 바닥에 널브러진 운성자의 앞에 허름한 마의를 입은 누군가가 서 있는 것을 보았기 때문이다.

마치 꿈인 것처럼, 운성자의 앞에 서 있던 정체 모를 인형이 스르르 사라졌다.

'이, 이형환위?'

유천화의 눈이 찢어질 듯 부릅떠졌다.

안개처럼 사라진 인형의 정체는 다름 아닌 소량이었다.

랍고촌에서 지화촌으로, 지화촌에서 동북으로 거슬러 올라가던 소량은 한바탕 일전이 벌어진 것을 느끼고는 곧바로 이곳으로 달려왔던 것이다.

또한, 소량에게 있어서는 이와 같은 일이 처음이 아니었다.

정도 무림인들이 먼저 찾아온 적도 있었고 지금처럼 먼저 찾아낸 적도 있었지만, 소량은 고작 칠 주야밖에 안 되는 시간 동안 벌써 네 번이나 이와 같은 일을 겪었던 것이다.

사라진 소량은 바로 권마의 등 뒤에서 나타났다.

"으하하하!"

권마는 자신의 등에 누가 있는지도 모른 채 재차 광소를 터뜨리며 공력을 한가득 끌어 올렸다. 강맹한 마기가 폭풍처럼 유천화에게로 쏟아졌다.

"어디 너뿐이랴? 이 자리에 있는 사람 모두가 목숨을 잃고 말 것이다!"

"아니. 그런 일은 벌어지지 않는다."

"헉?!"

권마가 조금 전의 유천화처럼 화들짝 놀라 뒤를 돌아보았다.

갑자기 목소리가 들린 것도 들린 것이지만, 유천화에게 쏟아지던 자신의 마기가 대기에 녹아들 듯 스르르 사라져 버린 탓이었다.

"커헉!"

그 순간, 소량의 손이 권마의 목울대를 후려치는가 싶더니 이내 목을 잡고 들어 올렸다.

권마가 신음을 토해내며 발버둥 쳤지만 그는 소량에게서 벗어나지 못했다.

단 일 수만에 권마를 제압한 소량이 눈을 지그시 감았다.

동화(同化)의 법(法)이라! 소량의 태허일기공이 대기와 동화하자 한 줄기 바람이 일어나 난전이 벌어진 곳으로 불어갔다.

"커허억!"

"크흑!"

그 순간, 무당파의 제자들을 포위하고 덤벼들던 스물 남짓한 마인들이 보이지 않는 권장에 크게 언어맞은 듯 동시에 뒤로 튕겨나기 시작했다. 펼치던 무공마저 일순간 멈추고 자신들에게서 튕겨나는 마인들을 멍하니 바라보던 무당파의 도사들이 소량에게로 고개를 돌렸다.

잠시 장내에 묵직한 정적이 흘렀다.

"모두 괜찮으시오?"

정적 속에서, 단 일 수만에 장내를 정리해 버린 소량이 염려 섞인 얼굴로 말했다.

무당파의 제자들은 당황한 얼굴로 소량을 바라볼 뿐, 아무런 말도 하지 못했다. 그들이 얼마나 당황했느냐면 일순간 권마의 일격에 당해 쓰러진 운성자조차 잊어버렸을 정도였다.

청운자가 나이와 체면까지 잊어버린 듯 볼품없이 침을 꿀꺽 삼켰다.

"귀, 귀하는 도대체 누구시오? 내 짐작이 옳기를 바라오만……."

"저는 진가 사람으로, 이름은 소량이라 합니다."

"허! 역시 그랬구려. 천애검협 진소량, 그대였어."

청운자가 믿을 수 없다는 듯 소량을 살펴보았다. 생긴 것만 보아하면 청년에 가까웠지만, 방금 전 장내를 일순간에 제압해 버린 재주는 자신조차도 제대로 알아보지 못한 것이었다.

'도대체 저 나이에 어떻게…….'

소량을 멍하니 바라보던 청운자가 탄식과 함께 눈을 질끈 감았다.

강호의 소문은 팔 할이 거짓이라는데, 천애검협이라는 명성에는 조금의 헛됨도 없었다.

묵직한 침묵 속에서 소량이 그때까지도 들어 올리고 있던 권마를 올려다보았다.

"허, 헉?"

경험으로만 따지자면 장내의 누구보다도 오래 강호에서 굴러먹은 권마였지만, 그는 소량의 눈빛을 받자마자 심장이 멎는 듯한 두려움을 느꼈다. 천애검협의 눈빛은 진실로 도천존이나 검천존에 비견할 만했던 것이다.

"…꺽, 커허억!"

소량은 가볍게 손목을 튕김으로써 들고 있던 권마를 튕겨보냈다. 장내의 누구도 보지 못했지만, 손목을 튕기는 것과 동시에 소량의 일권이 권마의 단전을 스치고 지나갔다.

바닥에 널브러진 권마가 비명을 토해내었다.

소량은 오행검진을 공격하던 와중에 자신에 의해 튕겨나 버린 마인들을 흘끔 바라보고는 무당파의 제자들 쪽으로 걸음을 옮겼다.

"엇, 이런! 운성, 운성아!"

소량의 기세에 눌려 탄식을 토해내던 청운자가 뒤늦게 운성자를 떠올리고는 비명을 질렀다.

소량이 걸어가고 있는 곳에는 운성자가 신음도 지르지 못한 채 쓰러져 있었던 것이다.

운성자의 앞에 무릎을 꿇고 앉은 소량이 무당파의 제자들에게 질문했다.

"다치신 분은 이 도장이 전부이십니까?"

"그렇소!"

번개처럼 다가와 운성자의 앞에 도착한 청운자가 냉큼 무릎을 꿇고는 그를 부축했다. 그러고는 코끝에 손가락을 가져가고, 맥을 짚어보는 등 정신없이 운성자의 상세를 확인했다.

도대체 무슨 생각을 한 것일까?

소량이 청운자가 무얼 하는지 모르는 사람처럼 운성자를 일으켜 앉혔다.

"어, 엇? 내상이 보통이 아니외다, 진 대협!"

청운자가 말렸지만 소량은 막무가내였다. 대답조차 없이 심각한 얼굴로, 운성자의 명문혈로 손을 가져가는 것이다.

말리던 청운자가 눈을 부릅뜬 채 소량이 하는 양을 바라보았다.

"후우우—"

소량은 눈을 지그시 감고는 가볍게 호흡을 토해내었다.

만약 운성자의 상세가 중병을 얻은 것이었거나, 평소에 균형(均衡)을 잃어 허약한 상태였다면 소량으로서도 별다른 도리가 없었을 것이다. 하지만 운성자는 천외천이라는 구파일방의 진신제자로, 비록 배분은 얕지만 꾸준히 내가기공을 수련해 온 사람이었다.

그렇다면, 이 경우엔 외부에서 침입한 기운이 문제가 된다.

소량은 운성자의 신체에 깃든 한 줄기 마기를 느낄 수 있었다.

'화기(火氣)··· 인가?'

냉하다기보다는 뜨거운 기운이 운성자의 혈맥을 파고들어 활개를 치고 있었다.

눈을 반개한 채로 운성자의 상세를 바라보던 소량이 느릿하게 호흡을 골랐다.

"후우—"

텅—

소량의 손이 움찔거리는가 싶더니, 이내 부드럽게 운성자의 명문혈을 두들겼다.

마기의 정체를 정확하게 파악하지는 못했지만 양기에 가까우니, 수기(水氣)와 동화하여 음한한 기운으로 화기를 쫓아내고자 했던 것이다.

그 순간, 운성자의 입에서 거센 기침 소리가 새어 나왔다.

"커허억!"

운성자가 제대로 호흡을 내쉴 수가 없다는 듯 눈을 부릅뜨며 꺽꺽거렸다.

잠시 뒤에는 손을 들어 자신의 가슴을 쥐어뜯기까지 했다.

일견하기엔 처참한 모습이었으나, 조금 전까지 비명조차 제대로 지르지 못하고 시체처럼 누워 있었다는 것을 감안하면 오히려 긍정적 신호라 할 수 있었다. 소량은 운성자의 몸속을 파고든 화기가 이 이상 신체를 갉아먹기 전에 쫓아내는 데 성공했던 것이다.

연신 껄껄대던 운성자가 이내 거칠게 기침을 토해냈다.

"컥! 쿨럭, 쿨럭!"

운성자의 입에서 피가 반 되가량 뿜어져 나왔다.

소량이 희미한 미소를 지으며 자리에서 일어났다.

"다행히 통했군."

"허어, 진 대협……."

청운자와 유천화를 비롯한 무당파의 제자들이 멍하니 소량을 올려다보았다.

한 번 등을 두드렸더니 죽은 사람이 살아나더라?

이와 같은 일은 오직 옛이야기에서나 들어봤을 뿐이었다.

소량이 마치 확인하듯 무당파의 제자들을 둘러보았다.

"한동안 요양해야겠지만, 지금 당장 위험할 일은 없을 듯합니다. 다른 분들은 모두 무탈하십니까?"

유천화는 물론, 다 늙은 청운자까지도 순한 아이처럼 고개를 끄덕였다.

소량이 심각한 얼굴로 그들을 재촉했다.

"그럼 시간이 많지 않으니 바로 이동하시지요. 가까운 곳에 동도들이 있습니다."

"가까운 곳에 동도들이 있다니, 그게 무슨 말씀이시오?"

청운자가 의아한 얼굴로 질문했다.

이미 이와 같은 일을 칠 주야간 네 번이나 겪었던 소량이 쓴 웃음을 지어 보였다.

"운이 좋아 그간 몇몇 분들과 만날 수 있었습니다."

만약 이것이 자신이 받아들여야 할 천명이라면 거부하지 않기로 한 소량이었다. 인간으로 남기로 하였으니 그 성격만은 다르겠지만, 적어도 가는 길만은 같을 터였다.

그렇다면 이왕 가기로 한 길 지체할 필요가 있으랴? 혈마곡이 눈에 불을 켜고 있을 터이니 정도 무림인들이 헛된 죽음을 맞기 전에 한 사람이라도 더 구해야 했다.

"바로 움직이겠습니다."

소량이 재촉하듯 무당파의 제자들에게 말했다.

第八章
역습(逆襲)

1

　귀곡자는 불편한 얼굴로 방을 돌아보았다. 귀곡에 있을 때에는 그렇게 마음이 편할 수가 없었는데, 귀곡을 벗어나고 나니 불편한 것투성이였다.

　수하들이 최대한 귀곡과 비슷하게 방을 꾸며놓았는데도 그랬다. 귀곡에서는 어지러운 가운데 오직 그만이 알아볼 수 있는 질서가 숨어 있는데, 이곳에는 오로지 혼란만이 존재한다.

　"…다 치워. 웅, 치워 버려. 차라리 그게 나아."

　귀곡자가 방을 흘끔 돌아보며 말했다.

　귀곡자를 수종하기 위해 나왔던 혈마곡의 마인들 몇몇이 난

감한 얼굴로 서로를 돌아보았다. 그들이 움직인 것은 귀곡자가
재차 고함을 질렀을 때였다.

"다 치우라고 했잖아! 귀가 막히기라도 한 거야?"

"조, 존명!"

혈마곡의 마인들이 정신없이 달려가더니 서류 뭉치들을 제
멋대로 들고 달음박질쳤다. 귀곡자는 그들의 등에 '그렇다고
아무렇게나 서류를 폐하면 너희들의 목숨도 폐할 테다!' 하고
고함을 질러댔다.

귀곡자는 어두운 얼굴로 전장에 나온 스스로를 원망했다.

"아니야. 귀곡에서 나오지 않았더라면 즉각적인 대응을 하지
못했어. 골방에 틀어박힌 채로는 제갈군을 이기지 못했으니까.
금천에서 승리하려면 어쩔 수 없었어. 응, 응."

귀곡자가 마치 꾸중을 받기 전의 어린아이처럼 방을 서성거
리며 말했다. 귀곡자는 서류 뭉치를 챙기는 마인들은 돌아보
지도 않은 채, 사천 전도 앞에 멈춰 섰다.

'이미 일은 꼬인 거야. 응, 꼬였어.'

만약 천애검협이 없었더라면 어땠을까?

아마 중소문파들의 대다수를 제거할 수 있었을 것이다. 오
대세가와 구파일방 역시 마찬가지, 곤륜이 멸문지화를 입은 것
처럼 그들 중 두세 군데는 더 멸문을 당했을 터였다.

그렇게 전력을 깎아두었다면, 무림맹은 금천에서 패배한 순

간 다시 일어서지 못하였으리라.

지금쯤 혈마곡은 무림맹보다 황군과의 전쟁을 준비하고 있었을 것이고 말이다.

하지만 천애검협이 모든 것을 망쳐놓고 말았다. 그는 남궁세가의 멸문을 막아내었으며, 신도문을 이용한 하남무림연맹의 계획까지 망쳐놓았다. 그가 의도한 것인지는 모르겠지만, 그 스스로가 미끼가 되어 혈마곡의 관심을 계속 유도하기까지 했다.

귀곡자의 표정이 허탈한 듯 변해갔다.

'만약 금협 진승조에게 내가 속지 않았더라면?'

천애검협의 실패에 뒤이어, 금협 진승조가 혈마곡을 뒤집어놓았다. 어린 나이에도 불구하고 상재 하나는 어찌나 좋은지, 진승조는 중원의 상단들을 이용하여 혈마곡의 자금을 흡수해버렸다. 그다음에는 제 발로 혈마곡에 찾아와 협상을 제안하는 체하더니, 안에서부터 자금을 파먹기 시작했다.

만약 진승조가 없었더라면 지금쯤 사천을 온전히 장악하고도 남았다. 귀곡자는 지독한 자괴감을 느꼈다.

새로운 소식이 전해진 것은 바로 그때였다.

"귀곡 어른, 이것이……."

"이게 뭔데?"

귀곡자가 서류를 가지고 들어온 마인 한 명을 물끄러미 올려다보며 물었다.

마인이 눈을 질끈 감고 몇 마디를 웅얼거렸다.

귀곡자는 심각한 얼굴로 서류를 받아 들었다. 서류에는 '천애검협이 등장하였으므로 사천에 잔존한 정도의 잔당들을 제거하는 데 무리가 따른다, 심지어 천애검협이 정도의 잔당들을 한데 모으고 있는 듯하다'는 내용이 적혀 있었다.

방 안에 묵직한 침묵이 흘렀다.

잠시 뒤, 귀곡자가 눈을 질끈 감으며 중얼거렸다.

"금천에서의 승리는 작은 거야. 응, 작은 거. 이제부터는 머리를 잘 써야 해. 전략이 아니라 대책… 그래, 대책을 준비해야 해."

자금이 부족하여 징발을 시작했으니 민심을 얻는 일은 진즉에 그른 셈이었다. 이미 일이 이렇게 되었으니 결국에는 힘으로 나아갈 수밖에 없다.

만약 그렇다면, 그 힘은 어디에서 나오겠는가?

'결국에는 혈존(血尊)이야.'

한 손이 열 손을 당해낼 수 없다는 말이 있긴 하지만, 그건 범인의 경우에나 통하는 말이었다. 혈존이나 천존 같은 경우라면 한 손이 열 손이 아니라 백 손도 감당해 낸다.

지금과 같은 수세를 뒤집으려면 혈존과 같은 고수가 필요했다. 하지만 지금 혈존은 적지 않은 내상을 입은 상태였다.

"……"

귀곡자가 몸을 돌려 자신의 방을 벗어났다. 그러고는 성큼

성큼 걸어 잘 꾸며진 후원을 지나고, 내친김에 아예 장원에서 벗어나 뒷산까지 걸음을 옮겼다. 중간중간 횃불이 켜져 있는 것을 흘끔 바라보며 귀곡자가 생각했다.

'혈존이 다친 건 예상 밖이야. 삼천존은 혈존의 아래인 줄 알았는데, 설마하니 혈존께서 패할 줄이야……'

혈존이 누구에게 패했던가? 다름 아닌 검천존이다.

귀곡자의 얼굴이 썩은 돼지 간처럼 변해갔다.

'혈존이 빨리 완쾌하지 않으면 혈마곡에 미래는 없어. 응, 우리는 지고 말 거야. 이건 천애검협과 금협의 방해로 멈춰 선 틈에 검천존이 치명타를 날린 것이나 다름없어.'

뒷산의 작은 절벽에 도착한 귀곡자가 눈을 가늘게 뜨고 검천존을 떠올렸다.

처음 혈마에게 검천존의 이야기를 들었을 때, 귀곡자는 패배를 직감했다. 검천존이 진정으로 하늘 끝에 올랐다면 혈마곡의 패배는 기정사실이나 다름없는 것이다.

하지만 혈마는 '검천존은 다시는 인세에 모습을 드러내지 않을 것'이라고 말한 바 있다.

즉, 그 말은…….

'하늘 끝에 오른 이는 인세에 개입하지 않는다.'

귀곡자의 눈이 반짝반짝 빛났다.

적어도 검천존은 더 이상 세상에 없는 셈, 즉, 죽은 것이나 마찬가지라고 봐도 무방하리라.

하지만 하늘 끝에 오른 이는 인세에 개입하지 않는다는 말
은 양날의 칼이나 마찬가지였다. 천존의 경우에도 그러하겠지
만, 혈존의 경우에는 특히 심각하다.

혈존은 세상의 그 어느 것보다 하늘 끝을 원하는 모양이지
만, 만약 그 소원대로 이루어진다면 혈마곡은 어떻게 되겠는가?

멸문이다.

아니, 멸문이라는 말로도 부족하다.

절멸이다.

귀곡자는 자신이 중대한 선택의 기로에 서 있다는 것을 직
감했다. 지금의 선택이 어떤 결과를 낳을지는 귀곡자의 뛰어난
두뇌로도 예상하지 못했다. 심지어 평소에는 믿지도 않던 미
신 같은 이야기까지 떠올랐다.

천명(天命), 천기(天紀).

천기가 있어도 사람의 의지를 따르지 못하며, 천명이 있어도
그것을 선택하는 것은 사람이라고 믿어왔던 귀곡자였다. 그는
아예 천인불이(天人不二)라는 말 자체를 믿지 않았던 것이다.

하지만 지금 이 순간의 선택만큼은 앞날을 결정지을 중요한
선택이라는 생각이 든다. 천명과 천기가 자신을 이 선택으로
이끈 듯했다.

그리고 소량이 그러했듯, 귀곡자 역시 선택했다.

'혈존께서 하늘 끝에 이르는 것을 막아야 해. 응, 난 막겠어.'

작은 동굴 앞에 서 있던 귀곡자가 조그맣게 한숨을 내쉬었다.

눈까지 지그시 감고 스스로가 할 말을 고르는 것이다.

잠시 뒤, 결심한 듯 귀곡자가 동굴 안으로 걸음을 옮겼다.

강호의 누구도 몰랐지만, 지금의 순간이야말로 수많은 것들을 결정지은 순간이라 할 수 있었다.

2

그로부터 나흘의 시간이 더 지났다.

사천의 구룡현(九龍縣) 부근의 상황은 몹시 혼란스럽게 변해 있었다. 구룡현은 무림맹이 장악한 동북부의 감락(甘洛)으로 가는 길목에 있으니, 말하자면 전선이라 할 수 있으리라.

무림맹과 혈마곡의 세(勢) 겨루기에 끼어 있으니 혼란스럽다는 말은 그야말로 정확한 것이었다.

구룡현 부근에 당도하기까지의 지난 나흘간, 소량은 믿을 수 없는 경험을 했다. 무당파를 구출한 이후로도 수많은 정도 무림인들이 찾아왔던 것이다.

가장 먼저 찾아온 것은 팽가였다. 급박한 상황 속에서 소량에게 구함을 받은 무당파와 달리, 상대적으로 잘 숨어 있었던 팽가의 무인들은 제 발로 소량을 찾아왔다.

그다음으로 찾아온 것은 점창파의 고수들이었다. 점창파의 고수들 중에는 장로라 할 만한 전대 고수들이 많이 섞여 있었으므로, 가장 병력이 잘 보존되어 있었다.

무림인들이 찾아올수록 소량은 짐을 진 듯한 기분을 느꼈다. 그렇지 않아도 무거웠던 짐은 시간이 지날수록 점점 더 무거워지고 있었다.

가장 마지막으로 찾아온 곳은 다름 아닌 모용세가였다.

"오랜만에 다시 뵙는구려, 진 소협. 아니, 대협이라 해야 하나?"

모용세가의 삼 장로 모용염천(慕容炎天)이 소량을 보자마자 눈을 질끈 감았다.

이미 소량과는 불구대천의 원수라고 말해도 부족하지 않은 그들이었다. 곧 죽어도 소량의 도움만큼은 받고 싶지 않았는데, 목숨이 경각에 달하다 보니 결국엔 그를 찾아오고 말았다.

사실, 소량에게로 가는 것을 결정하는 데에도 모용세가는 수많은 내홍을 겪어야 했다.

"폐가를… 내쫓지는 않겠지요?"

모용염천에게는 근심 역시 깃들어 있었다.

'만약 천애검협이 옹졸한 마음을 품고 자기들을 쫓아내면 어떻게 하나, 동도들의 눈이 있으니 설마 그러지는 못하겠지' 따위의 생각을 하루에도 몇 번씩 했는지 모른다.

소량이 허무한 어조로 중얼거렸다.

"내쫓지 않습니다. 내쫓지 않아요."

"고맙소이다. 하면 나중에 뵙겠소."

그렇지 않아도 소랑을 만나는 것이 불편했던 모용염천이 재빨리 일행을 이끌고 뒤쪽으로 사라졌다. 대장로였던 모용구가 실각하고 새로이 대장로가 되긴 하였으나, 모용염천의 사람 됨됨이는 안타깝게도 대장로에게 어울리지 않았던 것이다.

소랑은 물끄러미 자신의 이름을 찾아온 정도 무림인들을 돌아보았다.

무당파, 팽가, 모용세가, 점창파, 종남파······.

각각의 수는 적었지만 그 출신만은 다양했다.

이쯤 되면 소무림맹이라고 불러도 좋을 정도였다.

각양각색의 정도 무림인들이 소랑의 이름 하나만 믿고 한데 모였던 것이다.

'정녕 제게 이런 것을 바란 것이었습니까?'

소랑은 하늘을 흘끔 올려다보았다. 얼마 전에 했던 문답처럼, 하늘은 아무런 답도 내려주지 않았다.

소랑은 하늘 대신, 일행의 한가운데 서 있는 승조와 할머니를 돌아보았다.

"······."

승조와 할머니는 무림인들과 교류하는 대신 외로이 동떨어져 있었다. 무림인들의 입장에서 보면 그들은 천애검협의 지인이니 귀한 몸인 셈이고, 승조와 할머니의 입장에서 보면 평소 자주 보지 않던 무림인일 뿐이었다. 소 닭 보듯 하는 것은 아마 그래서였을 것이다.

'할머니도 이와 같은 일을 겪으신 적이 있습니까?'

소량은 서글픈 눈으로 할머니의 얼굴을 바라보았다.

소량의 시선을 알아차렸는지, 할머니가 소량 쪽으로 고개를 돌렸다.

"히이."

할머니는 아무것도 모르는 사람처럼 히죽 웃음을 지어 보였다. 어떤 위로의 말도 없었고, 어떤 조언도 없었지만 소량은 저도 모르게 그 얼굴을 좇아 마주 미소를 짓고 말았다.

소량은 며칠 전의 결심을 되뇌었다.

'인간, 인간으로 남겠다.'

소량은 고개를 돌려 전방을 바라보았다.

'남궁세가가 있는 곳이 바로 구룡현 부근……'

소량이 서 있는 곳은 어느 이름 모를 산야였다. 벌써 오백여 가까이 되는 대인원이다 보니 숨을 곳도 마땅치 않아서, 결국에는 산적처럼 산에 모습을 감출 수밖에 없었던 것이다.

소량은 관도를 바라보다 말고 한숨을 길게 내쉬었다.

"청운 도장."

소량이 고개를 돌려 무당파의 장로를 불렀다. 가장 배분이 높은 고로, 정도 무림인들에게 자신의 의견을 전할 때는 무당파의 청운자를 찾는 소량이었다.

근처에서 유천화와 무언가 대화를 나누던 청운 도장이 소량의 부름을 듣고 걸어왔다.

"무량수불. 무슨 일이오, 천애검협?"

청운 도장이 느긋한 태도로 수염을 쓰다듬었다.

그 순간, 오백여 가까운 이의 시선이 동시에 소량에게로 쏠렸다.

소량은 한 번도 그들에게 명령을 내리지 않았고, 또한 그들의 위에 서려고 한 적도 없었지만 어느새 정도 무림인들의 중심이 되어 있었던 것이다.

소량은 정도 무림인들의 시선을 모른 체 말했다.

"구룡현에서 감락까지 거리가 얼마나 되는지 혹시 아십니까?"

"빈도도 사천에 자주 오간 것이 아니니만큼 자세히 아는 것은 아니오만… 그렇게 멀지는 않다고 알고 있소. 사실 거리만 따지면 아무런 문제도 되지 못하지."

청운 도장이 길게 한숨을 토해냈다.

소량이 나흘간 이렇게 많은 정도 무림인을 만났다는 것이 무슨 의미겠는가!

사천의 서부로 흩어진 정도 무림인들은 자력으로 구룡현 부근까지 오는 데 성공했다는 의미였다. 흩어진 무리 중에 고수가 얼마나 있느냐에 따라 달랐겠지만, 정도 무림인들은 적어도 구룡현까지는 어찌어찌 접근할 수 있었던 것이다.

하지만 그들은 결국 구룡현을 넘지 못했다.

"말하자면 구룡현 너머는 전선이라고 할 수 있소. 이곳을 지나면 무림맹과 합류하는 데에 지장이 없겠지만, 그만큼 혈마곡이 단단히 틀어막고 있는 셈이지. 알다시피 혈마곡은 무림맹의 전력을 깎는 데 혈안이 되어 있다오."

"하지만 더 이상 숨어 지내는 것은 무리입니다."

소량이 자그맣게 말하자 청운 도장이 말을 멈추었다.

소량은 오백여 가까운 정도 무림인들을 흘끔 돌아보고는 다시 관도로 시선을 돌렸다.

"또한, 무림맹과 합류하기 위해서는 어차피 전선을 넘어야만 하지요. 제가 길을 뚫는다면 어떻겠습니까?"

"그러면야 가능성이 있겠지만……."

청운 도장이 불현듯 헛기침을 토해냈다. 그나마 살아남은 정도 무림인들 중, 배분 높은 이들이 하나같이 같은 눈짓을 하고 있었던 탓이었다.

청운 도장이 그들을 흘끔거리다 말고 소량에게 질문했다.

"잠시 상의를 하고 와도 되겠소? 더 좋은 의견이 있을지도 모르겠소이다만."

"그렇게 하시지요."

소량이 고개를 끄덕이자 청운 도장이 무림인들에게로 빠르게 걸어갔다.

소량은 눈을 지그시 감았다.

도대체 어째서일까?

할머니와 승조, 그리고 왕소정과 함께 사천을 지날 때까지만 해도 웃는 경우도 많았고, 위기라고는 모르는 사람처럼 여정을 즐기는 모습도 보였던 소량이었다.

하지만 정도 무림인들을 만나기 시작한 후로 소량의 안색은 어두워지기 시작했다.

"내게는 너무 무거운 짐인 것을."

소량이 나지막하게 중얼거렸다.

무창의 목공으로서 강호에 나왔을 때 이와 같은 감정을 느낀 적이 있다. 도천존이 말한 대의, 협이라는 거대한 담론을 감당하기에는 무창의 목공은 너무나 작은 존재였다.

공교로운 일이었지만, 천존의 경지에 이르러 하늘 끝을 앞둔 지금도 소량은 같은 감정을 느끼고 있었다. 하늘은 모든 것을 버리라고 강요하면서도 결국엔 수많은 짐을 지워주고 있었다.

하늘 끝, 하늘 끝이란 도대체 무엇인가?

소량으로서는 도저히 알 수 없는 노릇이었다.

잠시 뒤, 정도 무림인들과 상의하던 청운 도장이 소량에게로 돌아왔다.

정도 무림인들의 입장에서도 뾰족한 수는 없었으므로, 결국
에는 구룡현 부근을 빠르게 돌파하는 것으로 결론이 났다. 고
립된 남궁세가를 구출한 후, 곧바로 전선을 넘어 무림맹과 합
류하자는 것이다. 그러는 와중 얼마나 많은 목숨을 잃게 될지
는 모르겠지만, 이미 그들에게 남은 선택지라고는 없었다.

그렇게 구룡현으로의 출발이 결정되었다.

산야에서 출발한 일행의 선두에는 소량이 자리를 잡았다.
기감을 펼쳐 주변을 파악하는 능력이 탁월한 데다, 천존의 경
지에 이른 무공을 믿는 탓이었다.

소량은 거칠 것이 없는 사람처럼 일행의 속도를 높였다.

실제로 그가 파악한 바, 주변에 혈마곡의 마인은 없었던 것
이다.

소량의 바로 뒤에 서 있던 청운 도장이 그의 눈치를 살피며
물었다.

"어흠, 험. 최근 들어 표정이 좋지가 않으시오, 천애검협."

천애검협은 도천존 단천화의 제자라고 알려져 있다.

그렇다면 청운 도장 자신과 동배인 셈, 함부로 말을 편히 할
수가 없다.

소량은 쓴웃음을 지으며 청운 도장의 질문에 대답했다.

"그렇습니까?"

"그렇소이다. 원래 그런 변화는 본인은 잘 느끼지 못하지만, 주변인들은 누구보다 빨리 느낄 수 있는 법이지요. 실제로 동생분인 금협과도 대화를 자주 나누지 않지 않으십니까?"

청운 도장의 말에 소량이 흘끔 승조 쪽을 돌아보았다. 승조는 후방도 아니요, 그렇다고 전방도 아닌 일행의 딱 중간에서 할머니를 모시고 따라오고 있었다.

소량은 그제야 며칠 전의 대화 이후 승조가 말을 잘 걸지 않는다는 사실을 깨달았다.

"그저… 과한 짐을 지었기 때문일 것입니다."

"허, 부담감 말씀이오?"

청운 도장이 수염을 쓰다듬으며 말했다.

난데없이 수많은 사람들을 이끌게 되었으니 부담감을 느끼는 것쯤이야 능히 이해할 만하지만, 천애검협과 같은 이가 그것을 이겨내지 못한다니 영 이상하게만 느껴진다.

사실, 소량이 느끼는 부담감은 단순한 것이 아니라 천명과 관계된 것이었지만, 청운 도장은 그것을 미처 깨닫지 못하였던 것이다.

"이해할 수가 없구려. 범인이라면 모르겠으나, 그대와 같은 경지에 이르러서도 평정을 찾지 못한단 말이오?"

"예, 그렇습니다. 재주만 높아졌을 뿐, 제 마음은 그대로인 모양입니다."

평정을 찾지 못했다고 말하는데도 불구하고 목소리는 담담하고 부끄러움이 없다. 기이하게도 청운 도장은 그 말에서 불안함을 느낀다기보다는 어떤 안도감을 느꼈다.

소량은 눈을 지그시 감고 가볍게 한숨을 내쉬었다.

"게다가 공연히 불안해지는 기분이 듭니다."

"불안해지는 기분? 무언가 아시는 바라도 있는 게요?"

"그런 것은 아닙니다만……"

소량이 고개를 슬며시 젓자 청운 도장이 헛웃음을 지었다.

"허! 아무래도 부담감 때문에 공연히 불안감까지 느끼시는 모양이로군."

소량이 대답 대신 또다시 쓴웃음을 짓자, 청운 도장이 헛헛한 얼굴로 몇 마디를 주워섬겼다. 주로 도교의 가르침에 관계된 말로 마음의 평정을 찾는 구절들이었다.

그러다 보니 어느새 구룡현 앞이었다.

그리고 소량은 자신의 불안감이 현실이 되었음을 깨달았다.

"그러므로 청정이라 함은, 물이 고요한 것과 같이… 헉?!"

소량의 신형이 불현듯 사라지자 청운 도장이 헛숨을 들이켰다. 청운 도장은 소량이 구룡현의 작은 성벽을 뛰어넘어 그 안으로 뛰어들어 갔다는 것을 확인하고는 침음성을 흘렸다.

청운 도장은 일행에게 '단단히 방비하라'고 주문하고는 스스로도 경계의 수위를 높였다.

반면, 일행에게서 벗어나 구룡현 안으로 들어온 소량은 멍하니 주변을 둘러보고 있었다.

휘이잉—

한 줄기 바람이 불어와 불에 타버린 건물 조각을 훑고 지나갔다. 엉망진창으로 망가진 건물들이 바람을 이기지 못하고 우지끈 무너져 내렸다.

미처 수습하지 못했는지 버려진 시신도 두어 구 보였다.

아니, 두어 구가 아니었다.

"어찌… 이게 어찌 된……."

소량이 멍하니 중얼거렸다.

설마하니 무림맹과 혈마곡의 전쟁이 백성들에게 아무런 피해도 끼치지 않았겠는가!

개중에서도 특히 전선에 가까운 구룡현은 끔찍한 피해를 입었다. 자신의 권역 내에서는 건드리지도 않던 관아까지 습격했을 정도니 혈마곡의 손속이 얼마나 잔혹했는지 짐작할 수 있으리라.

넋이 나간 사람처럼 주위를 둘러보던 소량이 부지불식간에 한 사람에게로 달려갔다. 마흔이나 되었음 직한 중년인이 피곤한 얼굴로 앉아 있었던 것이다.

"괜찮으십니까?"

소량이 다급히 그를 품에 안고는 명문혈로 손을 가져갔다.

얼마 전 무당파의 제자에게 했듯이, 동화의 법을 펼쳐 수기를 안으로 밀어 넣는다.

정신을 잃은 듯했던 중년인이 희미하게나마 눈을 뜨고 소량을 바라보았다.

"관군… 군병이시오?"

"아니, 아닙니다! 도대체 어떻게 된 것입니까?"

"그럼 도망치시오……."

중년인이 지친 얼굴로 중얼거렸다. 그는 자신의 죽음을 직감했는지, '살려달라'거나 '도와달라' 따위의 이야기는 꺼내지도 않았다.

실제로 소량 역시 그의 죽음을 직감한 차였다. 비록 겉보기에는 멀쩡했지만, 중년인의 내부는 그야말로 만신창이가 되어 있었던 것이다.

소량이 잔뜩 일그러진 얼굴로 질문했다.

"도대체, 도대체 어떻게 된 일입니까?"

"악적들이 몰아쳤소. 모두들 겁에 질렀… 큭, 쿨럭! 현령의 말을 믿지 마. 가만히 있으라더니, 침착함을 찾고 가만히 있으라더니… 쿨럭! 도망가시오. 현령의 말을 믿지 마. 도망가시오."

"가만히 있으라고?"

소량이 멍한 얼굴로 되뇌었다. 이해하기 싫었지만, 머리는 놀랍도록 상황을 명확하게 파악하고 있었다. 아마 현령은 백성들에게 '혼란을 일으키지 말고 가만히 있으라'는 명을 내렸을 것이다. 그리고 백성들이 그 말을 믿는 틈에, 자기 먼저 도주를 했을 것이다……

"가만히, 가만히 있으라고……"

소량이 다시 되뇌었지만 중년인은 대답하지 못했다.

그저 졸린 듯 눈을 지그시 감을 뿐이었다.

그때 황량한 바람이 또 다른 것도 실어왔다.

아주 희미한 소리, 무인이 아니면 듣지도 못할 소리였다.

"잠시 후에 돌아오겠습니다. 잠시만, 잠시만 버티세요."

적을 마주한 것도 아닌데도 소량은 이형환위의 경지까지 펼쳐 소리가 난 곳으로 달려갔다.

무너져 버린 어느 가옥 안, 장롱 뒤에 숨겨진 작은 공간.

소량은 다급히 손을 뻗어 장롱을 치워 버렸다.

"아아……"

소량의 다리가 휘청거렸다.

그 안에는 창에 찔린 어느 여인의 시체가 있었다. 끔찍한 고통 속에서 죽어가면서도 보자기 하나만은 단단히 품에 안고 있는 여인이었다. 손에는 갓난아이나 놀 법한 노리개가 쥐어져 있는 것이, 죽기 직전까지도 아기를 달래던 모양이었다.

소량은 떨리는 손을 그녀의 품으로 가져갔다. 그녀의 품에 안긴 작은 보자기를 벗겨보니, 갓난아기 하나가 풀어 헤쳐진 어미의 가슴팍에서 마른 젖을 빨고 있었다.

"으아앙, 으앙!"

마른 젖을 빨던 아기가 울음을 터뜨렸다.

오래 굶어 힘조차 없는 희미한 울음이었다.

"가만히 있으라고……."

소량의 눈시울이 벌겋게 달아올랐다.

소량은 죽어버린 여인의 품으로 떨리는 손을 가져갔다. 소량이 낯설고 무서운지, 손길을 느낀 갓난아기가 마른 젖에서 입을 떼고는 힘없는 울음으로 어미를 보챘다.

그러더니 어미에게서 떨어지지 않으려는 듯 작은 손으로 꼬옥 옷자락을 움켜쥔다.

단풍잎 같은 작은 손.

소량은 차마 그 손을 바라보지 못해 하늘로 시선을 돌렸다.

"으아앙, 으앙!"

"괜찮다. 이제 괜찮아."

가슴속에서 울컥 올라오는 것을 겨우 참아낸 소량이 아기에게로 시선을 내렸다. 아기를 안심시키기 위해 억지로나마 미소를 지어 보이려 했지만 공연히 표정만 일그러질 뿐이었다.

"이제 괜찮다. 가자, 아가야."

소량이 달래듯 중얼거리며 아기의 손을 어루만졌다.

소량의 손이 닿자 아기가 겁에 질려 한층 악을 쓰며 어미의

옷깃을 말아 쥐었다. 그 작은 손에 실린 힘이 어찌나 센지, 옷
자락에서 손을 떼어내는 것이 너무도 힘들었다.

"놓아야 돼, 아가야. 제발 놔……."

소량이 떨리는 목소리로 중얼거렸다.

잠시 뒤, 소량은 몸부림치는 아기를 품에 안고 몸을 일으켰
다. 아기는 마지막으로 어미에게 인사하듯 이리저리 뒤치며 시
신 쪽으로 계속 시선을 돌렸다.

소량은 지친 사람처럼 휘청휘청 걸음을 옮겼다. 그렇게 가
옥에서 벗어나 보니 소량에게 '도망치라'고 말하던 중년인이 절
명해 있는 것이 보인다.

"……"

소량이 공허한 눈으로 중년인의 시신을 바라보다 말고 고개
를 돌렸다.

터덜터덜 구룡현의 중심부를 향해 걸어가다 보니 참상이 한
눈에 들어왔다. 한 걸음 내딛자 부서진 가옥이 보였고, 또 한
걸음 내딛자 희미한 불꽃이 시신을 파먹는 것이 보였다.

소량이 허탈한 얼굴로 멍하니 중얼거렸다.

"…고단하다."

소량의 머릿속에 문득 지난 강호행이 떠올랐다.

억센 구타와 굶주림 속에서 동생을 잃은 연호진, 신도문주
에 의해 자식을 잃고 관아에 발고하던 하남의 백성들, 그토록

지키고자 했으나 결국엔 지키지 못했던 흑수촌의 능소.

그동안 보아온 세상의 모습과 지금 구룡현의 모습이 다르지
않다.

지독하게 좁은 길[狹路], 영원히 끝나지 않을 길이라고 했던
가……

"너무 고단하구나."

지친 듯 중얼거리던 소량이 문득 걸음을 멈춰 세웠다.

발치에 시신 하나가 걸린 탓이었다.

시선을 내려보니 열서너 살 된 소년의 시신이 보였다.

소년의 주변에는 네 구의 시신이 더 있었다. 어쩌다가 동무
들끼리 모여 도망치게 되었는지는 모르겠지만, 또래들 다섯이
함께 도망을 치다가 결국엔 죽음을 맞은 모양이었다.

눈을 뜬 채로 죽어 있는 소년을 바라보던 소량의 얼굴이 다
시금 일그러졌다.

슬픔과 공허함에 뒤이어 서서히 분노가 떠오른다.

"가만히, 가만히 있으라고……"

소량이 천천히 소년의 앞에 무릎을 꿇었다.

이 아이는 무엇이 될 수 있었을까? 모르겠다. 학문을 닦아
벼슬을 했을지도 모르고, 아비를 도와 농사꾼이 되거나 장사
치가 되었을지도 모른다. 이도 저도 아닌 게으름뱅이가 되었을
수도 있을 테고, 어느 소녀의 수줍은 연정(戀情)이 될 수도 있

었으리라.

하지만 소년이 가질 수 있었던 모든 미래는 한순간에 사라져 버렸다.

가만히 있으라는 말을 믿은 소박한 소년에게 세상은 너무도 잔혹했다.

"진 대협… 허어, 이런!"

소량의 뒤쪽에서 비명 같은 신음 소리가 새어 나왔다.

소량을 쫓아 구룡헌 안으로 들어온 청운 도장이 시신을 발견하고 탄식을 토해낸 것이다.

아니, 청운 도장뿐만이 아니었다. 무당파의 유천화도, 팽가의 모용염천도, 소량의 동생인 승조도 각자 침음성을 흘리며 주위를 둘러보고 있었다.

전쟁이라도 벌어진 듯한 참상에 할 말을 잃었는지 그 이상 말을 꺼내는 이가 없었다.

잠시 뒤, 멍하니 주위를 둘러보던 청운 도장이 씁쓸한 얼굴로 소량에게로 걸어왔다.

"…진 대협."

"가만히 있으라고 했다더군요."

아기를 품에 안은 채로 무릎을 꿇고 있던 소량이 말했다.

그 억눌린 목소리 속에서 희미한 살기를 느낀 청운 도장이 할 말을 잃은 표정으로 입을 다물었다.

"아마 이 아이도 그 말을 믿었겠지요."

소량이 떨리는 손을 뻗어 소년의 눈을 감겨주었다.

부릅뜬 눈을 감은 소년의 얼굴은 기이하게도 말갰다. 죽은 사람이 아니라 마치 깊은 잠에 빠져든 것처럼, 당장에라도 깨어나 소년다운 활기참으로 웃음을 터뜨릴 것 같았다.

"허어, 진 대협."

청운 도장이 안타까운 얼굴로 중얼거렸다. 그러고는 무어라 말하려는 듯 입술을 달싹거리는데, 정작 말은 나오지 않았다. '진 대협'이라는 말 외에는 꺼낼 말이 없는 것이다.

청운 도장이 말을 꺼내지 못하자, 그다음으로 배분이 높은 모용염천이 나섰다.

'쯧! 청운 도장도 답답하시군. 지금은 이럴 때가 아닌 것을.'

구룡현 백성들의 죽음은 안타까운 일이지만, 지금은 그들을 돌아볼 때가 아니었다. 무림맹과 혈마곡이 만들어놓은 전선에 서 있으니 한시라도 빨리 피해야 할 때인 것이다.

그래야 이 자리에 있는 무림인들이 살 수 있다.

'비록 사이는 좋지 않지만… 지금은 무림의 선배로서 나설 수밖에 없다.'

모용염천은 자신이 소량의 정신을 일깨워야 하는 책임을 맡았음을 깨달았다.

모용염천은 침을 꿀꺽 삼키고는 조심스레 소량에게 걸음을 옮겼다.

"그 심정은 이해하오, 진 대협. 하지만 지금은 소의(少義)가 아니라 대의(大義)를 쫓아야 할 때라오. 백성들을 아끼는 마음은 알겠지만, 지금은 분노할 때가 아니라 냉정해져야……."

"아니, 분노할 때요."

소년을 물끄러미 내려다보던 소량이 천천히 자리에서 일어나 서쪽을 바라보았다. 마치 보이지 않는 무언가를 바라보듯 서쪽을 주시하던 소량의 눈에 한 줄기 광화가 깃들었다.

"하서(夏書)에서 민유방본(民惟邦本)을 말했으나 지금의 힘 있는 자들은 백성을 근본 삼지 않소. 주서(周書)에서 백성을 하늘과 동일시 여겼지만 지금의 힘 있는 자들은 백성을 하늘처럼 보지 않소. 천명은 사람들이 만드는 법인데, 아무도 사람을 보지 않는군요."

혈마곡이 이처럼 백성들을 해하였으나 조정은 여전히 권력 다툼에만 몰두할 뿐이다.

굳이 혈마곡이 아니어도 마찬가지다. 춘궁기 굶어 죽는 백성이 있어도, 한겨울 얼어 죽는 생명이 있어도, 배가 뒤집어져 익사하는 생명이 있어도 그들은 돌아보지 않는다.

물론 벼슬을 하는 이들 중 옳은 이가 없는 것은 아니리라.

하지만 안타깝게도 지금의 조정에는 그런 사람이 없었다.

"모용 장로께서 틀렸소."

"허어, 같은 말을 여러 번 하게 하시는구려."

모용염천이 마치 어린 제자에게 말하듯 말했다.

"지금은 무림맹과 합류하여 병력을 보강하는 것이 더 중요하오. 그래야 작금의 천하대란을 빨리 끝낼 수 있고, 그래야 이와 같은 일이 더 생기는 것을 막을 수 있소. 그래, 진 대협의 말씀대로 지금은 분노해야 할 때요. 하지만 가슴은 뜨거워도 머리는 냉정해야 하오! 우리는, 우리는 이런 곳에서 죽어서는 아니 되오!"

도대체 어째서일까?

모용염천은 말의 끝에서 왠지 모를 꺼림칙함을 느꼈다. 자신의 명분을 튼튼히 믿고 있었는데, '우리는 이런 곳에서 죽어서는 안 된다'는 말을 꺼내다 보니 어째서인지 꺼림칙해진다.

"백성들을 지키겠다고 무림에 든 당신들마저… 백성들을 돌아보지 않는구려."

소량이 어두운 눈으로 모용염천을 바라보았다. 모용염천은 가슴속에서 무언가 울컥 차오르는 것을 느꼈다.

"진 대협!"

모용염천의 얼굴이 붉게 달아올랐다. 수염가가 부들부들 떨리는 것이, 입가조차도 떨고 있는 모양이었다.

"아무리 폐가와의 관계가 나쁘다고 하나 할 말이 있고 해서는 안 될 말이 있는 법이오!"

소량은 차갑도록 냉정하게 그를 바라보았다.

"나 역시 정도의 무인이오! 나 역시 세상에 나와 구민하고자 한 사람이란 말이오! 그대만큼 지금의 상황이 슬프지만 우리는 억지로라도 냉정을 찾아야 하오! 지금 냉정을 잃고 있는 것은 다름 아닌 천애검협 진소량, 그대란 말이오! 우리 역시……."

그 순간, 소량이 예의조차 잊고 반말로 고함을 질렀다.

"그럼 지금 왜 아무도 생존자를 찾지 않는 건데!"

소량의 외침이 끝나자 장내가 찬물이라도 끼얹은 것처럼 고요해졌다.

"그건……."

모용염천이 새하얗게 질린 얼굴로 중얼거렸다.

모용염천의 뒤에 있던 무림인들의 표정 역시 마찬가지였다. 그들은 그제야 자신들이 제자리에 우두커니 서 있었음을 깨닫고 창백하게 질리기 시작했다.

주위를 둘러보니 건물을 뒤지는 사람은 오직 세 명뿐이었다.

할머니와 승조, 그리고 그들을 돕는 왕소정.

정도 무림인들처럼 주위를 둘러보던 모용염천의 눈이 흔들렸다.

"본 장로는, 나는……."

모용염천은 그제야 조금 전에 꺼림칙함을 느낀 이유를 알아차릴 수 있었다. 대의를 좇는다고 생각했고, 또 실제로 그렇게 믿었는데 그 안에는 다른 마음이 숨어 있었던 것이다.

부끄러움을 느낀 것이 어디 모용염천뿐이겠는가!

다른 정도 무림인들이 저마다 눈을 질끈 감고 탄식을 내뱉기 시작했다.

소량은 서쪽으로 다시 고개를 돌렸다.

그곳에서 무언가가 다가오고 있었다.

"인간으로 남기로 하였으니 그렇게 살아야겠지."

소량이 모용염천에게서 몸을 돌리더니 성큼성큼 걸음을 옮겼다. 건물을 뒤지는 할머니와 승조에게로 걸어간 소량이 아기를 할머니에게 넘겼다.

"아기를 부탁드립니다, 할머니."

소량이 서글픈 어조로 말했다. 때가 묻은 손으로 장롱 따위를 들어 올리려 애쓰던 할머니가 소량을 바라보았다가 깜짝 놀란 얼굴로 아기를 받아 들었다. 마치 친손자를 받아 들듯 아기를 달래는 손길이 따스했다.

"어이쿠야, 이게 뭔 일이여. 쉬이, 인즉 괜찮다잉. 할미가 있으니께 인즉 괜찮어."

"…승조야, 서쪽 끝에서 인기척이 느껴지는구나. 생존자를 부탁한다."

이미 기감을 펼쳐 구룡현을 샅샅이 훑었던 소량이 할머니에게서 시선을 떼어 승조에게 말했다.

승조가 고개를 두어 번 끄덕여 보였다.

"알겠습니다, 형님."

소량은 대답을 듣자마자 몸을 돌려 다시 정도 무림인들에게로 나아갔다. 소량의 이야기를 듣고 창백한 얼굴로 서 있던 무림인들이 침음성을 흘리며 소량을 바라보았다.

소량은 더 이상 무림인들에게 신경을 쓰지 않았다.

'인간으로 남기로 결심하였으니, 나는 요구하겠습니다.'

소량이 누구에게 하는 것인지 모를 생각을 떠올리며 패검해 두었던 검을 뽑아 들었다.

장내에 진동이 느껴진 것은 바로 그때였다.

드드드드—

은은한 진동과 함께 작은 소음도 함께 들려왔다.

말을 달리는 소리.

구룡현의 성벽 밖에서 수십 필의 인마가 달려오고 있었던 것이다.

소량이 불현듯 눈을 감은 소년의 시신을 바라보았다. 짙은 슬픔을 담은 시선 속에 신도문주와 일전을 겨룰 때와 같은, 흑수촌을 덮친 혈마곡의 마인들을 볼 때와 같은 차가운 분노가 떠올랐다.

'천명은 인간이 만들고 백성은 하늘과 같으므로 나는 가장 낮은 곳에서 요구하겠습니다. 그럼에도 불구하고 듣지 않는다

면 나는 책임을 묻겠습니다.'

가만히 있으라 말한 현령에게 책임을 물을 것이다.

백성들의 생명이 경각에 달해도 돌아보지 않는 위정자들에게 책임을 물을 것이다.

필요하다면 황제에게라도 책임을 물을 것이다.

'가장 먼저, 저들에게 책임을 물으리라.'

구룡현 밖에서 다가오는 자들은 다름 아닌 혈마곡의 마인들이었다.

곧 소량의 신형이 마치 꺼지듯 사라졌다.

소량이 다시 나타난 곳은 구룡현의 성벽 밖이었다.

협객불망원(俠客不忘怨).

협객은 원한을 잊지 않는다던가!

'그대로 되갚아주마.'

차가운 눈으로 적을 바라보던 소량이 이를 뿌드득 갈며 패검하듯 검을 감추었다.

동화의 법이 아닌, 태룡과해의 기수식이었다.

그리고, 세상이 뒤집혔다.

第九章
책임(責任)

1

본래 중원에서 말은 귀한 것으로, 범인은 상상도 하지 못할 높은 가격을 자랑한다. 크든 작든 마장(馬場)을 가진 자들이 하나같이 유지로서 행세하는 것만 봐도 그렇다. 모두 조정에서 중히 관리하는 까닭이었고, 민간에 불하되는 수가 그리 많지 않은 까닭이다.

특히 지금 혈마곡의 입장에서 보면 말은 더더욱 귀했다. 아직까지는 보유한 말이 부족하지 않지만 금협 진승조에게 자금을 빼앗겼으니 머지않아 부족하게 되리라.

그 귀한 말을 한 무리나 이끌고 나타난 것을 보면, 일행의 수장이 높은 직위에 있다는 것을 짐작할 수 있을 터였다.

혈마곡의 십이마존 중 유일하게 생존한 세 명 중 하나.

부마존(斧魔尊)이 바로 귀마대(鬼魔隊)의 수장이었다.

'젠장! 귀찮게 되었군. 현령 놈이 빠져나간 탓에……'

말을 끌고 달려 나가던 부마존이 이를 빠드득 갈았다. 무림
맹과 동조한 구룡현을 쑥대밭으로 만들어 버린 것까지는 좋았
는데, 그 와중에 현령과 일부 군사들이 사라져 버리고 말았다.

현령은 백성들을 방패 삼아 제 목숨을 먼저 구명하고 본 것
이다.

무릇 마무리가 깔끔하지 못하면 일을 벌이지 않는 것만 못
한 법.

구룡현의 혈사(血事)를 마친 부마존은 휘하의 병력들을 이끌
고 부근을 훑기 시작했다. 아직 혈마곡이 준비가 되지 않은 지
금, 현령이 황군을 불러올 빌미가 되어서는 아니 되었다.

수색을 펼친 후로 네 시진, 부마존은 마침내 현령의 위치를
찾았다.

'푸흐흐! 등하불명(燈下不明)이라더니, 구룡현으로 다시 기어
들어 와? 제 고을의 백성들을 몽땅 버린 것도 그렇고, 지금도
그렇고 명을 보존하는 재주 하나만큼은 기가 막힌 놈이구나.'

사이하게 미소 짓던 부마존이 이내 표정을 바꾸었다.

구룡현의 일을 빨리 마무리해야 하는 데에는 또 다른 이유

도 있었다. 천애검협을 중심으로 뭉친 정도의 무림인들이 구룡현 부근을 배회하고 있다는 것을 알고 있었기 때문이다.

부마존의 표정은 그야말로 딱딱하게 변해 있었다.

'속전속결! 세월은 결코 우리의 편이 아니다.'

부마존이 미간을 잔뜩 찌푸리고는 말에게 채찍질을 했다.

"이랴아!"

귀마대의 일원들 역시 부마존을 쫓아 한층 더 속도를 높였다.

부마존처럼 귀마대의 일원들 역시 불안감을 느끼고 있었다. 아니, 정확히 말하자면 귀마대의 일원들이 느끼는 불안감이 훨씬 더 크다고 할 수 있었다.

부마존이야 무공이 경지에 이른 고수이니 천애검협을 만나도 능히 살아 나갈 수 있겠지만 자신들은 만나는 즉시 목숨을 잃게 될 것이 빤한 것이다.

그리고 그들의 불안한 예감은 곧 현실이 되었다.

구룡현 앞에 한 명의 청년이 달려오고 있었으니까 말이다.

"혁?"

작은 성벽을 향해 달려가던 부마존이 눈을 부릅떴다.

말이 달리는 속도에 비하자면 터무니없이 느리게 달려오는가 싶던 청년이 달려오던 그대로 패검하듯 검을 감추었는데, 그러자 사방의 기운이 섬뜩하게 변하는 것이다.

부마존은 지체 없이 명령을 내렸다.

"나를 중심으로 좌우(左右), 산개(散開)!"

부마존의 명령이 떨어지자마자 귀마대가 반으로 나뉘기 시작했다. 마치 종잇장을 천천히 찢는 것처럼 한 무리의 인마가 반으로 갈라지는 것이 선명하게 보일 정도였다.

그 직후, 세상이 뒤집혔다.

콰콰콰콰—

"허억?!"

명령을 들었다기보다는 앞의 대원들이 반으로 쪼개어지므로 그대로 따르던 후미의 귀마대원들의 입에서 비명이 터져 나왔다.

허공에서 불길과 같은 것이 일어나 앞으로 쏘아지고 있었던 것이다.

불길을 닮은 것이 지나가자 땅이 지진이라도 난 듯 움푹 파이기 시작했다. 마치 거인이 나뭇가지 하나를 들고 흙장난을 하는 것처럼 길고 두터운 선이 생긴다.

콰앙, 콰아앙!

불길은 영원히 끝나지 않은 것처럼 굉음을 남기며 계속 뻗어왔다.

태룡과해라!

그 선연한 백광(白光)이 후미의 귀마대원들이 본 마지막 풍경이었다.

"네놈은! 아니, 귀하는 천……."

좌측으로 말을 돌려 태룡과해의 권역에서 겨우 몸을 피한 부마존이 말의 속도를 늦추며 청년, 아니, 천애검협 진소량을 바라보았다.

달려오던 그대로 태룡도법을 펼친 소량은 이미 그 자리에 없었다.

문답무용이라!

"헉?!"

부마존은 허공을 격하여 무언가가 다가오는 것을 느끼고는 강승(繮繩: 고삐)을 놓고 양손을 뒤로 가져갔다. 등 뒤에 매달려 있던 음양쌍부(陰陽雙斧)가 손에 잡혔다.

부마존은 그 즉시 무언가를 잡듯 쌍부를 마주쳤다.

터엉—!

충격음이라기보다는 범종과도 같은 소리와 함께 부마존의 신형이 아래로 짓눌렸다. 겨우 막긴 했지만, 허공에 나타난 천애검협이 검법이라기보다는 도법에 가깝게 부마존을 내리찍은 것이다.

"커허억!"

타고 있던 말의 허리가 부러지는 것과 동시에 부마존이 뒤로 미끄러졌다.

부마존이 있던 자리에 착지한 소량이 성큼성큼 부마존에게로 걸어갔다.

"처, 천애검협!"

부마존이 소량의 별호를 읊조리며 뒷걸음질 쳤다.

평소 부마존은 차라리 웃으면서 죽음을 맞으면 맞았지, 기개가 꺾일 일은 없을 거라고 생각해 왔다. 삼천존이나 천애검협을 만나 죽음을 맞더라도 적어도 공포에 질려 추태를 벌이지는 않을 것이라 생각해 왔던 것이다.

하지만 소량의 눈을 보자 평소의 생각은 사라지고 만다.

너무 뜨거워 오히려 차갑게 느껴지는 분노가 그 안에 숨어 있었다.

그 보보는 또 어떠한가?

부마존은 공포를 감추지 못했다.

'아니, 아니. 이렇게는 죽을 수 없어!'

부마존이 떨리는 마음을 애써 감추며 음양쌍부를 들어 올렸다. 짐짓 기세를 돋우려는 듯 음부와 양부를 서로 부딪쳐 불꽃을 일으키기까지 했다.

소량이 지근거리에 이르자 부마존은 눈빛을 빛내며 양부로 그의 목을 찍어갔다.

챙—

하지만 부마존의 한 수는 아무런 빛도 발하지 못했다.

소량의 검이 부마존의 양부를 후려치더니, 곧바로 부마존의

팔뚝을 베어버린 것이다. 오른 팔뚝의 뼈까지 절반가량 잘린
부마존이 비명을 토해내며 뒤로 물러났다.

"크아악, 크아악!"

"대답해라. 꼭 무공을 모르는 사람까지 죽였어야 했더냐?"

소량은 심지어 걸음을 멈추지도 않았다.

음부만을 부여잡은 채 뒤로 물러나던 부마존은 또다시 공
포를 느껴야 했다. 아니, 알고 보니 잠시나마 극복했다고 생각
했던 공포가 그대로 살아 있었다.

"나이 어린아이까지, 젖먹이 아기를 둔 어미까지 죽였어야
했더냐?"

부마존은 이를 빠드득 갈며 음부로 소량의 가슴을 베어나
갔다.

챙강—

소량이 도끼를 쳐내는 순간 부마존이 각법을 펼쳐 그의 단
전을 후려쳤다. 소량은 부마존의 도끼를 막은 검으로 가볍게
원을 그리며 부마존의 오른쪽 허벅지를 베어버렸다.

소량에게 있어 싸우기도 전에 기세에서 눌려 버린 부마존의
공격은 어린아이의 그것이나 다름이 없었던 것이다.

소량이 광화가 깃든 눈으로 부마존을 노려보며 외쳤다.

"대답하라고 했잖아!!"

"크으윽!"

부마존이 절뚝거리며 뒤로 물러날 때였다. 부마존의 뒤쪽에서 두려움에 떨던 귀마대원 두 명이 동시에 소량에게로 뛰어들었다. 부마존의 무공을 믿고 있었던 그들은 자신들의 목숨을 버려 그에게 기회를 만들어주고자 했던 것이다.

소량이 귀화가 어린 눈으로 그들을 돌아보았다.

"한 발짝도 움직이지 마라—!"

드드드드드—

외침과 동시에 진각을 밟자 귀마대원들이 뒤로 튕겨났다. 진각 자체는 별것이 아니었으나 그것을 기점으로 새어 나온 기운은 그야말로 거대했던 것이다.

부마존의 바로 앞에서 멍하니 선 소량이 얼음장 같은 얼굴로 주위를 둘러보았다.

소량과 눈이 마주친 서른여 남짓한 귀마대원들이 헛숨을 들이켰다.

"후우."

소량은 가슴속에서 무언가 끓어오르는 것을 애써 참았다. 다른 때와 달리, 지금만큼은 끓어오르는 그것을 참아내는 것이 몹시도 어려웠다.

"살고 싶은 자는 스스로 무공을 폐하고……."

조그맣게 중얼거리던 소량이 말끝을 흐리며 고개를 숙였다.

무공이 경지에 이른 이후로 오히려 살행을 기피하던 소량이었다.

하늘이 아닌 바에야 어찌 사람의 죄를 모두 알 수 있겠으며, 또 그에 맞는 죄과를 내릴 수 있겠는가? 직접 죄과를 확인한 경우거나, 자신을 죽이려 드는 이가 아니라면 어지간하면 목숨을 거두는 대신 무공을 폐하고자 했던 소량이었다.

하지만 지금은……

말을 멈춘 채 조용히 서서 땅을 바라보던 소량이 천천히 고개를 들었다.

협객불망원.

"아니, 나는 복수해야겠다."

소량이 서늘한 눈으로 서른 남짓한 귀마대원들을 돌아보았다. 그러고는 귀마대원으로서는 절대로 잊을 수 없는 말을 내뱉었다.

"…편히 죽고 싶은 자는 지금 자결해라."

소량의 말이 끝나자 장내에 싸늘한 정적이 감돌았다.

마치 소리라는 것이 사라진 것처럼, 소량이 검을 들어 올리는데도 아무런 소음도 들리지 않았다. 바람이 부는 소리는 물론이거니와, 동료는커녕 자신의 숨소리조차 들리지 않는다.

시간마저도 정지한 듯한 정적 속에서 소량이 네 개의 검로를 펼쳤다.

그와 동시에 재앙이 시작되었다.

드드드드—

"허, 허엇?"

귀마대원들이 눈을 부릅떴다. 갑자기 자신들이 디디고 있던 땅이 조각조각 분해되어 하늘로 떠오르기 시작한 것이다. 그 덩어리가 작으냐 하면 그런 것도 아니었다.

거대한 바위들이 마치 섬처럼 허공으로 치솟아 오른다.

마치 혈마처럼, 소량 역시 대기와 동화하여 있었던 것이다.

쾅, 콰앙, 콰아앙!

그와 동시에 허공에서 보이지 않는 창이 바닥을 내리찍기 시작했다. 한 번 창이 비처럼 내리꽂힐 때마다 굉음과 함께 땅이 폭발했다.

"크하아악!"

"크허억!"

혈마곡의 마인들이 비명을 토해냈다.

그 광경은 구룡현 서쪽의 생존자 네 명을 수습하여 천애검협을 찾아 나온 정도 무림인들에게도 공포스러운 것이었다. 정도 무림인들은 두려움에 가득한 눈으로 소량을 바라보았다.

태룡치우에 이어, 마지막으로 태룡승천이 펼쳐졌다.

콰아아앙!

수많은 검환들이 허공을 메우자 정도 무림인들이 저도 모르게 눈을 질끈 감았다. 마인들에게서는 더 이상 신음이 들려오지 않았으므로 지금 들려오는 것은 틀림없이 정도 무림인들의 신음이었을 것이다. 분노한 천존 앞에서 정도 무림인들이 할 수 있는 것이라고는 눈을 질끈 감은 채 이 시간이 끝나기를 기다리는 것뿐이었다.

"크흐음!"

그렇게 얼마나 지났을까.

영원히 계속될 것만 굉음이 사라지자 정도 무림인들이 차츰차츰 눈을 뜨기 시작했다.

그들이 가장 먼저 본 풍경은 천애검협이 부마존의 목을 날려 버리는 광경이었다. 부마존이 하나 남은 도끼로나마 반격을 시도해 보았지만 조금의 영향도 끼치지 못했다.

그다음으로 보인 것은 그야말로 쑥대밭이 되어버린 풍경이었다. 반경 십여 장의 땅이 괴물이라도 지나간 것처럼 제멋대로 뒤집어져 있었다. 아직까지도 허공에 떠 있던 바위들이 바닥으로 굉음을 내며 떨어져 내렸다.

정도 무림인들은 그야말로 전율에 가까운 감정을 느꼈다.

"……."

단 일검에 부마존의 목을 베어버린 소량이 이를 빠드득 갈며 부마존의 시신을 내려다보았다. 시신이라도 한 번 더 베려는 듯 검을 들어 올리던 소량이 겨우 욕구를 참아내고는, 지친 듯 팔을 늘어뜨렸다.

지독하게 좁은 길, 영원히 끝나지 않는 길······.

고단했다.

너무 고단했다.

허탈하게 서 있던 소량이 허리를 반으로 굽히며 고함을 질렀다.

"으아아, 으아아아!"

정적 속에서 소량의 고함이 사방으로 퍼져 나갔다.

장내의 무림인들은 마치 소량이 울부짖는 것만 같다고 생각했다. 어떤 의미로 보면 그것은 정확한 추측이었을지도 모른다. 뒤늦게 할머니를 모시고 구룡현을 빠져나오던 승조는 소량의 고함을 듣고 눈을 질끈 감았다.

현령의 무리가 나타난 것은 바로 그때였다.

"헉? 이게 어떻게 된··· 오! 무림맹인가?"

구룡현의 서쪽에서 반가운 듯한 목소리가 들려왔다. 구룡현의 백성들을 보호해야 할 책임을 가진 자의 목소리, 그럼에도 불구하고 그들을 살리는 대신 오직 제 목숨만을 구한 자의 목소리였다.

그 목소리에는 또한 '이제 자신은 살았다'는 안도의 감정이 배어 있었다.

"나는 구룡현의 현령이다! 무림맹 소속이 맞다면 어서 답하여라!"

장내의 무림인들은 조금 전과는 다른 의미로 대경하여 눈을 부릅떴다. 한 가지 불길한 예감을 느낄 수 있었던 것이다.

놀란 얼굴로 현령의 무리들을 바라보던 무당파의 청운 도장이 다급히 소량에게로 고개를 돌렸다.

"잠깐, 천애검협! 아니 되오!"

그러나 이미 소량은 그 자리에서 사라진 후였다.

소량의 신형이 다시 나타난 곳은 십오 장 너머에 있는 현령의 앞이었다.

무림에 대해 들어본 바는 있지만, 이형환위의 경지는 처음 접하는 현령이 귀신이라도 본 듯한 얼굴로 비명을 토해냈다.

소량의 손이 현령의 목을 움켜쥔 탓에 끝까지 비명을 지르지도 못했지만 말이다.

"커, 컥!"

"너, 이 개……."

소량이 잇새로 욕설을 내뱉으며 현령을 노려보았다.

2

소량이 현령의 목을 움켜쥐는 것을 본 청운 도장이 다급히 고함을 질렀다.

"잠깐만! 진 대협, 잠시만 기다리시오!"

청운 도장은 경공까지 펼쳐 소량에게로 달려갔다. 현령의 목을 움켜쥔 소량의 모습이 너무나도 낯설고 멀게 보였다.

"잠깐만, 잠깐만……"

소량에게로 달려가는 시간이 지독하게 짧게, 혹은 지독하게 길게 느껴졌다. 느릿하게 변해 버린 시간 속에서 청운 도장은 조금 전에 있었던 일을 떠올렸다.

생존자를 수색하는 내내 청운 도장의 안색은 어두컴컴하게 변해 있었다.

자신의 마음은 그동안 어디에 있었던 것일까! 아마 모용세가의 장로인 모용염천과 같은 곳에 있었던 것 같다. 그 역시 지금은 무림맹과 합류하는 것이 우선이라고 생각했던 것이다.

"나는 틀리지 않았소."

청운 도장의 옆에 선 모용염천이 혼잣말을 주워섬긴 것은 바로 그때였다.

"작금의 참사는 안타까운 일이지만, 혈마곡의 위협을 마주한 때에 이런 작은 일에 발이 묶여서는 안 돼. 엄연한 주적(主敵)이 있으니 희생은 희생으로 애도하고, 혈마곡을 방어하는 데에 더 집중해야 한단 말이오. 그렇지 않소? 나는… 나는 틀리지 않았소."

모용염천은 몹시 횡설수설하였지만, 적어도 그 의미만큼은 명확하게 전달되었다. '더 큰일, 즉, 대의가 있으니 소의에 머무를 수는 없다'는 뜻인 것이다.

모용염천의 떨리는 수염을 바라보던 청운 도장이 그의 눈으로 시선을 옮겼다.

"동의하오. 그대는 틀리지 않았소."

"알아주시는구려! 본 장로는 틀리지 않았소!"

"그래, 그렇소. 빈도 역시 그렇게 생각했었고, 그것은 지금도 마찬가지지."

청운 도장이 허탈한 눈으로 불타 버린 구룡현을 바라보았다.

"하지만 우리는 생존자를 찾지 않았소. 아니, 그들에게는 아예 관심조차 없었지. 특별할 것도 없는 혈마곡의 무수한 악행 중 하나라고, 불운한 사고일 뿐이라고 생각했던 것일까."

청운 도장이 소량이 했던 말을 다시 읊조리자 모용염천이 멈칫했다.

청운 도장의 눈동자가 텅 빈 유리알처럼 변해갔다.

"주객전도(主客顚倒)라 했던가? 그 말이 옳구나. 백성들을 지키기 위해 혈마곡과 싸우고자 하였는데, 이제는 혈마곡과 싸우겠답시고 백성들의 죽음을 외면하고 있으니……."

"상황이 시급하여 어쩔 수 없었던 것뿐이지 않소!"

모용염천이 스스로에게 외치듯 말하자 청운 도장이 그를 흘끔 돌아보았다.

사실은 모용염천도, 청운 도장도 그 말이 틀렸다는 것을 알고 있었다.

"우리, 스스로에게 거짓말을 하지는 맙시다. 최대한 빨리 생존자들을 수습한 후 그들과 함께 구룡현을 벗어나는 수도 있었지 않소."

사실, 모용염천의 말은 지극히 옳은 것이었다. 혈마곡은 아이들에게 겁을 주기 위해 만들어진 이야기 속의 요괴가 아니라 실재하는 위협이었다.

그들을 막는 것은 무엇보다도 중요한 일이었다.

하지만 그렇다고 구룡현의 백성들을 외면한 일이 면죄(免罪)되는 것은 아니다. 아무리 상황이 시급하다 해도 생존자를 찾는 노력조차 하지 못할 정도로 시급한 것은 아니었으니까.

모용염천이 고개를 절레절레 저었다.

"과하오. 불운하게 혈마곡에 휩쓸린 저들의 죽음에 너무 큰 죄책감을 가지시는구려. 지금과 같은 상황에서 보면 이건 사고일 뿐이오. 사천의 누구에게나 올 수 있는 사고였단 말이오. 청운 도장은 사천의 모든 백성들의 죽음에 슬퍼하고 애도하시려오?"

모용염천의 말이 공격적으로 변해갔다.

"백성들의 죽음을 볼 때마다 이처럼 멈춰 서야 한단 말이오? 만약 그렇다면, 백성들의 목숨은 중하고 우리들의 목숨은 중하지 않단 말이오? 무림맹의 무인들! 그들은……!"

모용염천이 이를 빠드득 갈며 외쳤다.

"그들은 혈마곡의 천하대란을 끝내겠다며 죽음을 자청했소! 목숨이 경각에 달해도 한 점 물러섬 없이 싸웠고, 웃으며 죽어 갔지! 제기랄, 애도해야 한다면 그들의 죽음에 더 애도해야 하는 것 아니오? 그들에게 더 죄책감을 가져야 하는 것이 마땅하지 않소!"

"동감하오. 그들은 영웅(英雄)이지. 그들은 애도뿐만이 아니라 감사와 칭송까지 받아 마땅해. 백성들을 지키기 위해 스스로의 목숨까지 도외시하며 싸웠으니. 그들의 죽음은 허망한 개죽음이 아니라 의로운 죽음이었고, 칭송받아 마땅한 고귀한 희생이었소."

"그걸 안다면 지금처럼 말하지 못할⋯⋯."

"알고 있소. 너무 잘 알지. 왜냐고? 왜냐하면 내 제자들도, 내 제자들도 그렇게 죽었으니까! 하지만 저건!"

처음에는 나지막하게 말하던 청운 도장이 격렬하게 고함을 질렀다.

핏발 선 눈으로 울컥하는 것을 참아내던 청운 도장이 손가락으로 무너진 건물을 가리켰다.

"하지만 저건 고귀한 희생이 아니라 허망한 죽음이지 않소⋯⋯."

청운 도장이 희미하게 중얼거렸다.

"능히 막을 수 있는 일이었던 죽음. 조정이 권력 다툼 대신 대비책을 마련해 두었다면, 무림맹이 권력 다툼 대신 대비책을 마련해 두었다면 능히 막을 수 있었던 죽음!"

청운 도장의 말에 모용염천이 할 말을 잃은 듯 눈을 질끈 감 았다. 마음속으로는 반박하고 싶었지만 달리 꺼낼 말이 없었 던 것이다.

잠깐의 시간 동안 수십 년은 늙어버린 듯한 청운 도장이 허 망하게 중얼거렸다.

"그리고 우리는 그들을 구해내려는 시도조차 제대로 하지 못했소. 아니, 아예 찾을 생각도 하지 않았지. 어째서였을까? 당신의 말대로 사고일 뿐이라고 생각했던 것일까, 아니면 백성 들과 공감하지 못하고 그들을 전혀 상관없는 남이라고 여긴 탓일까……"

청운 도장의 마지막 말은 지독하게도 씁쓸했다.

지금 그의 심정처럼 말이다.

청운 도장은 소량을 완벽하게 이해하면서도 그를 말려야 하 는 상황에 처해 있었다.

"그만두시오, 진 대협."

현령의 목을 움켜쥔 채로 눈을 질끈 감은 소량의 앞에 당도 한 청운 도장이 그의 손목을 움켜쥐었다. 말리기 위해 힘을 실 었다기보다는 따스하고 느릿한 손길이었다.

"조정이 임명한 관리를 죽이는 것은 현 사태에 아무런 도움이 되지 않소."

"…물러나십시오, 청운 도장."

무언가를 갈등하는 사람처럼 서 있던 소량이 말했다.

청운 도장이 고개를 절레절레 저었다.

"진 대협이 믿을지, 믿지 않을지 모르겠으나 나는 당신의 마음을 이해하오. 이건 진심이오. 지금 진 대협을 말리는 것도 본심이라기보다는 작게나마 남아 있는 이성 탓이라오."

"물러나라고 했습니다, 청운 도장. 나는 이자에게 책임을 물어야겠습니다."

"조정이 처벌하게 하시오, 진 대협."

청운 도장이 위로하듯 소량을 바라보며 말했다.

소량이 무심한 표정으로 그를 돌아보았다.

"조정이 이자를 처벌할 것 같습니까?"

청운 도장은 무심한 소량의 눈에서 일종의 압박감을 느꼈다. 아니, 어쩌면 압박감을 느낀 것은 질문 그 자체 때문이었을지도 모른다.

"조정이 금전을 가진 자, 권력을 가진 자, 힘을 가진 자를 처벌할 것 같습니까? 이자가 자신보다 힘없는 자를 꼬리로 삼아 자르고 무탈하지 않으리라 보장할 수 있습니까?"

청운 도장은 일순간 대답하지 못했다.

소량의 모습에 공포에 질려 있던 현령은 청운 도장이야말로 자신의 목숨을 구명할 한 줄기 빛이라고 생각했다. 저 사람은 이성이 있는 듯하니 조정의 관리를 해하게 두지 않으리라.

"나는… 끄읍! 나는 죄가 없소! 나는 전략적으로… 끅, 후퇴를 한 것뿐이오! 지금 내가 돌아온 것을 보면 알지 않소? 이건 반역이야! 끄읍!"

소량의 시선이 다시 현령에게로 돌아갔다.

"반역이라고 했더냐? 그럴지도 모르지. 그렇더라도 나는 책임을 묻겠다."

그 순간, 소량의 손아귀에 힘이 더 실렸다.

현령은 말조차 제대로 꺼내지 못하고 몸을 파르르 떨었다.

"네게 백성들을 버리고 그 목숨을 방패 삼은 죄를 물을 것이고, 미리 대비책을 만들어두지 않은 네 상관에게 책임을 묻겠다. 필요하다면 황제에게까지 찾아가 책임을 묻겠다."

현령의 안색이 창백하게 질렸다.

자신의 목을 움켜쥔 자는 힘만 강할 뿐 아니라 미치기까지 했다는 것을 깨달은 것이다. 감히 황제에게까지 찾아가 죄를 묻겠다니 미치지 않고서야 이럴 수가 없다.

그 미친놈에게 목을 잡혔으니 이 일을 어찌하랴!

"어, 어찌 황상을!"

현령이 마지막 남은 황제의 권위에 몸을 기댔다.

"화, 황상께서는 이 일에 관계가 없는데 무슨 책임을 져야 한단 말이냐? 끄으윽! 너는 이래서는 안 된다. 너는 황상을, 황상을 두려워해야 한다. 두려워해야 해."

"유가의 대의는 안백성이요, 위정자들은 항상 민유방본을 말하지 않던가! 천자가 정녕 백성들의 어버이라면, 그에게는 백성들을 보호할 책임 또한 있지 아니한가! 천자가 이처럼 그 책임을 방기하였으니, 나는 그에게 찾아가 죄기조(罪己詔)를 쓰라 청할 것이다!"

주서에서 말하길, 백성의 뜻은 하늘의 뜻과 같다고 했다. 만약 그렇다면, 하늘로부터 명을 받은 진명천자(眞命天子)는 백성들의 뜻을 위임받은 것이 된다.

그러므로 백성들이 받는 모든 피해는 천자의 책임이다.

그는 백성들의 안위에 피해가 가지 않도록 평소에 대비책을 마련해 두어야 하고, 피해가 갔다면 그를 구하기 위해 방도를 마련해야 한다.

천자에게 충성을 바치는 신하들이 해야 하는 일이 바로 그것이다.

만약 천자가 백성들을 살피지 못하면 하늘의 뜻을 제대로 받들지 못한 것이므로 마땅히 폐위되어야 옳다.

맹자는 제후였던 무왕에게 나라를 빼앗긴 은나라의 폭군, 주왕을 일컬어 '나는 주(紂)라는 자를 죽였다는 말은 들어봤어도 임금을 시해하였다는 말은 들어보지 못했다'며, 그를 임금으로 인정하지 않은 바 있다.

"맹자절문(孟子節文)……."

청운 도장이 신음처럼 중얼거렸다.

맹자의 몇몇 구절은 너무 위험하다 하여 명나라 태조께서 금하신 것이었다. 당금 황상의 대에 이르러 전문이 허용되기는 했지만 말이다. 그것을 맹자절문이라 한다.

한숨을 길게 토해낸 청운 도장이 나직한 어조로 질문했다.

"한 가지 질문에만 대답하여 주신다면 나는 더 이상 진 대협을 방해하지 않겠소."

소량이 청운 도장을 흘끔 돌아보았다.

청운 도장의 시선이 은은하게 변해갔다.

"진 대협께서는 책임을 물으시려는 것이오, 아니면 죄를 벌하려는 것이오?"

"……."

소량이 아랫입술을 질끈 깨물었다.

혈마곡의 마인들과 현령의 경우에는 적지 않은 차이가 있다. 현령은 엄연히 조정의 명을 받은 자이니 책임을 물으려는 것이라면 그를 조정에 넘기는 것이 옳은 것이다.

그가 마땅한 처벌을 받지 아니한다면 조정에 화를 내야 함이 옳다.

일개 개인의 자격으로, 백성의 자격으로.

몸을 파르르 떨던 소량이 현령을 바닥에 집어 던졌다.

쿵!

"꺽, 꺼억!"

자신이 염라사자를 만났음을 깨달은 현령이 허겁지겁 뒤로 기어가기 시작했다.

그는 뒤늦게 자신을 구출하지 않은 군병들을 분노한 눈으로 돌아보았지만, 이미 겁에 질릴 대로 질려 소량을 바라보지도 못하는 군병들이 현령에게 호응할 리 없었다.

"백성들을 버리고 간 죄."

소량이 나지막하게 중얼거리자 모두의 시선이 그에게로 향했다. 현령을 바닥에 집어 던진 소량이 그에게로 다가가고 있었다.

"히이이익!"

소량이 발로 현령의 다리를 후려쳤다.

현령은 살면서 그와 같은 끔찍한 통증은 처음 느껴보았다. 처음에는 아무렇지도 않은가 싶더니, 곧바로 다리가 절단된 듯한 상상조차 못할 고통이 밀려든 것이다.

"끄아악!"

"백성들에게 잘못된 명을 내려 그들의 죽음을 유도한 죄."

소량이 재차 읊조리자 격렬하게 몸부림치던 현령이 허겁지

겁 청운 도장에게로 다가갔다. 그에게 의지한다기보다는 그가
가까이 있었기 때문이다.

"쯧!"

청운 도장은 벌레 보듯 현령을 바라보며 가볍게 발로 그를
후려쳤다.

가슴팍을 크게 얻어맞은 현령이 눈을 부릅떴다.

"컥, 커헉!"

소량이 숨도 쉬지 못하는 현령의 팔을 발로 후려쳤다. 이미
청운 도장의 발길질에 극도의 고통을 느끼고 있던 현령이 비명
도 제대로 토해내지 못하고 경련했다.

"그렇게 유도한 백성들의 죽음을 방패로 삼은 죄."

소량이 그의 앞에 무릎을 꿇고 앉더니 주먹으로 그의 얼굴
을 후려쳤다.

사실 그것은 천존의 경지에 오른 무인답지 않은 행동이었
고, 또한 하늘 끝을 앞둔 무인답지 않은 행동이었다. 체면을
깊게 따지는 자가 있다면 틀림없이 혀를 찼으리라.

하지만 소량의 표정에는 조금의 변화도 없었다.

이미 인간으로 남겠다고 결심한 바 있다. 버리고 또 비우는
대신 분노해야 할 일에 분노하고, 슬퍼해야 할 일에 슬퍼하며,
기뻐해야 할 일에 기뻐하리라 결심한 바 있다.

"끄아악, 끄아아악!"

현령이 연신 비명을 토해냈다.

소량이 주먹을 높이 쳐든 채 잠시 멈칫했다.

현령은 거품을 질질 흘리며 눈을 까뒤집고 혼절해 있었던
것이다.

현령의 멱살을 잡고 있던 소량은 눈을 질끈 감더니 그를 바
닥에 내팽개쳤다.

"…일단은 조정에 넘기겠습니다."

잠시 뒤, 소량이 나지막한 어조로 말했다.

청운 도장의 얼굴에 희미한 미소가 떠올랐다.

방금 천애검협의 행동이 어떠했던가!

말로는 죄를 논하였고, 실제로 현령을 두들겨 패기도 했지
만 결국엔 그를 죽이지 않았다. 대명률에 따라 현령을 처벌하
기로 한 셈, 말하자면 책임을 묻는 쪽을 택한 셈이었다.

다만 마음에 걸리는 것은 '일단은'이라는 말이었다.

"진 대협, 만약 저자가 마땅한 벌을 받지 아니하면 어찌하시
려오?"

"……"

소량은 대답 대신, 청운 도장의 눈을 조용히 바라보았다.

청운 도장은 소량의 눈빛 속에서 답변을 들을 수 있었다.

'이런, 현령이 마땅한 벌을 받지 않으면 그 상관까지 치죄를
당하겠구나.'

청운 도장이 눈을 질끈 감고 한숨을 내쉬었다.

일찍이 한비자(韓非子)는 '유자(儒者)는 글로써 국법을 어지럽히고, 협객은 무(武)로써 금령(禁令)을 범한다'고 비판한 바 있다. 천애검협의 눈빛은 '일단은 국법에 맡기겠지만, 그 처우가 공정하지 않을 경우 무로써 금령을 범하겠다'고 말하고 있었다.

'아무래도 천애검협이 모르는 곳에서 손을 좀 써야겠다.'

청운 도장은 가진 바 인맥을 동원하여 현령의 죄를 철저히 파헤쳐야겠다고 생각했다. 도사인 자신조차 현령을 단숨에 때려죽이고 싶을 정도였으니 양심에 걸릴 것도 없다.

청운 도장은 제자인 유천화에게 턱짓을 해 보였다.

"예, 사백."

유천화가 재빨리 달려오더니, 근처의 군병에게 포승줄을 빌려 현령을 묶었다.

군병들은 제 상관이 잡혀가는데도 불구하고 조금의 반항도 하지 않았다. 이미 정도 무림인들의 기에 눌렸거니와, 현령의 작태를 평소부터 몹시 고깝게 생각해 왔던 탓이었다.

청운 도장이 다시금 소량을 바라보았다.

"하나 더 묻겠소이다, 진 대협. 만약 저자가 마땅한 벌을 받는다면 어찌하시겠소? 그래도 황상께 죄기조를 쓰라 청하시려오?"

죄기조란 자신의 잘못이 명백할 경우나 정권이 혼란스러울 때, 혹은 천재지변(天災地變)이 생길 때에 쓰는 조서로, 황제가 스스로의 과오를 자책하는 내용을 담고 있다.

백성의 뜻이 하늘의 뜻이라면 천재지변으로부터 백성들을 보호하지 못하였을 때 그들이 던지는 견책은 곧 하늘의 견책이 아니겠는가!

그러므로 천재지변을 따로 천견(天譴)이라 부르기도 한다.

소량이 딱딱한 얼굴로 중얼거렸다.

"일월신교와 혈마곡이 발호하였음에도 대비책을 마련하지 않았으니 비록 황제라 하나 그 죄가 적다 할 수 없습니다. 혈마곡이 난을 일으켰으니 정권이 혼란스러워졌고, 때문에 천재지변에 준하는 죽음이 발생하였으니 죄기조를 청하는 데에는 무리가 없을 것입니다."

청운 도장이 말문이 막힌 표정을 지었다.

실제로 소량의 말에는 허점이 없는 것이다.

죄기조의 시초를 거슬러 올라가면 은나라 탕왕이 오랜 가뭄을 맞아 하늘에 자신의 죄를 고한 것인데, 그때 고한 여섯 가지 죄악이 지금 황궁에는 없다 말할 수 있겠는가!

잠시 뒤, 청운 도장이 눈을 지그시 감고 변명처럼 중얼거렸다.

"당금 황상께서는 원나라의 잔당을 물리치기 위해 친정을 나가 계신다오. 지금은 태자 저하께서 대리하고 계신데, 그분은… 비록 황족의 한계를 넘지는 못하였으나 죄기조를 쓸 정도로 악한 분은 아니시지."

소량의 미간이 찌푸려졌다.

비록 조정의 일은 잘 모르긴 하지만, 그 역시 당금 권력 구도가 어지럽다는 것만은 알고 있었다. 태자의 자리를 노리고 그 아들들이 덤비고 있다는 소문은 예전부터 돌았던 것이다.

최근에는 아예 '황상께서 조카를 죽이고 황위에 올랐으니 아들들이 보고 배울 수밖에'라는 말이 떠돌 정도였다.

"그렇다면 이 일의 책임은 누구에게 물어야 하겠습니까?"

청운 도장이 서글픈 얼굴로 중얼거렸다.

"만물은 상의상존하는 법인데 권력이라고 아니 그렇겠소? 서로 얽히고설키기가 넝쿨과 같으니 그를 좇아가는 것만도 지난한 일일 거요."

"……"

소량은 저도 모르게 아랫입술을 짓씹었다.

청운 도장은 그 표정을 보고 '천애검협이 대놓고 조정에 반역하는 일만은 막을 수 있게 되었구나'라며 내심 안도했다. 그러다 보니 뒤이어 씁쓸함이 몰려든다. 지금 소량이 짓고 있는 표정이 곧 자신의 표정이라는 것을 깨닫는 데에는 그리 긴 시간이 걸리지 않았던 것이다.

사실, 소량의 상념은 그보다 먼 곳을 향해 가고 있었다.

문득 혈마가 외쳤던 몇 마디 말을 떠올린 탓이었다.

"조정의 간신배들과 탐관오리들까지 나의 책임으로 돌리려는가? 흉년에 굶어 죽는 백성들의 한 줌 알곡마저 털어먹는 그들까지도 나의 책임으로 돌리려는가? 그와 같은 자들은 과거에도 있었다! 누천 년 이어진 탐욕의 사슬까지 정녕 나의 책임으로 돌리겠느냐!"

소량의 주먹이 새하얗게 변할 정도로 세게 쥐어졌다.
혈마는 뒤이어 '버려라'고 말했었다.

"천명은 도대체 어디에 있는가? 인간이 조금도 성장하지 못하고 영원히 같은 굴레 속에 갇혀 있다면 그 까닭은 무엇이겠는가? 그것을 알기 위해서는 버려라. 비록 역설적이나 하늘 끝에 올라야 답을 볼 수 있느니!"

소량은 버리는 대신, 인간으로 남고자 결정한 바 있었다.
그렇게 결심을 내린 지 얼마 되지 않아 보게 된 것이 바로 구룡현의 참상이었다. 인간으로 남기로 한 소량의 결심을 시험하듯 하늘은 소량을 그리로 이끌었다.
'만약 하늘 끝에 오른다면……'
청운 도장에게 들은 조정의 모습이 또다시 소량을 흔들리게 했다.

마치 하늘이 직접 모든 것을 버리라고, 속세의 괴로움에 얽매이지 않고 홀로 자유로워지면 된다고 유혹하는 듯했다.

'아니, 포기하지 않는다.'

소량이 눈을 질끈 감고 중얼거렸다.

사람들이 옳은 것을 보고도 나에게 피해가 올까 두려워 돌아보지 않을 때, 내게 이득이 되는 길이라면 그릇된 길도 마다하지 않을 때, 나와 상관없는 일이라며 이웃을 외면할 때 소량은 그 반대의 길로 가고자 했다.

이미 그 길을 걸었던 수많은 사람들처럼, 세상을, 백성들을 사랑하고자 했다.

'나는 절대 포기하지 않아.'

눈을 질끈 감고 있던 소량이 눈을 떴다. 그를 지켜보는 정도 무림인들과 왕소정, 승조와 할머니의 눈빛이 무겁기 짝이 없다. 그가 사랑하고자 했던 세상이 바로 그곳에 있었다.

'…끝까지 간다.'

소량은 각오 어린 눈으로 한 걸음을 내디뎠다.

여태껏 그가 걸어왔던 협로(俠路)이자, 협로(狹路)로.

第十章
엄마

1

    부마존이라는 고수가 혈마곡에서도 아끼는 물자인 말을 삼십 필이나 소용하여 구룡현을 달린 데에는 그만한 이유가 있었다.

    첫째는 기동력을 위함이었다. 구룡현은 무림맹과 혈마곡 사이의 전선에 위치해 있으니 만에 하나라도 감당치 못할 적을 맞이하면 최대한 병력을 보존하여 회피할 필요가 있었다. 반대로 상대가 이쪽보다 약하거든 기동력을 살려 요격하기 위함도 있었다.

    둘째는 부마존이 책임져야 할 전선의 위치가 예상보다 넓었기 때문이었다. 금천에서 패하여 사천의 서북부로 흩어진 무림맹의 잔당들을 제거하기 위해서는 많은 병력이 필요했고, 때문에 혈마곡은 전선이 고착화된 틈을 타 병력을 유동적으로 움직이기로 했던 것이다.

그런 부마존이 죽었으니 지금의 상황이 어떻겠는가!

무림맹의 생존자들은 상대적으로 안전하게 길을 나설 수 있었다.

"어흠, 험."

유천화의 옆에 선 청운 도장이 공연히 헛기침을 내뱉었다.

멍하니 소량을 바라보던 유천화가 뒤늦게 인기척을 느끼고는 가볍게 묵례해 보였다.

"사백."

"그래, 혹시 어디가 안 좋은 게냐?"

청운 도장이 염려 섞인 얼굴로 유천화를 바라보았다. 어두운 안색으로 앞을 바라보는 몰골이 꼭 병자들의 모습과 흡사했던 것이다.

유천화가 당황한 얼굴로 고개를 절레절레 저었다.

"아니, 아닙니다. 아픈 곳은 조금도 없습니다."

"하면 운성이 걱정되는 게냐?"

비록 목숨은 건졌지만, 무당파의 제자이자 유천화의 사질인 운성자의 거동은 몹시 불편한 상태였다. 그는 지금도 황선자의 등 뒤에 업혀 거칠게 숨을 몰아쉬고 있었던 것이다.

유천화는 운성자를 흘끔 돌아보고는 씁쓸한 미소를 지었다. 그 미소에서 청운 도장은 운성자를 염려한 것도 아니라는 답을 얻었다.

"하면 어찌 그리 표정이 굳어 있… 허, 이제 보니 진 대협을 보고 있었구나."

"그렇습니다, 사백."

유천화가 어쩐지 부끄러운 얼굴로 고개를 숙였다. 천하의 무당파의 속가제자로 유운신룡이라는 별호까지 강호에 널리 떨쳤으나, 지금 천애검협을 보는 시선은 명문대파의 후기지수를 선망의 시선으로 보는 범인과 다를 바가 없었던 것이다.

청운 도장이 실소를 머금으며 유천화를 놀렸다.

"허허허! 눈빛만 보면 연모하는 여인을 보는 줄 알겠다, 녀석아. 왜, 너도 저런 절정고수가 되어 강호를 호령하고 싶으냐?"

"그건 아닙니다, 사백. 천애검협의 무위는 물론 고강한 것이지만… 차이가 너무 크다 보니 부러움조차 들지 않습니다. 저는 그저 천애검협이라는 사람 자체가 궁금할 뿐입니다."

"천애검협이라는 사람 자체가 궁금하다?"

"예, 지금도 그렇습니다. 조모 되는 분과 대화를 나누는 저 모습만 보면 누구도 그를 천애검협이라 생각하지 못할 것입니다. 평범한 청년으로만 봤으면 봤을까……."

"푸흐흐! 큰 지혜는 오히려 어리석게 보인다[大智若愚]지 않더냐. 어디 반박귀진이 무학에만 통하는 이치겠느냐? 사람에게도 통하는 이치이니라."

청운 진인이 흡족한 얼굴로 소량을 바라보았다. 소량은 할머니와 무슨 대화를 나누며 미소를 짓고 있었는데, 얼마 전의 분노한 모습과는 다른 푸근한 모습이었다.

유천화의 표정이 한층 더 진중해졌다.

"하지만 구룡현에서의 천애검협은 평범함과는 동떨어진 사람이었지요. 무공이 아니라, 백성들의 죽음 앞에서 슬퍼하던 모습이 떠오릅니다. 하! 그러고 보면 강호에서는 천애검협이 백성들을 구하려고 자신의 목숨까지 바쳤다더라는 이야기가 많이 돌았었지요."

"그래, 처음에는 나도 그 소문을 믿지 않았으나 이제는 믿는다. 당금 강호에 천애검협이 있다는 것은 큰 홍복일 게야."

청운 도장이 고개를 두어 번 끄덕이며 말했다.

유천화가 어두운 얼굴로 고개를 숙였다. 생존자를 찾는 대신, 구룡현을 습격한 이들이 돌아올까 두려워 빨리 떠나고자 했던 며칠 전의 졸렬함이 다시 떠올랐던 탓이었다.

"천애검협은… 어떻게 그럴 수 있었을까요?"

청운 도장이 물끄러미 유천화를 바라보았다.

유천화의 표정을 이리저리 살피던 청운 도장이 이내 한숨을 내쉬었다.

"하아— 백성들을 사랑할 수 있었기 때문이겠지."

애민을 말하는 자 많으나 실제로 그를 행하는 자는 드물다.

청운 도장의 한숨에는 그런 의미가 숨어 있었다.

유천화가 어두운 얼굴로 몇 마디를 더 읊조렸다.

"천애검협은 우리와 다른 것 같습니다. 마치 날 때부터 그렇게 태어난 사람, 태생부터가 다른 사람인 것 같습니다. 애민…어떻게 백성들을 그렇게 사랑할 수 있을까요? 자신의 목숨마저 버릴 정도로 타인을 돌아볼 수 있는 사람은 도대체 어떤 사람일까요?"

"대인(大人)이지. 그러나 그렇다고 보통 사람이 아닌 것은 아닐 것이다."

청운 도장이 말하자 유천화가 멍하니 그를 돌아보았다.

청운 도장이 실웃음을 지으며 소량을 가리켰다.

"저 모습을 보아라. 저게 어디가 태생부터가 다른 사람이더냐? 길 물어보면 잘 가르쳐 줄 것 같게 생겼구먼."

사백의 농담에도 유천화는 웃지 않았다.

청운 도장의 표정이 한결 온화해졌다.

"내 어릴 적에 말이다, 우리 옆집에 어르신 한 분이 계셨느니라. 화상을 입어 얼굴이 일그러진 분이었지. 듣자 하니 그분 젊을 적에, 사이가 안 좋던 앞집에 불이 났었다고 하더구나. 이

윗집에 불이 난 것이 너무 고소해서, 그분은 가장 먼저 불구경을 나갔지."

유천화가 물끄러미 청운 도장을 바라보았다.

청운 도장이 말을 이어나갔다.

"그런데 막상 구경을 나와보니 앞집에서 아기 울음소리가 들리는 거야. 처음에는 잘못 들었나 싶어서 무시를 하려 했는데 아기 울음소리가 그치질 않아. 사이가 그렇게 안 좋은 집, 망했으면 좋겠다고 노래를 부르던 집인데도 그 울음소리는 마음에 걸리더란다."

"그래서 얼굴이……."

"그래. 모른 척하고 싶어서 몇 번이나 몸을 돌렸지만 결국에는 저도 모르게 뛰어들고 말았지. 막상 아기를 구해서 나오니 정작 자신의 얼굴에 화상을 입고 말았다더구나. 덕택에 혼인하는 데 시간이 제법 걸리셨다지? 하하하. 그래, 너는 어떻게 생각하느냐? 너는 그분이 보통 사람이 아니라 태생부터 다른 사람으로 보이느냐?"

유천화가 또다시 입을 다물고 침묵을 고수했다. 다만 지금의 침묵은 이전의 이해할 수 없다는 생각에서 나온 것이 아니라, 상념에 잠겨 있기 때문에 나온 침묵이었다.

"네 앞의 나는 어떠하냐? 나는 불쌍한 사람을 보면 눈물을 흘리고, 악한 이를 보면 화를 내느니라. 할 수 있는 일이 있다면 돕고 싶어 하지. 나는 태생부터 다른 사람으로 보이느냐?"

"하지만 그건 차이가……."

"아니, 다르지 않다. 전혀 다르지 않아. 아마 천애검협이 무공을 익히지 않았더라면, 그는 지금과는 다른 방식으로 사람들과 더불어 살아갔을 것이다. 작은 손길, 누구나 할 수 있는 작은 손길을 내밀며 살아갔겠지. 한번 그렇다고 가정해 보자. 그런 천애검협은 대단하지 않은 것이냐?"

유천화가 다시 한번 소량을 바라보았다. 소량은 할머니의 옷자락을 추슬러 주고 있었다. 그다음에는 금협 진승조를 돌아보며 몇 마디를 하기 시작했다. 그게 잔소리였던 모양인지 금협 진승조가 무어라고 투덜대는 모습도 보였다.

"너도 그렇게 살아라, 천화야. 그릇된 일을 보면 그르다 말하고, 옳은 것을 보면 옳다 말하여라. 외면하는 대신, 손을 내밀어라, 천화야. 비록 나는 그러지 못했지만 말이다. 무학을 익혔으니 할 수 있는 일이 많을 것, 그러다 보면 너 역시 천애검협처럼 될 게다."

청운 도장이 씁쓸한 얼굴로 말했다. 그 역시 구룡현의 백성들을 돌아보지 않은 것은 마찬가지였던 것이다. 찰나의 순간 평심을 잃고 지나친 위기감에 휩싸이고 만 탓이었다.

"예, 사백. 명심하겠습니다."

유천화가 생각에 잠긴 얼굴로 고개를 끄덕이자 청운 도장이 다시금 웃음을 터뜨렸다.

조금 전의 휴식처에서 할머니의 상의 한 벌을 두고 온 승조에게 몇 마디 잔소리를 늘어놓던 소량이 불현듯 얼굴을 붉혔다. 귀 따갑다는 표정으로 걸어가던 승조가 의아한 듯 질문했다.

"표정이 갑자기 왜 그러십니까?"

"아니, 아무것도 아니다. 신경 쓸 것 없어."

소량이 고개를 절레절레 저었다.

청운 도장도 유천화도 예상치 못했겠지만 소량은 그들의 대화를 모두 들을 수 있었다. 결코 일부러 들은 것이 아니요, 그저 주변을 경계하다 보니 듣지 않을 수 없었던 탓이었다. 비록 자신의 앞에서 한 것은 아니었지만, 어쨌든 갑자기 금칠을 받게 되었으니 민망함을 감출 수가 없다.

소량이 공연히 헛기침을 큼큼 내뱉을 때였다.

휘이잉—

서늘한 바람이 한차례 불어와 소량의 옷깃을 휘감고 지나갔다. 바람결을 느끼듯 서 있던 소량이 고개를 돌려 허공을 바라보았다.

바람 속에 피와 땀 냄새가 섞여 있었다.

"남궁 대협, 고모님께서 계신 곳이 정확히 어디라고 하셨지요?"

소량이 고개를 돌려 왕소정과 담소를 나누는 남궁검학을

바라보았다. 남궁세가의 가주와 대부인, 가솔들이 있는 곳으로 길을 안내하던 남궁검학이 의아한 듯 눈을 굴렸다.

"아, 아직은 이십여 리 가까이 남았습니다만……."

"아무래도 상황이 변한 모양입니다."

소량이 조그맣게 중얼거리고는 기감을 한층 더 돋웠다.

내친김에 동화의 법까지 펼쳐 대기의 흐름을 살피기까지 한다.

그동안 자주 펼친 탓인지, 혈마를 만났을 때 얻었던 동화의 법은 빠르게 완숙을 향해 다가가고 있었다.

잠시 뒤, 소량의 표정이 심각하게 변해갔다.

"근처에 고모님이 계신 것 같습니다. 서쪽으로 오 리가량. 진승조!"

소량이 짧게 외치자 승조가 알았다는 듯 고개를 끄덕였다.

소량은 그 즉시 신형을 날려 서쪽으로 달음박질쳤다. 신형이 가볍게 허공을 디디고 떠오르는가 싶더니 이내 보이지 않을 정도로 빠르게 사라진다.

소량이 사라지자 승조는 청운 도장을 찾아가 '서쪽으로 삼 리가량에 남궁세가가 있는 듯하다'며 일행을 그쪽으로 이끌었다.

한편, 한계까지 경공을 펼치던 소량은 어느새 오 리 너머에 당도해 있었다. 소량은 가볍게 검을 뽑아 들어 사방을 경계했다. 다만 그러는 와중에도 경공을 멈추지는 않는다.

소량이 경공을 거둔 것은 한 자루의 검이 눈앞을 가로막았을 때였다.

쿠우웅—

소량은 다급히 정체 모를 검이 펼쳐내는 검로를 막아갔다.

원융(圓融)이라!

시작과 끝이 꼬리에 꼬리를 물고 있으니 가히 무시무종(無始
無終)이라 할 만하다. 하늘 끝을 찾는 소량에게, 하늘에는 끝
이 없다고 말하듯 끊임없이 이어지는 검로였다.

"놈!"

소량을 가로막은 중년인이 노호성을 터뜨리며 외쳤다.

소량은 어째서인지 중년인의 검로가 익숙하다고 생각했다.

'고모님께 얻었던 검결… 창궁무애검?'

무언가를 짐작한 소량이 철검에 실었던 기운을 태반은 빼어
중년인의 공격을 막아갔다.

콰앙!

중년인의 검강과 소량의 검강이 부딪히자 한바탕 굉음이 울
려 퍼졌다.

한 수 양보를 한 까닭에 뒤로 물러난 것은 다름 아닌 소량이
었다. 중년인이 재차 검로를 펼쳐 달려들자 소량이 왼발을 축
으로 한바탕 회전했다.

중정원만(中正圓滿)!

그와 동시에 소량의 검 역시 무시무종, 원을 그려가기 시작

했다.

중년인의 미간이 잔뜩 좁혀졌다.

"창궁무애검?"

"잠시만! 잠시만 기다려 주십시오!"

중년인이 손속을 거두자 소량이 다급히 외쳤다. 만약 힘으로 제압하고자 한다면 이미 중년인을 제압한 후였겠지만, 한 가지 짐작 때문에 제압을 미룬 소량이었다.

"흐음!"

중년인이 가볍게 콧방귀를 뀌며 몇 걸음 뒤로 물러났다. 그와 동시에 중검(重劍)의 묘리를 담은 기수식을 펼치며 기세를 한결 돋운다.

도천존의 것과도 비슷한 기세.

장내를 한꺼번에 장악해 버리는 기세.

다름 아닌 제왕검형(帝王劍形)이었다.

중년인이 소량을 경계하며 말했다.

"어떻게 창궁무애검을… 남궁세가의 가솔이던가?"

"혹시 남궁세가의 가주 되십니까?"

소량과 중년인이 동시에 말했다.

중년인이 무거운 얼굴로 고개를 끄덕였다. 소량에게서 사기와 마기보다는 오히려 정기를 읽은 중년인은 천천히 제왕검형의 기세를 거두었다.

"그렇다네. 자네는?"

소량이 정중한 태도로 검을 거두고는 옷자락을 털어 먼지를 제거하고 옷깃을 정돈한 후 양손을 공손히 모아 읍을 하여 보였다.

"소질(小姪) 진소량이 고모부님을 뵙습니다."

"아아!"

중년인, 아니, 남궁세가의 가주 남궁무진이 한바탕 장탄식을 토해냈다. 황상께서 친필로 작성하신 신검지가라는 현판을 받을 정도로 거대한 명문의 가주답지 않은 모습이었다.

남궁무진이 멍하니 소량의 얼굴을 보다 말고 헛기침을 내뱉었다.

"험, 험. 예를 거두게. 아니, 외조카이니 거두라고 해야 되겠군."

"예, 고모부님."

소량이 정중하게 예를 거두고는 심각한 얼굴로 남궁무진의 뒤를 돌아보았다.

남궁무진이 가볍게 한숨을 내쉬었다.

"네가 온 걸 보니 검학, 그 녀석이 성공한 모양이다. 그 녀석은 무탈하더냐?"

"그렇습니다."

"다행이로다. 참으로 다행인 일이야."

입으로는 다행이라고 말하면서도 남궁무진의 표정은 여전히 어두웠다.

방금 전 천애검협의 무공을 직접 확인하지 않았던가!

그가 소문대로의 절세무공을 가지고 있다면 남궁세가에게는 그야말로 구원의 손길이었겠지만, 안타깝게도 소문은 그저 소문에 불과한 모양이었다.

그가 직접 확인한 천애검협의 무공은 아직 후기지수에 불과한 것이다.

'이상한 일이다. 큰 처남께서 허언을 하실 분은 아니신데. 내가 보지 못한 것이 있던가?'

만약 연배가 어려 강호 경험이 부족한 이였다면 지금의 비무로 상대를 판단하고 말았겠지만, 남궁세가라는 명문을 이끄는 가주답게 남궁무진은 스스로를 돌아보고 있었다.

남궁무진은 곧 천애검협이 바로 지근거리에 접근할 때까지 자신이 기척을 읽지 못했다는 사실을 깨달았다.

'허! 아직 확신할 수는 없지만… 만약 그렇다면 방금은 내게 예를 갖추었다는 뜻! 이는 남궁세가의 가주를 상대로 손속에 여유를 둘 정도의 무공을 가졌다는 말이 아닌가.'

남궁무진은 알 수 없다는 표정을 지으며 소량을 바라보았다. 소량이 심각한 얼굴로 자신의 뒤쪽을 바라보고 있다는 사실을 깨달은 남궁무진이 쓴웃음을 지었다.

생각해 보면 소량의 무공이 문제겠는가!

만약 무공이 소문만큼 뛰어나다면 남궁세가는 구원을 얻은 셈이고, 소문만큼 뛰어나지 않다면 마땅히 그를 보호해야 할 일이다. 처조카로 인정하지 않기로 했으면 모르되, 인정하기로 하였으니 이리저리 재고 계산할 필요가 없는 것이다.

"처조카를 만났는데 내가 다른 생각이 길었구나. 뒤쪽에 본가의 가솔들이 있다. 네 고모와 외사촌도 있으니 가서 인사 올려라."

남궁무진이 말하자 소량이 가볍게 묵례해 보이고는 번개처럼 뒤쪽으로 달려갔다.

"고모님!"

"어? 어어… 아량(兒兩)!"

남궁세가의 대부인, 진운혜가 소량을 보고는 놀란 표정을 지었다. 가솔 중에 가장 발이 빠른 남궁검학을 보내놓고도 내심으로는 크게 기대를 하지 않았던 탓이었다.

실제로 사천의 상황은 그만큼 위험했던 것이다.

진운혜는 울 것 같은 표정을 애써 감추려는 듯 아랫입술을 짓씹었다. 잠시 뒤, 진운혜의 표정이 남궁세가에 있을 때처럼 평온하게 변해갔다.

"와주었구나. 네가 와주었어."

"소질이 잠시 실례하겠습니다!"

소량이 대뜸 진운혜의 맥문을 움켜쥐었다. 진운혜로서는 미처 방비하지도 못한 사이에 일어난 일이었다. 소량에 대한 소문은 많이 들었지만, 아직 그를 몇 년 전의 모습으로 기억하는 진운혜로서는 그야말로 깜짝 놀랄 만한 무공이었다.

"하아, 크게 다치신 곳은 없는 것 같습니다."

잠시 뒤, 소량이 안도한 얼굴로 한숨을 작게 내쉬었다.

조금 전 기감을 펼쳐 주변을 훑던 소량은 태허일기공의 기운을 느꼈다. 너무 미약해서 태허일기공인지 아닌지도 확신하지 못할 정도였지만 소량은 자신의 추측에 확신을 가졌다.

다급히 이곳까지 달려온 이유 역시 바로 그 때문이었다.

소량은 고모님께서 크게 다친 것으로 착각했던 것이다.

"청해에 간 일은 어찌 되었더냐? 결실을 거두었더냐? 어머니는……."

"예. 할머니를 찾았습니다, 고모님."

소량이 아이처럼 환하게 웃으며 말했다.

생각해 보면 참으로 기이한 일이었다. 남궁세가에서 보낸 나날은 고작 며칠이 되지 않는데, 고모님과 함께했던 시간은 고작 그것뿐인데 낯섦도 어색함도 없었다. 과거 그녀가 머리 한 번을 쓰다듬었을 때에도 소량은 부끄러움 대신 편안함을 느꼈을 뿐이었다.

진운혜의 동공이 한차례 흔들렸다.

"무탈… 무탈하셔? 어머니는 무탈하시더냐?"

"예, 고모님. 다치신 곳이 없는 것은 아니지만 큰 문제는 아닙니다."

진운혜가 눈을 질끈 감았다. 꽉 감은 눈꼬리에서 눈물이 한 방울 새어 나와 볼을 타고 흘렀다. 진운혜는 격동하는 마음을 감추려는 듯 침을 꿀꺽 삼켰다.

"정말로 무탈하셔? 정말로?"

"예."

소량이 고개를 끄덕이며 대답했다.

천천히 눈을 뜬 진운혜가 소량을 바라보았다. 환하게 웃는 소량의 얼굴을 보다 보니 가슴 한구석이 일렁이기 시작했다. 진운혜는 소량의 얼굴로 떨리는 손을 가져갔다.

"고맙다. 정말 고마워."

이전에 자신의 머리를 쓰다듬어 주셨을 때처럼, 소량은 따뜻한 감정을 느꼈다. 소량은 미소 지은 얼굴로 볼을 쓰다듬는 진운혜의 얼굴을 바라보았다.

"네가 고생이 많았다. 우리 형제들을 대신해서 네가 고생이 많았어……."

진운혜가 그렇게 말할 때였다.

뒤쪽에서 쿨럭거리는 기침이 새어 나왔다.

"쿨럭, 쿨럭! 어머니, 처음 보는 사촌 동생인데 소개도 아니해 주실 참입니까? 쿨럭!"

소량의 고개가 진운혜의 뒤편으로 돌아갔다.

진운혜가 화들짝 놀라 소량의 얼굴에서 손을 떼고는 다급히 뒤쪽으로 다가갔다.

"아성(兒星)! 일어났느냐?"

진운혜의 뒤에는 파리한 안색의 청년이 두 명의 무인 사이에 누워 있었다.

진운혜의 안위에 정신이 팔려 있던 소량은 뒤늦게 그를 발견하고는 눈을 휘둥그레 떴다. 주위를 더 살펴보니 남아 있는 남궁세가의 무인들도 고작 서른 명 남짓할 뿐이었다.

지푸라기 대충 얽어 만든 자리에 누워 있던 청년이 어머니의 손길을 느끼고는 쓴웃음을 지었다.

"다 큰놈이 어머니 손 타면 욕을 먹습니다. 푸흐흐! 그래, 네가 소량이냐?"

파리한 안색의 청년, 남궁성이 희미하게 웃으며 소량을 바라보았다.

"…인사해라, 아량. 네게는 표형(表兄: 사촌 형)이 되겠구나."

진운혜가 어두운 얼굴로 소량에게 말했다.

소량이 얼른 그에게로 다가가 맥문을 움켜쥐었다. 상황이 다급하였으므로 처음 보는 표형임에도 불구하고 장읍하여 예를 올리기는커녕 묵례조차도 해 보이질 못했다.

"치워라. 쿨럭! 살 때 되면 살겠고 죽을 때 되면 죽겠지."

남궁성이 연신 쿨럭거리며 말했다.

맥문을 짚고 있던 소량의 표정이 딱딱하게 굳어갔다. 조금 전에 느꼈던 미약한 태허일기공의 기운이 누구의 것이었는지 뒤늦게 알아차릴 수 있었던 것이다.

"표형께서는 아직 죽을 때가 아닙니다. 알고 보니 표형께서도 태허일기공을 익히셨군요?"

말은 남궁성에게 하지만 시선은 진운혜에게 가 있는 소량이었다. 진운혜가 무거운 얼굴로 고개를 끄덕였다.

"출가외인이라 진체는 전하지 못하였지만, 일단공은 전할 수 있었다."

소량이 고개를 두어 번 끄덕이고는 남궁성에게로 시선을 내렸다.

"인사조차도 제대로 올리지 못했군요. 표제 소량이 형님을 뵙습니다. 제게도 형이 있다는 것은 들었지만……."

생각해 보면 소량의 말은 참으로 서글픈 것이었다.

소량은 자신에게도 형이 있었다는 말이 참으로 간지럽다고 생각했다.

남궁성이 푸흐흐 헛웃음을 터뜨렸다.

"이거 너무하는군. 나는 천하의 천애검협이 내 동생이라고 주변에 그렇게 자랑을 하고 다녔는데 그래, 너는 나를 신경도

쓰지 않았더란 말이냐? 푸흐흐! 끗발이 다르다 이거야?"

"아니, 아닙니다."

소량이 당황한 얼굴로 말하자 남궁성이 재차 웃음을 터뜨렸다.

"하하! 나의 표제는 생각 외로 귀엽군. 천애검협에게 귀엽다고 말할 수 있는 사람은… 강호에 몇 없을 터… 쿨럭! 그래, 술은 마실 줄 아나? 척 보니 영 샌님 같은데."

소량은 더 이상 남궁성의 말에 대답하지 않았다.

지금 농담을 건네는 것이 죽음을 앞둔 사람의 여유라고 생각했기 때문이다.

실제로 남궁성의 기운은 점점 희미하게 변해가고 있었다.

소량의 표정이 점점 심각해질 때였다.

문득 주변에서 소란스러운 소리가 들려왔다. 소량이 두고 왔던 정도 무림인들이 뒤늦게 남궁세가를 찾아내었던 것이다. 당연하다면 당연한 일이지만, 그중에는 할머니도 있었다.

곧이어 남궁세가의 가주와 청운 도장이 몇 마디 대화를 나누는 소리가 들려왔다.

그다음은 진운혜의 차례였다.

"엄마, 엄마……!"

할머니를 부르는 진운혜의 목소리에는 울음이 섞여 있었다.

진운혜의 얼굴이 한껏 일그러졌다. 엄마의 얼굴이 눈두덩이까지 내려앉아 있는 것을 발견한 탓이었다. 얼굴은 내려앉아 있는 것으로도 모자라 깡말라 광대뼈가 툭 튀어나와 있었다.

마른 곳이 어디 얼굴뿐이랴.

건장한 남자처럼 장작도 척척 내놓고 무쇠 솥도 번쩍번쩍 들던 엄마의 팔이 마른 고목처럼 변해 있었다. 무슨 요술을 부렸는지 순식간에 볶은 소채니, 찐 우엉이니 하는 맛난 것들을 내놓던 손가락이 고목에 붙은 나뭇가지처럼 앙상했다.

우리 엄마가 이렇게 작았나…….

참 이상한 일이었다. 몸이 날래다고 자랑하며 달음박질하다 자빠질 때면 얼른 달려와 무거운 줄도 모르고 번쩍 들어 올리던 엄마였는데.

'지 오빠 다리 저는 것도 모르고서' 하고서 퉁명스레 굴다가도 까진 무릎 보면 '아프냐? 이리 피가 나서 어쩐담, 많이 아퍼?' 하면서 큼지막한 손으로 닦아주던 엄마였는데. 엄마 무릎에 얼굴을 묻고 부비면 그렇게 커 보일 수가 없었는데.

어릴 적에는 그렇게 커 보이던 엄마가 지금은 너무나도 작아 보였다.

"엄마, 엄마."

진운혜가 양 소매로 눈가를 훔치며 할머니에게로 걸어갔다.

매병 탓에 진운혜가 누구인지 모르는지 할머니는 멍하니 진운혜를 바라볼 뿐이었다. 다만 그래도 피붙이라는 느낌은 있는지 왠지 모를 서글픈 얼굴로 표정이 변해간다.

"엄마……."

할머니의 앞에 선 진운혜가 떨리는 손을 그녀의 얼굴로 가져갔다. 하지만 막상 건드리지는 못했다. 일그러진 얼굴을 건드리면 엄마가 아플 것 같았다.

진운혜는 엄마 대신 제 얼굴을 감싸 쥐고 비틀거렸다.

"엄마 얼굴이 왜 그래. 어떻게 해, 엄마."

다름 아닌 남궁세가의 대부인인 진운혜였다. 가솔들 앞에서 차마 흔들리는 모습을 보일 수가 없어서 아들이 죽어가는데도 불구하고 굳이 냉정한 척하던 그녀였다.

그렇다고 남편 앞에서 눈물 바람을 보이지도 못했다.

그의 어깨에 서리께처럼 어린 무게를 아는 탓이었다.

하지만 엄마를 보자 굳세게 세워놨던 중심이 무너지고 말았다. 엄마는 작고, 이제 나를 기억하지도 못하는데도 그랬다.

진운혜가 흐느끼며 중얼거렸다.

"엄마, 나 어떻게 해?"

진운혜는 자신의 입에서 나온 말을 믿지 못했다.

내가 도대체 무슨 소리를 하는 걸까.

하지만 궁금해할 틈도 없이 입은 다른 말을 쏟아내고 있었다.

"성이가 아파, 엄마. 성이가 죽어가."

진운혜는 자신이 어린아이처럼 엄마에게 칭얼거리고 있다는 사실을 믿을 수가 없었다.

'엄마, 어떻게 해' 하고 앙앙 울면 '고까짓 것, 뭐가 대수라고 걱정이여?'라며 듬직하게 말하던 엄마는 이제 작고 작아져 바람결에도 흩어질 것 같은데 나는 뭘 하고 있는 걸까.

엄마한테 말하면 걱정이 없어질 것 같았던 그때가 아닌데, 무엇이든 할 수 있을 것 같던 엄마가 아닌데 나는 도대체 뭘 하고 있는 걸까.

"나 어떻게 해, 엄마? 나 어떻게 해."

진운혜가 어렸을 때 모습 그대로 훌쩍였다.

기억을 하지 못하면서도 할머니는 그 사실만은 알 수 있었다.

"언니를 욕하지 말 걸 그랬어. 산 사람은 살아야 한다고 말하지 말 걸 그랬어. 자식이 죽으면 가슴에 묻는다는데 그러지도 못한다고, 괜히 엄마 가슴에 못만 잔뜩 박는다고 그러지 말 걸 그랬어. 무서워 죽겠어. 언니도 이렇게 무서웠을까? 나 이제 어떻게 해, 엄마. 어떻게 해."

할머니가 진운혜의 어깨를 감싸 쥔 것은 바로 그때였다.

할머니의 입에서 긴 흐느낌이 새어 나온 것도 그때였다.

"흐이이, 우째쓰까. 흐이이—"

할머니가 흐느끼며 진운혜의 등을 두드렸다.

언제나 힘이 넘치던 엄마의 손길에는 맥이 풀려 있었다.

그 연약한 손길이 닿자 한 가지 섬뜩하고 무서운 깨달음 하나가 뇌리를 한가득 메웠다.

아아, 엄마도 아픈데 난 엄마보다 자식을 먼저 걱정하고 있구나⋯⋯.

엄마도 그렇겠구나.

내가 내 아이 아파하는 걸 그렇게 괴로워했듯이 내가 아파하면 엄마도 괴로울 텐데. 성이가 울 때마다 그렇게 싫고 아플 수가 없었듯 엄마도 내가 우는 걸 보면 슬프고 괴로울 텐데.

진운혜는 '나는 못되고 못된 딸년이구나'라고 생각했다. 이 나이를 먹고도 엄마에게서 위로를 찾는다. 엄마의 가슴이 찢기든 말든 내 위로를 먼저 찾는다.

그러면서도 아들 생각을 거두지 않는 진운혜였다.

아니, 거둘 수가 없었다.

엄마라서 그랬다.

"엄마, 미안해. 흐흑, 내가 미안해."

진운혜가 흐느끼자 할머니가 그녀를 가슴팍으로 끌어당겼다.

"불쌍해서 어떡혀, 흐이이."

기억이 없으므로 할머니는 남궁성이 누구인지 알지 못했다. 하지만 눈앞의 여인이 너무나 안쓰러워서 눈물을 흘리지 않을 도리가 없었다. 가슴이 미어지는 통증도 감출 수가 없다.

세상에서 제일 불쌍하고 세상에서 제일 애틋한 내 새끼.

"우리 딸 힘들어서 어떡혀, 우리 딸 힘들어서……."

딸의 울음 때문에 가슴이 찢기는데도 할머니는 조금도 그녀를 원망하지 않았다. 너무 서글퍼서 그냥 엉엉 울어버리면 울어버렸지, 그녀에 대한 생각은 아무것도 나질 않는다.

엄마라서 그랬다.

남궁성은 희미한 눈으로 주위를 둘러보고 있었다.

할머니를 만난 어머니가 울음을 터뜨리는 가운데, 남궁세가의 가솔들이 희망에 가득 찬 얼굴로 주변을 둘러보며 미소를 지었다.

무당파의 청운 도장을 비롯한 무림 명숙들과 대화를 나누는 아버지의 표정도 밝았다. 지금까지의 어두운 상황에서 벗어나게 되었으니 밝아지지 않을 수 없으리라.

남궁성은 저도 모르게 '무림맹에 온 것 같구나'라고 중얼거렸다.

그만큼 소량이 구해낸 무림인들의 수는 많았다.

"푸흐흐, 아직 끝이 아닌 모양이다."

남궁성이 감탄처럼 말했지만 소량은 대답하지 않았다.

차라리 남궁성의 안에 태허일기공만 있었더라면 내부로 파고든 금기(金氣)를 몰아내는 것이 쉬웠을 것이다. 문제는 남궁성이 익힌 창궁대연신공(蒼穹大衍神功)이었다.

금기는 태허일기공 대신 창궁대연신공에 섞여 내부를 휘돌고 있었다.

'방법이 없다. 이미 혈맥과 기맥도 온전치가 않으니……'

소량이 눈을 질끈 감고서 생각했다.

이대로라면 남궁성의 목숨은 없는 것이나 마찬가지였다. 아니, 지금도 이미 이미 죽은 것이나 다름없는 셈, 다만 무공을 폐한다면 일말의 생존 가능성이 있다.

의술을 잘 모르는 소량으로서는 그것이 최선이었다.

남궁성이 무림맹의 무인들을 돌아보며 감탄할 때였다.

"완전히 패배한 것으로만 알고 있었는데 기사회생을 한 셈이로구나. 이만한 병력이 남았다면 절대 끝난 것이 아니지. 무림맹과 합류한다면 다시 한번 혈마곡과 결전을 할 수 있……"

"표형, 아니, 형님. 무공을 폐해야겠습니다."

"뭐라?"

남궁성이 의아한 얼굴로 소량을 바라보았다.

다시 눈을 뜬 소량은 결심한 듯 단호한 표정을 지었다.

남궁성이 희미한 얼굴로 질문을 던졌다.

"그러면 산다더냐?"

잠시 머뭇거리던 소량이 말문이 막힌 표정으로 대답했다.

"하지만 폐하지 않으면 반드시 죽습니다."

"푸흐흐! 제법 말을 잘하는구나. 술 한잔 있었으면 좋았을 걸. 목소리가 좋다."

남궁성이 농담을 주워섬기고는 눈을 지그시 감았다. 소량의 말에서 무공을 폐한다고 해도 완전히 생존할 수는 없다는 것을 깨달았던 것이다.

"아우야, 이래도 죽고 저래도 죽는다면 나는 무인으로 죽고 싶구나."

남궁성이 하늘을 올려다보며 말했다. 원래 오대세가는 가가 직접 가솔들을 이끌고 나서되, 소가주는 만에 하나의 사태를 대비하여 중원에 남아 후일을 대비하기로 했었다.

하지만 남궁세가의 경우에는 그럴 여력이 없었다. 이미 혈마곡에게서 한차례 습격을 당해 전력의 절반 이상을 잃은 탓이었다.

좋은 스승이 될 만한 장로와 일대제자 몇 명을 비급과 함께 가문에 두고 온 것이 전부였다.

남궁세가에서의 삶, 무림을 종횡하던 과거……

옛 기억을 떠올리던 남궁성이 쓴웃음을 지었다.

"알지 않느냐? 억울할 것도, 슬퍼할 것도 없다. 이만하면 잘……."

"죄송합니다."

쿠웅—

소량의 손길이 남궁성의 단전을 후려치고 지나갔다. 그 후에
는 몇몇 기맥을 막아가는데 개중에는 생사대혈이 아닌 곳이
없다.

남궁성의 신형이 움찔거리는 것과 동시에 거친 기침이 터져
나왔다.

"쿨럭, 쿨럭!"

한순간 끔찍하기 짝이 없는 통증이 일어나더니, 잠시의 시
간이 지나자 전신이 한결 시원해진다. 마치 앓던 이가 빠진 것
처럼 헛헛한 느낌이 돌 뿐, 통증은 결코 길게 이어지지 않았던
것이다.

"이게 무슨 짓인가, 표제! 큭, 쿨럭!"

남궁성은 눈을 부릅뜬 채로 소량을 돌아보았다.

소량이 원망하듯 그를 노려보았다.

"방금 전, 할머니와 고모님의 대화를 들으셨지 않습니까?"

"하지만 이건……."

남궁성이 할 말을 잃은 표정이 되었다.

외할머니를 만난 어머니께서 울음을 터뜨린 것도 들었고,
또 하셨던 말씀도 들었지만 그것은 괴로움 중 하나일 뿐, 선택
의 근거가 되지는 못했다. 남궁성은 제 행동이 부모의 가슴에
못을 박는 것이라는 것도 모른 채 오직 스스로의 판단만을 중

시하고 있었던 것이다.

소량이 고개를 돌려 할머니 쪽을 물끄러미 바라보았다.

진운혜 같은 어머니를 둔 남궁성이 몹시 부럽게 느껴졌다.

소량이 쓴웃음을 지으며 중얼거렸다.

"기껏 생긴 형님, 여기서 잃기도 싫고요. 다행히 잘된 것 같습니다."

조금 전, 소량의 손속은 그야말로 쾌속했다.

일순간 긴장한 탓에 식은땀마저 흘릴 정도였다. 단전을 폐하는 것과 외기를 흩어내는 것을 동시에 하고, 외기가 흩어지자마자 기맥을 봉하여 금기를 폐하였다.

이만하면 미봉책은 된 셈. 훗날 의원에게 보여 금기를 모두 몰아낸다면 비록 무인은 아니지만 범인으로는 살 수 있으리라.

"너……"

노한 눈으로 소량을 바라보던 남궁성이 눈을 질끈 감았다.

그 역시 소량의 과거사를 들어 알고 있었다. 조금 전 할머니와 어머니의 대화를 언급한 까닭 역시 짐작할 수 있었다.

잠시 뒤, 갈등하는 듯하던 남궁성이 한숨을 길게 내쉬었다. 가슴속 깊이 커다란 상실감이 자리 잡고 있었지만, 그는 잠시간이나마 그것을 극복해 내었던 것이다.

"너, 벌주 석 잔으로는 안 되겠다."

남궁성이 얼음장처럼 딱딱하게 말하자 소량이 고개를 슬쩍 숙였다.

"죄송합니다, 형님."

천존의 경지에 이른 무인이자 당금 강호에서 가장 이름 높은 협객이라는 천애검협답지 않게 죄스러운 표정을 본 남궁성은 더 이상 화낼 기력마저 잃고 말았다.

남궁성의 입에서 허탈한 웃음이 새어 나왔다.

"하하하! 이거 재미있구나. 큭, 쿨럭! 무림의 구성(救星)이 이런 표정이라? 진짜로 술 한잔 거하게 해야겠는데?"

남궁성의 웃음은 점점 더 커져만 갔다.

소량은 그에게 꾸벅 고개를 숙이고서는 천천히 몸을 일으켜 할머니와 진운혜, 남궁세가의 가솔들과 무림맹의 무인들을 바라보았다.

문득 남궁성이 조금 전에 했던 말이 귓가에 맴돈다.

'이만하면 다시 혈마곡과 결전을 치러볼 만하다'고 했던가?

소량이 그렇게 생각할 때였다.

휘이잉—

서쪽에서 한 줄기 서늘한 바람이 불어왔다.

소량에게 있어서는 너무나 낯선, 그러면서도 낯설지 않은 기이한 바람이었다.

그와 동시에 등골에 소름이 오싹하니 돋아 오른다.

소량이 눈을 부릅뜬 채 서쪽을 바라보았다.

서쪽에서 혈마곡의 마인들이 다가오고 있었다.

'섬멸전을 계획한 건가? 잠깐, 이건……!'

혈마곡의 마인들 중에는 익숙한 기운도 하나 숨어 있었다.

얼마 전에 검천존과 함께 상대했던 기운.

소량과도 비견할 만한, 아니, 소량으로서도 감당하기 힘든 기운이 다가오고 있었던 것이다.

"…혈마!"

소량의 안색이 창백하게 변해갔다.

『천애협로』11권에 계속…